KB059391

종말의 바보

ISAKA KOTARO

종말의 바보

이사카 고타로 연작소설

김선영 옮김

소미미디어
Somy Media

차례

오늘은 남은 생애의 첫 번째 날.

찰스 디드릭

종말의 바보

FOOL

GOODBYE EARTH

1

슬슬 가야지, 하고 벤치에서 일어섰다. 비닐봉지를 드니 안에 든 5킬로그램짜리 쌀이 어깨와 허리에 가혹하리만치 무거웠다.

시즈에는 아쉬운 표정을 지었지만, 곧 "그러네요" 하고 일어났다.

우리가 있는 공원은 언덕배기에 있어, 저무는 태양에 서서히 붉게 물들어가는 센다이 거리를 굽어볼 수 있었다. 그 붉은 빛이 하늘에 흐르는 비늘구름에 비치고 있다. 시즈에는 조금 더 구경하고 싶은 눈치지만 나는 싫증 난 지 오래다.

"여보, 이 공원에 오는 것도 10년 만이지 않아요?"

"글쎄."

20년 전, 아파트에 갓 이사 왔을 때는 그야말로 매주 찾았던 기억이 있지만 최근에는 여기에 공원이 있다는 사실조차 잊고 있었다.

우리가 사는 이 '힐즈 타운'은 센다이 북부 구릉지에 조성한 단지로, 공원은 가장 탁 트인 자리에 마련되어 있다. 이른바 '이점' 중의 하나였다. 울타리로 둘러싸인 50제곱미터의 부지에 모래가 깔려 있다. 초등학생 졸업 작품이라는 토템폴이 사방의 입구에 하나씩 있고, 남동쪽에는 미끄럼틀이나 그네 같은 아이들을 위한 놀이기구가 설치되어 있다. 복판에는 벚나무가 있고, 남쪽 시가지를 굽어볼 수 있는 위치에 열 개나 되는 벤치가 있어 거기 앉아 경치를 즐길 수 있다. 조성 초기에는 주말만 되면 힐즈 타운 주민들이 공원에 우르르 몰려들었다. 4월 초면 한 그루밖에 없는 벚나무 밑을 차지하려고 수많은 사람이 아웅다웅하다가 싸움까지 났을 정도다. 추측건대 공원에서 바라보는 경치나 꽃놀이 이벤트도 주택 대출의 일부에 포함되어 있다는 생각에 모두가 그 본전을 뽑으려고 필사적이었던 게 아닐까? 적어도 나는 그랬다.

그 공원도 이제는 한산하다. 우리를 빼면 두 명뿐이었다. 개를 데리고 있는 여성과 멍한 표정으로 어깨를 축 늘어뜨리고 그네에 앉아 있는 중년 남성뿐이다. 시즈에가 말하길 둘 다 같은 아파트의 주민이란다. "왜, 저 남자, 텔레비전에 자주 나왔었잖아요." 그렇지만 나는 들어도 잘 모르겠다.

"아나운서예요. 한 1년 전에 한 번, 가족 모두 어디로 떠났다고 들었는데 다시 돌아왔나 보네요."

"요즘 세상에 어딜 가든 상황은 매한가지야." 나는 툭 내뱉고 시즈에를 채근했다. "빨리 가자니까."

"여보, 봐요."

저녁 찬거리 때문에 장을 보고 돌아가는 길이었다. 요즘은 가게에서 식료품을 약탈당하는 일도, 거리에서 날치기를 당하는 일도 눈에 띄게 줄어서 보통 시즈에 혼자 장을 보러 가곤 했다. 다만 쌀처럼 무거운 짐을 날라야 할 때에는 내가 따라갔다. 아무리 환갑이 넘었다지만 초등학생처럼 자그마한 시즈에에 비하면 그래도 내가 힘이 세다.

"완연한 가을이네요." 시즈에는 센다이 시가지 쪽을 바라보며 집게손가락을 뻗어 하늘을 뒤섞는 시늉을 했다. 아득히 먼 거리를 가리키는 줄 알고 쳐다보았지만 딱히 새로울 건 없었다. 시선을 가까이 옮기고서야 깨달았다. 잠자리다. 마치 송사리가 허공을 헤엄치듯, 잠자리 십여 마리가 날고 있었다. 저녁노을처럼 붉은색이 소리도 없이 떠 있었다. 울타리 위나 간판에서 날개를 쉬고 있다가 우리가 지나가자 깜짝 놀라 날아오른 것이리라.

"가을이 앞으로 세 번밖에 남지 않았다니 믿을 수가 없어요." 시즈에가 침울한 목소리로 말했다.

"바보." 나는 반사적으로 말했다. "우울한 소리는 그만 해."

"하지만 사실이잖아요?"

"당신 같은 바보는 그냥 태평하게 살면 돼."

"여보." 시즈에가 난처한 표정으로 조심스레 이쪽으로 눈길을 돌렸다.

"왜?"

"야스코한테는 그런 표정 짓지 말아요. 부탁이에요." 그녀의 말투는 애원에 가까웠다.

"난 원래 이렇게 생겨 먹었어."

"아랫입술이 툭 튀어나온 게, 꼭 사람을 바보 취급하는 것 같단 말이에요. 눈매도 매섭고."

"당신이 바보 같은 소리를 하니까 그렇지."

"모처럼 야스코가 오잖아요. 부탁이에요. 10년 만이라고요." 평소 같으면 내 말에 반론하지 않을 텐데, 시즈에는 오늘따라 유난히 끈질겼다.

"내가 왜 딸 눈치를 봐? 바보." 거칠게 대답하는 나도 긴장은 되었지만, 꾹 숨겼다.

공원에서 나와 좁은 도로를 동쪽으로 걸었다. 시즈에가 뒤를 따라왔다. 힐즈 타운은 다른 주택지와 마찬가지로 비슷하게 생긴 가옥들이 나란히 늘어서 있다. 도로가 그물망처럼 뻗어 있어 자칫하면 지금 있는 위치도 모르고, 방향도 잃기 쉽다.

"당신, 그거 기억해?" 나는 걸음을 늦추어 시즈에가 따라오기를 기다리며 느긋이 물었다. 문득 옛날 일이 떠올랐던 것이다.

"여기 이사 오기 전에 살던 동네도 이렇게 길을 찾기 어려웠잖아. 그래서 아이들이 길을 잃고 두리번거리며 어쩔 줄 몰라 했지."

"그랬죠."

"한 집 아이가 길을 잃지 않으려고 집으로 가는 길을 아스팔트에 화살표로 그렸잖아?"

"그랬죠." 시즈에는 그리운 듯 고개를 연방 주억거렸다. "그랬더니 다른 아이들도 따라 하는 바람에, 온 길에 화살표투성이라 결국 엉망진창이 되었죠."

"그것참 우스웠지."

시즈에가 고개는 돌리지 않고 곁눈질로 나를 살폈다. "여보, 잊었어요? 그걸 제일 처음에 한 아이가 가즈야예요."

나는 시즈에를 뚫어져라 바라보았다. 바로 대답이 나오지 않았다. 10년 전, 스물다섯 살에 죽은 큰아들의 이름이 여기에서 나올 줄은 예상하지 못했기 때문에 아무 대처도 못 하고, 기습을 당했다.

"그 아이가 학교에서 가져온 분필로 화살표를 그렸잖아요."

"그랬던가."

"그때, 당신이 화를 냈잖아요? 바보, 자기 집이 어딘지는 기억해야지, 하고."

기억은 안 나지만 아마도 그랬으리라는 짐작은 가능했다. 당시 전화회사 관리직으로 신경이 곤두서 있던 나는 매일 문제만 발생하고 진행은 되지 않는 더딘 작업에 짜증이 나 있었다. 부하 앞에서 우는소리를 할 수도 없었고 스스로의 능력도 미덥지 못했다. 아마도 그 시절의 나는 아들이 내 무능함을 물려받았을까 봐 두려웠고, 그 반동이 냉혹한 태도로 바뀌어 겉으로 표출되었던 것 같다.

아버지는 오빠나 어머니를 바보, 바보, 하고 바보 취급하는데, 바보라고 하는 사람이 진짜 바보예요.

불현듯 야스코의 말이 머릿속에 떠올랐다. 언제 들은 말인지 모르겠지만, 입을 비죽거리며 일부러 못난 얼굴로 그렇게 말한 딸의 모습은 똑똑히 기억하고 있었다.

오빠 마음을 상상해 본 적이나 있어요? 야스코는 그런 말도 했다.

당시의 나는 남들 마음을 상상해 볼 생각도 못 했고, 가즈야의 마음은 거들떠보지도 않았다.

"도로에 화살표를 그리는 건 가즈야의 아이디어였어요." 시즈에는 한 번 더 확인하듯 말했다.

"그게 뭐?" 나는 생각 이상으로 차가운 말투로 물었다.

"재미있는 생각을 하는 아이였죠."

14

가즈야가 죽은 후로 우리 사이에서 아들 이야기가 입에 오르는 일은 거의 없었기 때문에 당혹스러웠다. "그러고 보니 당신, 요즘 그 녀석 방 청소하고 있어?"

　"눈치챘어요?"

　"한밤중에 부스럭거리면 싫어도 알지."

　"그렇겠네요. 미안해요."

　"그보다." 나는 화제를 바꾸었다. "야스코는 갑자기 무슨 생각으로 10년 만에 돌아온다는 거야?"

　시즈에는 고개를 저었다. "앞으로 3년밖에 안 남았으니 얼굴이라도 한번 보려는 것 아니겠어요?"

　"전화로는 무슨 말 없었어?"

　"별말 없던데요."

　"별말 없을 리가 있나, 무슨 말은 했을 것 아니야?"

　시즈에의 눈빛이 그럼 당신이 전화를 받지 그랬느냐고 책망하는 것 같기도 했다. "찾아와서 얘기하겠다는 말밖에 안 했어요. 당신한테 하고 싶은 말이 있는 것 아닐까요?"

　"나한테? 이제 와서 또 한소리 퍼붓는 건 아니겠지."

　"그럴지도 모르죠."

　"어이."

　"농담이에요."

2

딸 야스코는 어렸을 때부터 성적이 뛰어났다. 군계일학이라 시험 점수나 성적은 학년 수석이고 내가 아는 한에서는 나빠도 2등 아니면 3등이었다. 성적만큼은 아니지만 용모도 뛰어나고 친구도 많았다. 그 어렵다는 도쿄의 국립대학에 단번에 합격했고 졸업 후에는 국가공무원이 되어 부모로서는 더 바랄 수 없을 정도로 자랑스러웠다.

야스코는 내 자랑이었다. 그것은 다시 말해 때때로 "그에 비해 가즈야는" 하고 불평을 흘리는 원인이기도 했다.

아이들이 성적표를 가지고 돌아오면 가즈야와 야스코의 점수를 비교할 때마다 '실패작과 걸작'이라는 말이 머릿속에 떠올랐다. 가즈야가 나의 나약하고 서툰 면을 물려받았다는 사실을 인정하기 싫어서 '우연히 나온 실패작'이라고 믿고 싶었는지도 모른다.

가즈야는 그런 내 생각을 알고 있었을까? 당연히 알고 있었을 거라고 또 다른 내가 대답한다. 싫었을까? 그야 싫었겠지. 가즈야의 마음을 상상할 때마다 절망이 가슴을 때린다.

"이 집에는 두 번 다시 돌아오지 않을 거야." 10년 전, 야스코는 그렇게 말했다. 가즈야가 죽기 두 달 전이었다.

실제로 그 말에 거짓은 없었다. 야스코는 그 후로 가즈야의 장례식 때를 제외하고는 힐즈 타운은 물론이요, 센다이에도 발길 한 번 돌리지 않았다. 6년 전 모리오카에서 야스코에게는 친할아버지인 아버지 장례식 때 마주쳤지만 내게는 인사도 하지 않았다.

장례식이 끝나고 시즈에가 "여보, 야스코하고 얘기 좀 해 봐요" 하고 팔꿈치로 쿡쿡 찔러댔지만 나는 굽히지 않았다. 사실 친딸과 사이가 나쁜 건 괴로웠고, 말을 나누고 싶은 마음은 굴뚝같았지만 "야스코가 사과하기 전에는 내 알 바 아니야"라고 대답했다. 그 또한 진심이었다.

나는 내 인생이 아직 많이 남았다고 믿고 있었다. 때문에 그러는 사이 야스코가 먼저 사과하지 않겠나, 라고 배짱을 부린 것도 사실이다. 설마 그 이듬해에 '남은 수명은 앞으로 8년'이라는 선고를 받을 줄은 생각도 못 했다. 그것도 '내 수명'이 아니라 '세상의 수명'이었으니, 실로 예상을 뛰어넘은 일이었다.

야스코가 결별을 선언했을 때를 떠올렸다. 3월이었다. 취직을 앞두고 휴일을 맞아 센다이에 돌아와 있을 때였다.

저녁 식사를 마치고 각자 거실에서 편히 쉬고 있을 때, 공책을 펼치고 있는 가즈야에게 야스코가 말했다. "오빠는 이제 공부는 그만두고 집에서 나가."

지금 생각해 보면 야스코는 그 말을 하고 싶어 돌아왔었는지
도 모른다.

"응?" 당시 가즈야는 센다이의 사립대학을 졸업했지만 딱히
취직은 하지 않고 붙을 리 없는 자격시험 공부에 필사적으로 매
달리고 있었다.

"오빠는 머리가 좋으니까 좀 더 자유로운 일을 해야 해."

가즈야는 평소와 똑같이 온화하게 웃었다.

"지금 칭찬하는 척하면서 은근히 비꼬는 거야?"

가즈야는 다툼을 싫어해 원만하게 수습하는 게 최선이라고
믿는 구석이 있었고, 나는 그런 점이 또 마음에 들지 않았다. 나
도 그런 면이 있기 때문이었다.

"아니라니까. 오빠는 나 같은 애보다 훨씬 머리가 좋단 말이
야."

"너보다 똑똑한 사람이 이런 시험공부 하나에 머리를 싸매고
있을 리 없잖아." 가즈야는 쓴웃음을 지었고, 나도 속으로 똑같
은 말을 뇌까렸다.

"그런 머리가 아니라니까. 어렸을 때부터 발상도 남달랐고,
그리고 무엇보다."

"무엇보다?"

"상냥해."

"상냥한 거랑 소심한 건 종이 한 장 차이야." 가즈야가 작은 목소리로 푸념했다.

"야스코, 얼토당토않은 소리 마라." 나는 거기에서 끼어들었다.

가즈야를 두둔한 게 아니었다. 우수한 여동생이 오빠에게 마음을 쓰는 것 같아 가만히 보고 있을 수 없었던 것이다.

그러자 야스코가 매서운 눈초리로 쏘아보았다. "아버지는 죽어도 이해 못 하겠지만, 오빠는 나보다 백배는 더 똑똑해."

"바보 같은 소리." 나는 즉각 받아쳤다.

"아버지는 똑똑한 게 뭐라고 생각해? 성적, 학력, 능력, 어차피 그런 거겠지? 어차피. 그런 건 내가 물려받았으니 됐잖아. 바보 아냐? 그거 알아? 아버지가 바보라서 오빠가 불행한 거야." 마치 범죄자를 고발하듯 야스코는 나를 손가락질하며 거칠게 말했다. "오빠는 훨씬 더 큰 일을 할 수 있는 사람이야!"

가즈야는 어쩔 줄 몰라 눈만 데굴데굴 굴렸다. 시즈에는 설거지를 멈추고 주방에서 나왔다. 나는 갑자기 길길이 고함을 지르는 딸에게 놀랐지만, 그 이상으로 화가 나서 버럭 소리를 질렀다. "아버지한테 바보라니!"

"어렸을 때부터 늘 참아 왔어." 야스코는 호흡을 가다듬더니 흥분을 억누르고 입을 비죽이며 말했다. "늘 말하고 싶었어."

"뭘 말이냐!"

야스코가 숨을 훅 들이마시더니 입을 열고, 이렇게 말했다.

"당신은 오빠가 얼마나 대단한지 모르는 바보야. 바보 천치!"

"뭐라고?"

"그만해, 야스코." 가즈야가 어쩔 줄 모르는 얼굴로 말했다.

"가즈야의 어디가 대단하다는 건지 한번 말해 봐라. 실패작이 아닌 이유를 대 봐!" 그때 나는 참지 못하고 큰소리를 냈다. 딸이 한 말에 뜨끔해서, 당황해서, 화가 나서, 생각 없이 외쳤다.

요란한 소리가 났다. 협탁 위에 놓아두었던 병이 깨졌다. 야스코가 가까이 있던 시계를 집어던진 것이다. 노린 건지, 우연인지 모르겠지만 시계는 그 한 해 전 가을에 내가 회사에서 받은 와인 병에 정확하게 맞았다. 와인이 피처럼 쏟아졌다.

"무슨 짓이야, 나가!" 나는 고함을 질렀고 머리보다 몸이 먼저 현관을 가리키고 있었다.

"이 집에는 두 번 다시 돌아오지 않을 거야." 야스코는 조용히 그렇게 말하더니 이튿날 도쿄로 돌아갔다. 마치 나를 가련히 여기는 듯한 눈빛이었다.

그때 그런 말다툼을 하지 않았더라면, 적어도 내가 '실패작'이라는 말을 내뱉지 않았더라면, 두 달 후에 가즈야는 지하철에 뛰어들지 않았을까? 지금 나는 그것을 아무에게도 물어볼 수가 없다.

3

오른쪽을 보나 왼쪽을 보나 덧문을 꼭꼭 닫은 집들이 눈에 띄었다. 마당의 침엽수가 쓰러진 채로 방치된 집도 있고 2층 유리창이 깨진 집도 있었다.

"다키자와 씨 가족도 지난주에 떠난 모양이에요." 내 시선을 알아차렸는지 시즈에가 옆에서 말했다. 방금 지나친 집의 주인인가 보다. "간사이에 아들이 있다나요. 3년 동안 거기서 살기로 했대요."

흥, 나는 콧방귀로 대답했다.

"이 동네에 몇 명이나 남아 있을까요? 아파트도 절반은 빈 것 같은데."

"글쎄."

"오늘 사에키 씨 댁도." 시즈에는 쌀집 주인의 이름을 입에 담았다. "지금까지 고집을 부렸지만 슬슬 가게를 정리할 모양이에요."

"그럼 쌀은 어디서 사란 말이야?"

"그 대신 슈퍼마켓이 다시 문을 연다는 소문도 들리던데, 글쎄 어떨지." 시즈에는 말끝을 흐렸다.

흥, 나는 또 콧방귀를 뀌었다.

잠시 후 시즈에가 갑자기 밝은 목소리로 말했다. "참, 실은 어제 꿈을 꿨어요."

"꿈?"

"그래요, 텔레비전을 틀었더니 대통령이 나오지 뭐예요. 위성 중계라고 하던가?" 시즈에는 더듬더듬 자신 없는 목소리로 말했다. "미국 대통령이 마이크 다발 앞에서 말하는 거예요."

"뭘 말해?"

"'지금까지 한 말은 전부 거짓말이었습니다'라고요."

"바보 같기는." 나는 코웃음을 쳤다.

"'다시 계산해서 소행성이 충돌하지 않는다는 것을 알아냈습니다. 물의를 일으켰습니다' 하고 대통령이 새빨간 얼굴로 머리를 꾸벅꾸벅 조아리는 거예요."

"당신은 꿈까지 태평하네."

"하긴 미국 대통령이 일본어로 말할 리 없죠."

"바보, 그런 문제가 아니야." 그 이상 비판할 기운도 없었다. 시즈에는 바보라는 말에 반응했는지 서운한 눈빛으로 쳐다보았지만 별다른 말은 하지 않았다.

우리는 말없이 길을 한참 걸었다. 지나가는 차는 한 대도 없었다. 5년 전의 세상이 거짓말 같다. 그 무렵엔 모두가 자동차에 짐을 잔뜩 싣고 달아나려 했다. 가는 길목마다 차가 막히고 충돌사고와 운전자들이 싸우는 소리, 경적이 가득했다. 소행성이 충돌하는 판국에 어디로 달아나도 똑같은데, 많은 사람이 허둥지둥 자동차를 몰았다. 멍하니 손 놓고 그 순간을 기다릴 수는 없었으리라. 그 초조한 심정은 이해할 수 있었다. 자동차가 있었다면 나도 분명 똑같은 짓을 했을 것이다.

"요즘은 제법 평화롭네."

"그러네요. 이렇게 평화로워지기도 하네요." 시즈에의 목소리는 태평했다. "소강상태인 걸까요?"

"소강상태일까?"

"한때는 어떻게 되나 싶었는데." 시즈에는 몹시 지친 표정이었다. 지난 5년 사이에 벌어진 패닉을 떠올린 것이리라.

정말 끔찍했다. 공포와 초조함으로 뒤범벅이 된 사람들이 사방에서 날뛰었다. 상점과 백화점은 폭도들의 습격을 받았고, 당연히 경찰은 감당하지 못했다. 여성을 폭행하고, 마구잡이로 사람을 죽이는 자도 나타났다. 이대로 가다가는 소행성이 충돌하기도 전에 이 세상이 끝나 버리는 게 아닐까, 삐딱하게 보일 정도로 엉망이었다. 용케 살아남았다. 내가 생각해도 감탄스러웠다. 그랬는데 올해 들어 딱히 서로 약속한 것도 아닐 텐데 갑자기 평온해지기 시작했다. 약탈이나 폭동을 엄하게 다스리게 된 것도 큰 요인이겠지만 그 이상으로 대다수의 사람이 체념하기 시작해서 그런 것 아닐까? 공포를 미처 견디지 못한 사람은 대부분 죽어 버렸고, 살아남은 사람들은 남은 시간을 어떻게 유익하게 보낼지 고민하기 시작한 것 아닐까? 어설프게 난동을 부리다가 사살당하거나 교도소에 들어가 봐야 의미가 없다는 것을 깨닫기 시작한 것이다. 분명 그렇다.

"그날이 눈앞에 다가오면 또 난리가 나겠죠."

동감이었다. 이것은 일시적인 현상이다. 죽음이 다가오면 누구나 또다시 이성을 잃겠지. 물론 나도 마찬가지다. 지금은 그저 소강상태에 지나지 않는다.

날이 일찍 저물었다. 눈 깜짝할 새에 주위가 어두워졌다. 거리 어딘가에 불빛을 조절하는 손잡이가 있어 누가 그 손잡이를 단숨에 왼쪽으로 돌린 것처럼, 그런 식으로 삽시간에 어둑해졌다. 아직 오후 5시 반인데. 모퉁이를 왼쪽으로 꺾었다. 왼편의 벽돌담을 타고 카레 냄새가 풍겨왔다. 그리운 기분이다.

"오늘은 카레인가 보군." 몸이 먼저 반응해 그렇게 말했다. 누군가가 일상을 살아가고 있다는 사실이 기뻤다.

"그런가 보네요." 시즈에의 목소리도 어쩐지 들떠 있었다. 문가의 등롱이 옆에 있는 시즈에의 얼굴을 아련히 비춘다. 많이 늙었구나. 새삼스럽게 생각했다. 입가의 주름이 전보다 깊게 파였고 피부도 퍼석하다.

"여보, 비디오나 빌려 볼까요?" 시즈에가 엉뚱한 소리를 했다.

나는 쌀이 든 비닐봉지를 들고 얼굴을 찌푸렸다. "비디오?"

"뭐 어때서 그래요." 시즈에가 작은 목소리로 말했다. 조르는 것 같기도 하고, 토라진 것 같기도 했다. "얼마 전까지 자주 봤단 말이에요."

"그러고 보니 당신, 이따금 태평하게 텔레비전을 보곤 했지. 그게 비디오였어?"

"한번 들러 봐요. 비디오 대여점이 있어요."

나는 잔뜩 짜증이 묻어나는 목소리로 쏘아붙였다.

"당신, 지금이 어떤 상황인지 알고나 있어?"

"상황이야 늘 알고 있지요."

"앞으로 3년밖에 안 남았는데 뭐가 좋다고 비디오 같은 걸 봐?"

"하지만 여보, 야스코는 밤늦게나 도착한단 말이에요." 시즈에는 어깨를 움츠렸다. "그때까지 뭘 하려고요?"

그렇게 물으니 대답할 말이 없었다.

야스코는 차를 몰아 느긋하게 국도를 타고 온다고 했다. 출발 시간에 따르겠지만 아마도 밤 10시가 지나서야 아파트에 도착할 거라고 했다. 야스코가 어떤 목적으로 찾아오는지 모르는 상태에서 멍하니 기다리는 것은 솔직히 고역이다.

"그 전에 요즘 같은 세상에 누가 비디오를 빌려주기나 한대?"

"그럼요, 아마도 열려 있을 거예요. 요즘은 비디오를 쓰는 사람이 없어서 뭔가 다른 기계를 쓰는 것 같던데, 하지만 우리 집 근처에 빌려주는 가게가 있어요."

나는 떨떠름한 표정으로 고개를 끄덕였다. "어쩔 수 없지, 가 볼까?"

"그래요." 시즈에가 기뻐하는 이유를 이해할 수 없었다.

4

가게는 마침 돌아가는 길에 있었다. 아파트에서 버스정류장으로 향하는 비탈길에 있으니 회사에 다닐 때는 매일 그 앞을 지난 셈이다. 그곳이 비디오를 빌려주는 가게인 줄도 몰랐다. 열 평 남짓한 가게로 간판의 글자는 칠이 다 벗겨졌다.

"아, 오랜만입니다."

가게 안에 들어가자마자 계산대에서 젊은 남자가 말을 걸어 움찔하는 바람에 하마터면 비닐봉지를 떨어뜨릴 뻔했다.

"오랜만이에요." 시즈에가 고개를 숙였다.

"바깥 어르신인가요?" 점원은 구김살 없는 표정으로 나를 보았다.

"이런 때에 영화를 보는 사람이 있나?" 나는 질문으로 대꾸했다. 가게 안은 눅눅했다. 다른 손님은 없다. 나는 들고 있던 봉투를 계산대 옆의 작은 선반에 얹었다. 팔이 조금 뻐근했다.

"없지는 않다고 할까요." 점원은 가슴에 '점장 와타베'라는 이름표를 달고 있었다. 어두침침한 가게 내부에 어울리지 않게 깔끔해 보이는 밝은 파란색 앞치마를 두르고 있다. 이십 대 중반일까? 눈썹이 짙고 턱이 갸름하다. 눈이 커서 앳된 인상이지만 미남 축에 든다. 꽤 젊은 점장이군, 미덥지 않은데. 나는 바로 그렇게 생각했다.

"신작 영화는 거의 없지만요." 점장은 어깨를 움츠렸다.

"이런 때에 영화를 보는 바보가 어디 있겠나?"

"아니, 감독이라는 작자 중에는 이상한 사람이 많아서 영화를 찍으려는 이들이 꽤 되는 모양입니다. 다만 배우가 없다더군요. 대부분 하기 싫어한대요. 그동안 잔뜩 모아 둔 출연료로 대피소라도 샀을지 모르죠. 그래도 헤어조크하고 스필버그는 찍고 있다던데." 그는 그제야 자기가 혼자 조잘거리고 있다는 걸 느꼈는지 아차 싶은 표정을 지었다. "하지만 비디오를 빌려 가는 분들은 적잖이 있어요. 이러니저러니 해도 다들 남아도는 시간을 주체 못 하는 건지도 모르죠."

"그렇군."

적어도 일본에서는 대다수의 사람이 일을 그만두었다. 노후 자금도, 대출 상환금도 더 이상 필요 없기 때문이다. 예금으로 생활하면 그만이다. 그 결과 시간을 어떻게 써야 할지 몰라 난처한 사람도 분명히 있을 것이다. 어차피 달리 할 일도 없다며 계속 채소를 파는 사람이나, 이게 삶의 보람이라며 어업을 그만두지 않는 사람도 있었다. 신기하게도 저마다 각자의 욕구와 사정에 따라 행동한 결과, 간신히 균형이 유지되고 있었다. 생산자는 사라지지 않았고 유통도 어렵사리 돌아가고 있다. 그리고 자기밖에 모르는 정치가는 약속이라도 한 듯 그만두었고, 사명감이 있는 소수의 정치가만 남았다.

옆을 보니 계산대 정면에 선반이 있고, 맨 윗단에 '지구 멸망을 그린 영화들'이라고 손으로 쓴 팻말이 붙어 있었다. 그 밑에 비디오 케이스가 잔뜩 놓여 있다.

"이건 자네가 진열한 건가?"

"예. 꽤 평판이 좋습니다. 이렇게 보면 지구 멸망에도 여러 가지 유형이 있어요." 점장은 태평하게 웃었다.

"뭐가 좋아서 이런 걸 봐?"

내 입에서 잔소리가 튀어나오려는 것을 알아차린 시즈에가 황급히 화제를 바꾸었다.

"여보, 와타베 씨도 저희 아파트에 살아요. 501호 맞죠?"

와타베가 고개를 숙였다.

"집사람하고 딸하고 함께 살고 있습니다. 그리고 옹고집 아버지가 한 분. 야마가타에서 혼자 살고 계셨는데 집이 불타 버려서 이쪽으로 불렀죠."

"불에 탔어요?"

"이웃집 불이 옮겨붙어서 홀랑 다 타 버렸습니다. 그래서 기왕이면 여기에서 함께 사시지 않겠느냐고 했지요."

절망을 견디지 못한 사람이 괜한 분풀이로 남의 집이나 빌딩에 불을 지르는 경우는 흔했다. 이제는 드문 일도 아니다.

"아버님이 기뻐하시죠?"

"글쎄요." 와타베는 힘없이 얼굴을 일그러뜨렸다. "일흔이 넘었는데도 팔팔하셔서 제가 당해 낼 수가 없어요. 요즘은 아파트 옥상에 망루를 만드느라 여념이 없으시죠."

"망루?" 나는 되물었다.

"사다리가 달린 높은 망루를 짓고 계십니다. 자동차로 목재를 실어 와서 아파트 옥상에서 뚝딱거리고 계시죠. 옛날부터 주말 목수가 취미였으니 실력은 좋아요."

"뭐에 쓰려고?"

"영화에서 보신 모양이에요." 와타베는 그렇게 말하더니 조금 전의 '지구 멸망' 선반을 가리켰다. "실은 저 비디오 중에 운석이 떨어지는 설정의 영화가 있는데."

그게 바로 현실 아닌가. 우울해졌다. "그 영화, 마지막에는 살아닙니까?"

"안타깝게도." 와타베의 눈썹이 축 처졌다. "그런데 그 영화에서는 운석이 떨어지면 수위가 올라가 홍수가 나거든요. 홍수가 거리를 집어삼키는 겁니다."

"아아, 저도 봤어요." 시즈에가 말했다.

"아무래도 아버지는 그 홍수에 대비해 망루를 짓고 계시는 모양이에요."

"망루든 뭐든 결국 다 파묻히는 것 아닌가?" 나는 물어보았다.

"예. 다만 아버지는 다른 사람들이 물에 잠기는 광경을 지켜보고 싶으시다나요. 제일 마지막에 죽겠다는 거죠. 승부욕이 강하다고 해야 하나, 이상하게 긍정적이라고 해야 하나."

"재미있는 아버님이네요." 시즈에가 그런 맞장구를 치고 있다.

"글쎄요." 와타베는 난처한 표정이었다. "종말을 맞는 방법도 가지가지다 싶기는 하더군요."

시즈에가 잠시 뜸을 들이다가 입을 열었다.

"그럼 그만 비디오나 골라 볼까요? 여보, 이런 기회에 평소 보지 않는 영화는 어때요? 무서운 영화나."

무서운 영화에는 관심도 없었지만 그때 와타베가 "그러시다면" 하고 끼어들었다.

"사람이 줄줄이 살해당하는 잔혹한 호러 영화 같은 건 어떠십니까?"

"사람이 잔혹하게 살해당하는 영화가 뭐가 재미있나?"

와타베가 진지한 표정으로 대답했다.

"적어도 이거에 비하면 운석이 훨씬 낫다고 여기게 될지도 모르죠."

5

시즈에와 나란히 앉아 다다미방에 있는 텔레비전으로 비디오를 보았다. 시끄럽기만 하고 내용은 없는 영화였다. 미국인 부부가 화를 내고, 고함을 질러대고, 법석을 떠는 게 전부였다. 제목이 〈벽 속에 누군가 있다〉*여서 계단 밑에 유령이 숨어 있는, '없다고 믿었는데 역시나 있는' 분위기의 영화인 줄 알았는데 전혀 아니었다. 이야기가 시작되자마자 무대인 집에 감금된 수많은 사람이 보였다. '누군가 있다' 정도가 아니라 '많이 있다'라는 표현이 더 가까웠다.

---

* The People Under the Stairs. 한국에는 1993년 7월 〈공포의 계단〉이라는 제목으로 소개되었다.

시즈에도 똑같은 생각이었는지 다 보고 난 후에 "꽤 노골적으로 있었네요" 하고 어이없다는 듯이 중얼거렸다.

"아무리 그래도 정도껏 해야지."

"그러게요."

시계를 보니 9시였다. 야스코가 오려면 아직 시간이 남았다.

저녁은 고기를 구워 먹을 예정이라 따로 준비할 게 없었다. 채소와 휴대용 가스레인지는 이미 식탁에 차려 놓았다. 시즈에는 구울 때 맞춰 고기를 꺼내고 소스만 준비해 두면 되겠다고 했다. 소스는 유통기한이 지났지만 없는 것보다는 낫다고 판단한 듯했다. 세상이 이러니 육류 공급이 줄어들어 구하기도 어려워졌지만 그래도 접시에는 해동된 구이용 소고기가 있었다.

"한 편 더 볼까요?" 시즈에는 비디오 가게 봉투에서 다른 테이프를 꺼냈다.

"맘대로 해." 내키지는 않았지만 멍하니 있는 것보다야 낫다.

갑자기 배가 욱신욱신 당겼다. 근육이 긴장한 건가, 아니면 위가 아픈 건가. 야스코와의 재회를 두려워하고 있다는 것을 깨달았다. 6년 만에 만나는 딸이니 기쁜 건 사실이지만 그 이상으로 긴장되었다.

"여보." 굳어 버린 내 모습을 알아차렸는지 시즈에가 불쑥 불렀다. 자그마한 몸을 한껏 뻗어 비디오 기계에 테이프를 밀어 넣으면서 내 쪽은 보지도 않고 말했다. "야스코하고 화해해요."

'흥'도 '음'도 아닌 어중간한 대답을 했다.

"이제 3년밖에 안 남았어요." 시즈에가 리모컨을 만지작거리며 거듭 말했다.

"당신이 말 안 해도 알고 있어." 실제로 나는 알고 있다고 생각했다. 오늘 밤, 야스코가 어떤 마음으로 찾아오는지는 상상할 수 없었지만 이것이 마지막 기회라는 것은 알고 있었다. 다만 나는 불안했다. 대체 어떻게 해야 할지, 어떻게 입을 열고, 무슨 말을 하고, 어떻게 관계를 회복해야 할지 알 수가 없었다. 아니, 세상에 그 답을 아는 사람이 과연 있기나 할까?

영화가 시작되었다. 이번 영화는 조금 전 호러 영화와는 달리 비교적 평범한 줄거리였다. 말기 암에 걸린 주인공이 아내를 죽인 범인을 찾아내 복수를 하는 내용이었다. 총질을 하는 소리가 조금 시끄러웠던 것만 빼면 나름대로 볼만했다. 정신없이 빠져들 정도는 아니었지만 지루하지는 않았다.

"꽤 재미있었죠?" 시즈에도 비디오테이프를 되감으면서 감상을 말했다.

"그래." 나는 짧게 대답했다. 그리고 아무것도 비치지 않는 텔레비전 화면을 멍하니 쳐다보면서 물었다. "이런 때에, 이런 식으로 영화나 보고 있다니 바보 같지 않아?" 스스로가 몹시 어리석은 짓을 하고 있는 기분이었다.

"바보면 어때요."

"그런가?"

"그럼요."

"야스코 말인데." 나는 긴장한 티를 내지 않으려고 애썼다. "내가 미워서 소행성이 떨어지기 전에 날 죽이러 오는 건 아니겠지?"

"그럴지도 모르죠."

"어이."

"농담이에요."

6

10시 반이 지났을 때, 현관 초인종이 울렸다. 지난 몇 년 동안 찾아오는 이가 없었기 때문에 우리 부부는 처음에 그 소리가 무엇을 의미하는지 몰랐다.

"야스코인가 봐요." 시즈에가 환한 얼굴로 일어섰다.

심장이 빠르게 뛰기 시작했다. 한심하다고 생각했지만 어쩔 도리가 없다. 심호흡을 하자 꿀꺽 삼키는 그 숨마저 떨렸다. 자세를 가다듬고 의미도 없이 식탁 위의 그릇 위치를 바꿔 보았다. 냉장고에서 고기도 꺼내 보고, 접시 방향도 바꿔 보고, 식용유 양도 확인해 보고, 평소에는 하지 않는 짓만 했다.

"아버지, 오랜만이에요." 그런 목소리가 들렸다.

고개를 들자 야스코가 문가에 서 있었다. 외모는 아버지 장례식 때 만났던 6년 전과 거의 변함이 없는 것 같았다. 아니, 10년 전과 비교해도 거의 그대로였다.

곱게 물든 단풍처럼 가을에 어울리는 색의 목덜미가 파인 셔츠를 입고, 몸에 딱 맞는 남색 바지를 입고 있었다. 분명 올해로 서른둘일 텐데 몸매가 늘씬해 이십 대로도 보였다. 머리카락은 짧았다. 어깨에도 닿지 않을 만큼 짧아 활동적인 인상이었다.

고집스러워 보이는 눈썹은 여전했다. 까맣고 큰 눈동자로 나를 흘깃 쳐다보더니 시선은 금세 다른 곳을 향했다. 아니, 먼저 돌린 사람은 나였다.

내 미소는 어색했으리라. 야스코의 표정도 밝지는 않았다. 일부러 찾아왔으니 혹시나 과거의 다툼은 말끔히 씻어 내고 웃는 얼굴로 나타나지 않을까 기대했는데, 딸아이는 명백한 경계심을 두르고 있었다. 아버지와 딸, 우리 사이에 있는 불화는 사라진 게 아니라고 말없이 못을 박는 듯한 긴장감이었다.

"정말 오랜만이구나. 야스코, 잘 지냈지?" 시즈에는 지난 몇 년 동안 본 적 없을 정도로 눈을 빛냈다. 저 태평한 성격이 부럽다. 주방에서 작은 접시를 들고 와서는 야스코를 식탁에 안내하고 자기도 앉았다.

"나야 잘 지냈죠. 어머니는?"

"암, 잘 지냈지. 앞으로 3년은 거뜬히 살 수 있을 것 같아." 시즈에는 조용히 웃었다. 그 말을 듣고 내가 혀를 차자, 그 소리에 반응했는지 야스코가 이쪽을 돌아보았다. 하지만 아무 말도 하지 않고 다시 시즈에에게 말을 걸었다. "3년이라니 실감이 안나요. 하지만 용케 무사했네. 센다이도 난리였을 텐데."

"사람이라는 게 참 나약하더구나." 시즈에가 깊이 고개를 끄덕이면서 대꾸하더니 손을 뻗어 가스레인지를 켰다. 재빨리 기름을 두르고 "양껏 구워 먹으렴" 하고 채소와 고기를 가리키고는 투덜거렸다. "몇 년 후에 죽는다는 걸 안 순간 난리가 나서 먼저 도망가려고 하질 않나, 서로 빼앗고 싸움질을 하려 들질 않나. 정말 다들 어찌나 나약한지, 끔찍했어. 거리에 돌아다니는 개가 훨씬 침착하더라니까."

"당연하지. 개는 뉴스를 안 보니까." 나는 씁쓸하게 말하는 한편으로 시즈에의 입에서 '사람은 나약하다'라는 표현이 튀어나왔다는 사실에 놀랐다. 그런 생각을 했을 줄은 꿈에도 몰랐다.

우리는 한동안 즐겁게 고기를 구워 먹었다. 대화는 없었지만 지글지글 익는 소리와 모락모락 피어오르는 연기로 식탁은 나름대로 흥겨웠다.

나는 머릿속으로 해야 할 말을 필사적으로 찾았다. 묻고 싶은 건 얼마든지 있다. 지금까지 어떻게 지냈느냐, 결혼은 했느냐, 만약 했다면 아이는 있느냐, 일은 어떠냐, 돌아올 마음은 없느냐. 그리고 무엇보다도, 아직 내게 화가 나 있느냐?

그릇에 담긴 밥을 마지막 한 톨까지 먹은 뒤에 젓가락을 내려놓고 조용히 한숨을 내뱉었다. 10년 만에 마주한 야스코는 조금 전부터 나하고 거의 눈을 마주치지 않고 있다. 딱딱한 공기가 답답했다.

"그래서 말이다만." "그래서 말인데."

야스코와 나는 거의 동시에 입을 열었다.

우리는 얼굴을 마주 보았다. 민망한 표정으로 서로가 서로에게 순서를 양보하려 했다. 어쩔 수 없이 내가 먼저 말하려고 입을 여는데 또 동시에 겹치고 말았다.

"무슨 용건으로 왔느냐?" "아버지, 용건이 뭐예요?"

"무슨 소리냐?" 나는 고개를 갸웃거렸다. 야스코도 마찬가지로 얼굴을 찌푸렸다. 철판 위에서는 너무 익어 버린 갈비가 소리를 내고 있다. 타기 시작하는 것 같았다.

"용건이고 자시고, 야스코 네가 찾아온 것 아니냐?"

"아버지가 내게 용건이 있다고 꼭 오라 해서 온 거예요."

야스코는 이해할 수 없는 상황에 동요하는 것 같았지만 불쾌해하는 기색은 아니었다. 나도 마찬가지였다. 이제 와서 싸울 생각은 없다.

"누구한테 들었느냐?" 그렇게 물으면서도 답은 알고 있었다.

"어머니요."

그렇다. 나와 야스코 사이에 있는 건 시즈에뿐이다. 시즈에가 야스코와 이야기했고, 내게 "야스코가 만나러 오겠대요"라고 전했다.

"어이." 나는 고개를 돌려 시즈에를 불렀다. 그제야 시즈에가 자리에서 일어나 모습을 감춘 것을 알아차리고 큰 소리로 물었다. "어이, 당신! 이게 어떻게 된 일이야!"

시즈에는 침실 장지문을 열고 느긋하게 식탁으로 돌아오는 참이었다. "어이, 당신, 이게 어떻게." 나는 사납게 물었다.

"짠!" 시즈에는 경박한 소리를 내며 상자 하나를 앞으로 내밀더니 조금 전까지 자기가 앉아 있던 의자 위에 쿵 내려놓았다. "이것 좀 봐요."

지저분한 상자였다. 상자 옆면에는 이삿짐센터 이름이 인쇄되어 있다. 우리가 힐즈 타운으로 이사 올 때 썼던 상자가 분명했다.

"그게 뭐예요?" 야스코가 고개를 갸웃거렸다. 다그치는 말투는 아니었지만 의아하게는 여기고 있다.

"최근에 가즈야의 방을 정리했단다." 시즈에는 띄엄띄엄 말을 꺼냈다.

"오빠 방을?"

"그랬더니 벽장 안쪽에 이게 있더구나. 그래서 이걸 아버지랑 야스코가 봐줬으면 해서."

"그게 뭔데?"

시즈에가 상자 윗부분을 열기 시작했다. 네 장의 덮개를 차례대로 열듯이 오른쪽, 왼쪽, 위, 아래 순서로 덮개를 펼쳤다.

나와 야스코가 속을 들여다보기 전에 시즈에가 먼저 손을 집어넣어 그것을 꺼냈다.

"이거, 기억해요?"

시즈에가 오른손에 든 건 작은 나무막대기였다. 느티나무 가지일까? 길이는 30센티미터쯤 되고 나이프 같은 도구로 거칠게 깎아 끝이 뾰족하다. 왼손에는 헬멧을 들려 있었다. 공사 현장에서 쓰는 노란 헬멧이다. 상자에서는 그물도 튀어나왔다. 축구 골대에서 뜯어낸 듯한 그물이었다.

"뭐야, 그건." 짜증을 입 밖으로 내뱉으려던 내 머리에, 그 순간 잊고 있었던 광경이 되살아났다.

1

여름이었다. 얼마나 옛날인지 정확히는 기억나지 않지만, 햇빛이 쨍쨍하고 매미가 공기를 뒤흔들 기세로 요란하게 울어대던 때였다.

거실 소파에 멍하니 앉아 있었으니 일요일이 아니었을까? 오랜만에 맞는 휴일이어서 몸과 마음의 긴장을 풀며 창밖으로 보이는 하늘의 상쾌함과 동시에 짜증도 느끼고 있었다. 구름 한 점 없는 푸른 하늘은 좋았지만, 한편으로는 집에서 텔레비전이나 보는 내 모습이 혐오스러웠다.

시즈에와 야스코도 마찬가지로 거실에 있었다. 야스코는 탁자에 공책을 펼쳐 놓고 묵묵히 숙제를 하고 있지 않았던가? 거기에 가즈야가 나타났다. 아직 초등학생 무렵의 가즈야다.

"야스코, 가자!" 가즈야는 씩씩한 목소리로 말했다.

귀찮았지만 고개를 들어 쳐다보니 가즈야는 헬멧을 쓰고, 오른손에는 나무로 만든 활을 들고 있었다. 직접 만든 커다란 화살도 함께 쥐고 있었다.

"가즈야, 무슨 일이니?" 시즈에가 눈을 휘둥그레 떴다.

나는 보자마자 얼굴을 찌푸렸을 것이다. 당시 가즈야는 이미 초등학교 4학년인가 5학년이었는데, 그 모습이 나이에 비해 너무나 유치했기 때문이다.

"오빠, 왜 그래?" 고개를 든 야스코도 어리둥절한 기색이었다.

그때, 가즈야가 진지한 표정으로 말했다. "야스코, 가자! 괴물을 해치우러 가야 해!"

우리 셋은 저마다 어이가 없어 말문이 턱 막혔다. 괴물? 나는 솔직히 그 유치한 발언에 환멸을 느꼈다. 현명한 아들이라고 생각하지는 않았지만 그래도 뜬금없이 '괴물을 해치우러 가자'고 하다니, 이건 이미 구제의 여지가 없다 못해 절망스러웠다.

"어디로? 어디로 가?" 야스코가 나이는 더 어리지만 훨씬 현실적이었다. "진짜 괴물이 있어?"

"효고에 있어." 가즈야는 자신 있게 말했다. "엄마, 효고까지 가게 차비 좀 줘."

"효고?" 시즈에도 당황한 기색으로 되물었다.

가즈야가 고개를 까딱 끄덕였다. 진지한 눈으로 우리 모두의 얼굴을 둘러보더니 천천히 입을 열었다.

"조금 전에 텔레비전에서 그랬어."

"뭘?"

나는 거실에 놓인 텔레비전으로 시선을 돌렸다. 조금 전까지

고교 야구 중계가 나오고 있었다. 결승전이었다. 밀리고 있던 우승 후보가 9회 말 투아웃에서 멋진 끝내기 홈런을 쳐 낸 참이었다.

"아까 그랬단 말이야." 가즈야가 말을 이었다. "고시엔*에는 괴물이 살고 있대."

8

당시 내가 어떻게 반응했는지는 기억나지 않는다. 아니, 분명 흉측한 벌레라도 본 것처럼 노골적으로 혐오감을 드러냈겠지만, 지금 나는 가슴속에 부드러운 공기가 흘러 들어오는 것을 느꼈다. 가볍고 간질간질한 덩어리가 배 속에서 목구멍으로 올라오더니 이윽고 편안한 한숨으로 바뀌어 입 밖으로 튀어나왔다.

저도 모르게 웃음이 터져 나왔다. 얼굴에서 긴장이 모두 풀려 뺨이 헤벌쭉 늘어진 것을 안 봐도 알 수 있다. 후후후, 하는 소리가 들려 눈을 돌리자 야스코도 환하게 웃고 있었다. 눈꼬리를

---

* 일본 효고현에 있는 야구장으로 전국 고교 야구 선수권 대회가 열린다.

내리고 손으로 입가를 가리고 있었다.

시즈에가 기쁜 표정으로 우리를 바라보았다. "기억나요?"

"괴물이랬나." 나는 얼굴을 찌푸렸지만, 그것은 결코 불쾌해서 그런 것이 아니었다.

"괴물이랬죠." 야스코가 웃음을 참으며 단언하듯 고개를 끄덕였다.

"그거 정말 우스웠죠." 시즈에가 들고 있던 헬멧을 상자에 도로 넣었다.

야스코가 흥분한 목소리로 말했다. "그때, 나 굉장히 감동했었어요." 그리움에 젖은 목소리이기도 했다. "그때 난 알았어요. 오빠한테는 다른 사람에겐 없는 게 있다는걸."

"다른 사람에겐 없는 것?" 시즈에가 대답을 채근했다.

"그래요." 야스코가 미소를 지었다. "뭔가 특별한 것. 오빠한테는 그게 있어요."

"특별." 나는 멍하니 그 말을 따라 하고 나서 무의식적으로 내뱉었다. "특별한 바보지."

"여보." 시즈에가 눈썹을 찌푸리며 타박하듯 말했다.

허둥지둥 입을 다물었다. 바보라고 말하는 사람이 바보라고 야단맞은 기억이 되살아났다. 하지만 지금 내가 말한 '바보'에 악의는 없었다.

야스코는 표정을 바꾸지 않았다. 온화한 표정 그대로, 마치 내게 동의하듯이 "맞아요"라고 말했다. "오빠는 특별한 바보야. 이쨌거나 고시엔에 괴물이 산다잖아요. 유치원생도 아닌데."

나는 어깨에서 힘을 빼고 시즈에를 쳐다보았다. "이걸 보여 주려고 야스코를 불렀어?"

"그렇다기보다는." 시즈에는 상자 속을 굽어보면서 으음, 하고 할 말을 골랐다. 한참 지나서야 "모처럼 찾았으니 가즈야가 괴물을 무찌르게 해 주고 싶었어요" 하고 말했다.

"괴물은 쓰러졌나?"

"글쎄요." 시즈에가 자그맣게 고개를 갸웃거렸다.

내 머릿속에는 헬멧을 쓰고 진지한 표정으로 선 가즈야의 씩씩하면서도 깜찍한 얼굴이 선명하게 떠올랐다.

"아버지." 그때 야스코가 일어섰다. 이쪽을 노려보면서 중대한 문제라는 듯이 심각한 표정을 지었다. 나는 침을 꼴깍 삼키고 압도당하듯 등받이에 몸을 딱 붙였다.

"난 아버지 때문에 줄곧 괴로웠어요. 늘 성적이니 등수니, 결과만 중시하고." 마치 죄목을 읊는 듯한 말투였다.

그 순간, 나는 이해했다. 아아. 신음을 흘렸다. 증오와 분노가 빈틈없이 첩첩 쌓인, 딸이 내뱉는 이 말이야말로 '괴물'이구나. 나는 각오를 다졌다.

"항상 남들을 바보 취급해서, 같이 있는 내 마음마저 거칠어졌어요. 어렸을 때부터 스트레스만 주고. 오빠가 죽은 것도 아

44

버지 탓이야. 난 그렇게 생각해요."

눈에 보이지는 않지만 오랜 세월에 걸쳐 쌓인 증오 같은 감정
이 괴물이 되어 덮쳐 온다. 그런 압박과 공포를 실감했다. 앞으
로 3년이면 세상이 끝나는 이때에, 나를 놓치지 않으려고 몰아
붙이는 괴물이다. 입을 다문 채로 가만히 야스코를 쳐다보는 수
밖에 없었다. 실내 불빛이 어두워진 것 같았다. 벽이란 벽이 모
두 새까맣게 물들어 숨이 턱 막혔다. 시선을 어디에 두어야 할
지 몰라 눈을 질끈 감고 싶었지만 겨우 참고 딸을 바라보았다.

"하지만." 그때 야스코가 말했다. 한숨인지 웃음인지 모를 공
기를 입으로 후 토해 내더니 어쩐지 표정이 누그러지면서 눈에
서 긴장이 사라졌다. "하지만 용서할게요."

"어?" 나는 저도 모르게 얼빠진 목소리를 내고 말았다.

"오빠 헬멧을 보니까 다 부질없다는 생각이 들어요. 그런 건
전부 용서할게요."

딸이 아버지에게 '용서한다'고 잘난 척 떠드는 경우는 들어본
바가 없었다. 하지만 나는 화내지 않았다. 한 마디만, 겨우 했
다. "그러냐."

9

이튿날 아침, 도쿄로 돌아가는 야스코를 차 앞까지 배웅했다. 야스코는 운전석에 올라타 안전벨트를 매고 창을 열더니 우리에게 손을 흔들었다. 야스코의 왼손 약지에 반지가 보였지만 모르는 체했다.

"아버지, 어머니한테 사과하는 게 좋을 거예요." 야스코가 고개를 내밀었다.

"내가?"

"지금까지 쭉 바보라고 했잖아요. 아마 어머니도 몹시 화가 나 있을걸."

"바보 같은 소리." 나는 옆에 서 있는 시즈에를 흘깃 쳐다보았다. "아니지?"

"화났어요." 시즈에의 목소리는 기분 탓인지 평소보다 활기가 넘쳤다.

"봐요." 야스코가 까르르 웃었다. "알겠어요? 3년 후에 세상이 끝날 때, 아버지 곁에 있어 줄 사람은 틀림없이 어머니예요. 어머니밖에 없다고요. 제발 사이좋게 함께 지내 달라고 환심을

46

사두는 게 좋을 거예요."

"바보 같은 소리." 나는 또 그렇게 말했다. 살피듯이 아내를 다시 한번 쳐다보니 시즈에는 얼굴을 굳혔다. "저는 야스코하고 달라서 쉽게 용서해 주지 않을 거예요."

시동이 걸렸다.

공원을 생각해 보았다. 3년 후, 벤치에 앉아 그 순간을 기다리는 나와 시즈에의 모습을 상상했다. 홍수나 건물 붕괴가 눈앞에 닥쳤으니 침착할 수 있을 리가 없는데, 그것은 무척 평화로운 광경으로 느껴졌다. 우리는 등을 구부리고 눈부신 노을을 바라보고 있다. 우아하게 넘실거리는 붉은 잠자리를 지켜본다. 조용하고 호젓한 시간이 우리를 기다리고 있다.

"아버지, 열심히 애써 봐요." 야스코가 큰 소리로 말했다. "아직 3년이나 남았으니까!"

그 '3년이나'라는 말이 든든했다.

"어이."

"전 쉽게 용서하지 않는다니까요." 시즈에가 이번에는 한층 더 또렷한 목소리로 말했다.

태양의 딱지

SEAL

GOODBYE EARTH

1

선택할 수 있다는 건 오히려 괴로운 일이다.

아파트 다다미방에서 책상에 한쪽 팔꿈치를 괴고 어머니의 영정 사진이 있는 불단을 바라보고 있었다. 개구리 모형이 달린 탁상시계가 오른쪽 협탁 위에 있다. 저녁 5시였다. 얼마 있으면 미사키가 돌아올 것이다. "그래서 정했어?" 하고 그녀는 평소처럼 태연한 말투로 묻겠지. 서른넷, 나보다 두 살 위인 그녀는 내가 얼마나 우유부단한지 잘 알고 있다.

정했을 리가 없잖아.

한숨을 참으며 속으로 흑백사진 속의 어머니에게 말을 걸었다. 은테 액자 속의 어머니는 못마땅한 표정이다. "우유부단 대회가 있다면 분명 네가 일등일 거야. 내 자식이지만 기가 막히는구나." 여자 홀몸으로 나를 키워낸 어머니는 그 표현이 마음에 들었는지 내 인생 초기부터 곧잘 그리 말씀하셨다. 아무래도 그래서 '나는 우유부단하다'라고 각인 당한 게 아닐까?

"하지만 정말 우유부단한 사람은 그런 대회에 나갈지 말지부터 고민할 테니 그런 대회 자체가 열릴 리 없죠." 10년 전 신혼 무렵, 미사키가 그렇게 되받아친 적이 있었다. 그 대답이 몹시 흡족했는지 어머니는 미사키도 좋아했다.

선택의 자유는 필요 없다. 선택의 여지가 없는 게 낫다. 자동차로 여행을 떠날 때도 목적지에 이르는 경로는 하나뿐이면 좋겠고, 식당 점심 메뉴도 매일 딱 하나로 정해 주면 고맙겠다. 내 입장에서는 그렇다.

"어느 쪽이든 별 차이 없을 거야." 미사키는 늘 그렇게 말했다. "'그때 그렇게 했으면, 이렇게 했으면' 하는 문제는 결국 어느 쪽을 골라도 똑같은 결과가 나온다니까."

언제였던가 "당신하고 결혼했을 땐 어땠더라. 그것도 중대한 선택이었을 텐데" 하고 물어본 적이 있었다. 그때 그녀가 해 준 대답도 간단했다. "그건 선택권이 후지오 당신한테 없었어."

"그랬나?"

이대로 다다미 여섯 장짜리 방에서 고개를 갸웃거려 봐야 결정할 수 있을 리가 없다. 자리에서 일어나 윗몸을 젖혀 기지개를 켰다.

거실로 나가 옷걸이에 걸어둔 블루종을 집어 걸치고 뒤를 돌아 레이스 커튼 너머로 창밖을 보았다. 가을에 걸맞은 비늘구름이 옅게 깔려 있었다. 태양이 저물어 가고 있다. 기분 탓인지 요즘은 노을이나 흘러가는 구름이 무척이나 아름답다. 마치 허둥거리는 사람들을 조롱하듯 주위의 자연이 생기를 띠기 시작한 것 같았다.

주방으로 걸음을 돌렸다. 가스레인지 위 냄비에서 푹 익은 무 냄새가 희미하게 풍겨 왔다. 어젯밤에 만들어 반쯤 먹다 남긴 방어무조림이었다.

"듣고 놀라지 마." 미사키가 갑자기 말을 꺼낸 건 바로 어제 저녁 식사 때였다. 미사키는 무를 한입 베어 물고 간이 잘 배어 맛있다며 흐뭇하게 웃더니 마치 방어를 뒤적거리는 김에 지나가듯 말을 이었다. "글쎄, 임신이래."

"뭐?" 나는 어안이 벙벙했다.

"오늘 병원에 다녀왔는데."

"그러고 보니 감기 기운이 있다고 했지."

"실은 몸이 예전 같지 않아서 혹시나 싶긴 했어."

"혹시나 싶었다니."

"어머님께서 전에 '세상에는 별일이 다 있다'라고 그러셨잖아."

"언제?"

"딱 5년 전이겠네."

"아아." 나는 고개를 끄덕였다. "확실히 그때는 별일이 다 있었지." 온 동네에서, 아마도 지상의 모든 곳에서 소동이 벌어졌던 때다. 자포자기한 사람들이 여기저기에서 폭력을 휘두르고, 물건을 훔치고, 건물에 불을 질렀다. 앞으로 8년 후에 운석이 떨어진다면 살아 있어 봤자 결국 마찬가지 아니냐며 빌딩에서 뛰어내린 사람도 있었다. 아주 많았다. 어차피 죽을 바에야 미리 죽는 게 낫다니 묘한 소리지만 어쨌든 별일이 다 있었다.

"정말 임신한 거야?"

"임신 8주!" 미사키는 해맑게 웃었다. 평소와 똑같다. "이제 어떻게 하지?"

"어떻게 하다니?"

미사키는 고뇌하는 기색도 없이 즐거운 얼굴로 나를 바라보며 말했다.

"낳을까 말까? 선택의 순간이야. 선택은 당신 특기잖아."

식탁 옆에 걸려 있는 달력을 쳐다보았다. 어제 날짜에 사인펜으로 동그라미가 그려져 있다. '14시 마루모리 병원'이라는 미사키의 글씨가 함께 적혀 있었다. 마루모리 병원은 '힐즈 타운'에서 버스로 두 정거장쯤 떨어진 곳에 있는 작은 병원이다. 미사키는 그곳에서 진찰을 받았다. 병원이 아직 돌아가고 있다는 사실이 황당했다.

지갑을 주머니에 넣고 현관으로 향했다. 중간에 열쇠를 가지러 방으로 되돌아갔다. 사진 속의 어머니와 눈이 마주쳤다. "그래, 네가 결단을 내릴 수 있을까?" 하고 떠보는 듯한 표정이었다.

2

엘리베이터를 타면 5년 전의 8월 15일이 떠오른다.

그때, 미사키와 나는 센다이 시내에 있는 여행사에 가서 연말에 갈 해외여행 정보지를 싹쓸이해 돌아오는 길이었다. 예년 여름에 비하면 시원한 편이라고들 했지만, 그날은 유난히 더웠다. 몸을 비틀 때마다 땀에 젖어 축축한 티셔츠가 살에 달라붙어 불쾌했다.

아파트 엘리베이터를 타고 6층에 도착하기를 기다렸다. "이렇게 더울 때 하와이에 갈 계획을 세우다니 바보네" 하고 미사키와 나란히 광고지를 뒤적거렸다. 그리고 그때, 아마 2층이었을 텐데 엘리베이터가 멈추더니 한 여성이 들어왔다. 그녀는 8층 단추를 누르고는 우리를 흘깃 쳐다보고 눈길을 돌렸다가 역시 참을 수 없다는 듯이 눈을 빛내며 말했다. "들으셨어요?"

"뭘 말입니까?" 나는 분명 아파트에 떠도는 소문이나 반상회에서 의논한 분리수거 문제일 줄 알았는데, 아니었다. 그녀가 꺼낸 말은 반상회보다 훨씬 규모가 큰 이야기였다.

"아까부터 텔레비전이 이상해요. 어느 채널이나 똑같은 방송만 나오고."

"고장인가요?"

"이상한 뉴스만 나와요."

"이상한 뉴스?"

"8년 후에 소행성이 떨어진다느니, 괴멸 상태가 된다느니."

멀쩡한 성인 여성의 입에서 '행성'이라느니 '괴멸'이라느니 하는 다소 유치한 말이 나오는 게 우스워서 웃음을 참느라 애를 먹었다.

"장난일까요?" 내가 묻자 그녀는 눈썹을 찌푸리며 "그렇겠죠"라고 대답하고는 위를 가리키며 "지금 이타가키 씨 댁에 그 이야기를 하러 가는 길이에요" 하고 잡담이 삶의 보람이라는 듯한 표정을 지었다.

결론적으로 그 뉴스는 장난도 허풍도 아니었다. 밤에 끝없이 흘러나오는 텔레비전 뉴스를 바라보면서, 우리도 이것이 장난이 아니라는 것을 믿지 않을 수 없었다. 어머니에게 연락하려 했지만 전화가 불통이라 어쩔 도리도 없었다. 지금 생각하면 그때의 우리는 8년 후에 세상이 종말을 맞이한다는 사실보다도 전화가 먹통이라는 사실에 더 화를 냈다.

그날 밤, 아파트의 어느 집에서 비명이 들렸고 그 목소리에 이끌리듯 한탄 어린 절규가 여러 곳에서 울려 퍼졌다. 눈치 빠른 주민이 눈치 빠른 순서대로 지른 절망의 소리였으리라.

그 후로 8월 15일은 종전 기념일이 아니라 다른 의미를 지닌 날이 되었다.

1층에 도착해 통로를 지났다. 아파트 입구로 나가자 정면에 우편함이 늘어서 있고 그 위에 야구 글러브가 두 개 놓여 있었다. 벌써 오랫동안 그 자리에 놓여 있다.

그것이 눈에 들어올 때마다 마음이 침울해진다. 쓰는 사람 없는 글러브가 종말을 향해 가는 이 세상의 상징처럼 느껴지기 때문이다.

밖으로 나가면 완만한 비탈이 나오고 오른편에는 작은 화단이 있다. 언제 봐도 흙이 깔끔하게 다져져 있다. 주민 중 누군가가 항상 손질하는 것이리라.

목적지는 없었다. 다만 돌아다니다 보면 어떤 결심이 서지 않을까 기대하고 있었다. 그나저나 참 기막힌 일이다. 그토록 아이를 원했을 때는 아무 소식 없다가 완전히 포기하고 임신이나 출산을 신경 쓸 겨를이 없는 이제 와서 아이가 생기다니. 확실히 별일이 다 있는 세상이다.

3

우리 부부는 결혼 초부터 아이를 원했다. 나름대로 준비나 계산도 했음에도 불구하고 잘되질 않았다.

"혹시 모르니 살펴봐 달라고 할까?" 미사키가 마치 감정사에게 골동품 감정을 부탁하는 듯한 가벼운 말투로 말해서 7년 전에 검사를 받았다.

"원인은 남편 쪽에 있군요."

불임 치료 방면에서는 유명한 센다이시 교외에 있는 산부인과 의사가 나와 미사키 앞에서 결과를 알려 주었다. 만들 수 있는 정자 수가 극단적으로 적습니다, 하고 동정심도 무관심도 느껴지지 않는 '기술적'이라고 칭찬해도 좋을 만한 말투로 담담하게 이야기했다.

"무정자증입니까?" 그렇게 묻자 꼭 그렇지도 않다는 어중간한 대답을 했다.

"아이가 절대 생기지 않는 겁니까?" 질문을 거듭하자 의사는 눈을 빛냈다. "최근 의료 기술은 눈부시게 발전했으니, 괜찮습니다. 더 상세하게 검사를 해 봅시다."

그 후 나는 내 몸에 관한 설명을 듣고, 몇 년 전에 걸린 볼거리의 고열 때문인지도 모른다는 이야기를 들었다.

　　"미안." 병원을 나선 후에 나는 무심코 사과했다.

　　"왜 사과해?" 미사키가 웃었다.

　　"그야 내가 원인이잖아."

　　"잘못한 것도 아니잖아." 미사키는 언제나 활달해서 심각한 일을 웃어넘기는 게 특기였다. "게다가 조금 기뻤고."

　　"기뻤다니, 뭐가?"

　　"실은 분명히 나한테 문제가 있을 줄 알았거든. 미안해서 마음에 걸렸는데. 하지만 후지오 당신 탓이라면 마음이 편해."

　　"내 탓이라고 하지 마. 내 탓이라니." 내가 당황해서 지적하자 "당신 덕에"라고 묘하게 바꿔 말했다. 그 후로는 평소처럼 회사에 대한 불평이나 예전에 보았던 영화 이야기를 했지만 돌아가는 버스 안에서 내가 말을 꺼냈다. "어떻게 할까?"

　　"뭘?"

　　"검사하고 치료." 의사의 말에 따르면 불임 검사는 몇 번씩 해야 하고, 임신 성공률은 치료를 통해 훨씬 올라간다고 했다.

　　"당신은 어떻게 하고 싶어?"

　　"내가 물었는데 질문으로 대답하는 건 치사한 짓이야."

　　"난 말이야." 미사키는 눈을 뜨고 가만히 나를 바라보다가 다시 실눈을 뜨고 볼을 부풀렸다. "어느 쪽이든 상관없어."

사실 따지자면 그 말은 우유부단한 내가 해야 할 말이었다.

"무책임하네."

"아니, 정말 그런걸."

"하지만 역시 아이가 있는 게 낫지 않아?"

"그럴까? 검사하려면 돈도 들 테고, 치료도 꼭 쉽지만은 않을 텐데."

"협박하지 마." 나는 열심히 고민했다. 결단을 내려야만 한다는 중압감을 느끼면서 고민했다.

 버스에서 내려 당시 살고 있던 집으로 돌아가는 길에도 말없이 고민하는 나를 미사키는 즐겁다는 듯이 바라보기만 했다. "어느 쪽이면 어때" 하고 쾌활하게 말한 건 아파트 옥상이 보이기 시작했을 때였다. "좋아, 결정했다. 그럼 일단은 이대로 지내자. 만일 치료하고 싶어지면 그러면 되고, 그렇지 않으면 이대로 살면 되잖아."

 그렇게 그녀는 실책을 저지른 수비수를 격려하는 감독처럼 내 등을 철썩 두드렸다. 그 말에 기댈 셈은 아니었지만 결국 어영부영 7년이나 흐르고 말았다.

4

걸어가는데 옆에서 자전거가 기세 좋게 멈춰 섰다. 지나치려다가 급하게 브레이크를 거는 바람에 앞으로 고꾸라질 기세였다. 무슨 일인가 싶어 쳐다보니 고등학교 때 친구였다. "후지오, 마침 잘됐다."

"오랜만이네." 나와 마찬가지로 센다이에서 태어난 그는 지금도 옆 동네에 살고 있다. 소행성 소동으로 얼굴을 맞댈 기회는 줄었지만 아직 동네에 남아 있는 줄은 알고 있었다. 친구는 차가 없었다. 자랑거리인 오프로드 자전거라면 있지만 그것으로는 가족을 데리고 떠날 수 없었으리라.

"후지오, 요새 시간 좀 돼?"

"앞으로 3년은."

"축구 안 할래?"

우리는 고등학교 때 학창 시절 3년을 축구부에서 보냈다. 친구가 미드필더를 맡았고, 나는 적진에서 눈에 띄지 않게 움직이는 포워드였다. 그가 그라운드에 선을 그리듯 깔끔한 패스를 내게 보내 주면 그 공을 받은 나는 늘 멋들어지게 골을 놓치곤 했다. "신경 쓰지 마. 빗맞을 때도 많지만 후지오는 늘 좋은 위치로 파고드니까." 그래도 모두가 그렇게 관대했던 건 우리 팀이 국립경기장을 진심으로 노리는 강호가 아니었기 때문이리라.

"쓰치야가 돌아왔어." 친구가 말했다. "지난번에 이발소에서 만났지 뭐야."

"묘한 곳에서 만나네." 그렇게 말하긴 했지만, 나는 동네 이발소가 줄줄이 문을 닫는 바람에 영업하는 가게를 찾기가 대단히 힘들다는 것을 알고 있었다. 언제나, 어느 이발소나 만원이었다. 세상이 끝나든 운석이 떨어지든 머리카락은 자란다.

"쓰치야하고 떠들다가 근처 친구들을 모아서 축구 좀 해 보자는 얘기가 나왔거든."

"서른 넘은 아저씨들이 축구 얘기로 열 올리는 것도 묘하네."

"그게 좋은 거 아니겠어?"

어디가 좋은지 모르겠지만 나는 일단 "좋아"라고 대답했다. 축구라니 몇 년 만일까? 스파이크는 아직 안 버렸나 머릿속으로 집을 뒤지기 시작했다. 이어서 그는 모레 오후 1시에 하천 둔치 운동장이라고 숨도 돌리지 않고 말했다.

"쓰치야도 본 지 한참 됐네." 나는 고등학교 때 축구부 주장의 늠름한 모습을 떠올렸다.

"'대역전'의 쓰치야도 운석은 당해내지 못했네." 그가 아쉽다는 듯이 웃었다.

"정부는 운석이 아니라 소행성이라고 불러."

"어느 쪽이든 마찬가지잖아."

쓰치야는 우리 축구부의 핵심이었다. 기술적으로나 정신적으로나. 고등학교 때부터 친구들 사이에서도 특출하게 총명해서 유난스럽게 나서는 성격은 아니었는데도 막상 일이 생기면 모두를 이끌었다. 약소 팀인 우리의 골키퍼로 쏜살처럼 날아가는 슛을 고군분투하며 막아 냈다. 아무리 지고 있더라도 마지막까지 포기하지 않았던 게 쓰치야였다. 하프타임 때 침울한 표정을 짓고 있으면 "참고 기다리다 보면 대역전이 일어날 거야, 후지오" 하고 자기가 알고 있는 영화의 결말을 말하는 것처럼 웃어 보였다. 대역전이 일어날 때도 있었고 그렇지 않을 때도 있었다. 하지만 쓰치야의 그 자신만만한 모습이 우리를, 적어도 나를 안심시켜 주었다.

"맞다, 참." 헤어질 때 친구에게 물었다. "아는 사람이 임신했다는데." 거짓말을 섞는다. "낳아야 할지 말아야 할지 묻더라고."

"지금 태어나도 세 살까지밖에 못 사니까." 그렇게 대답하는 친구에게는 이미 일곱 살 되는 딸이 있었다.

"의미가 없을까?" 관자놀이를 긁적거리며 물었다.

"결국 본인이 정할 일이잖아."

"그렇지."

"나라면 낳을 생각은 하지 않겠지만." 그는 그런 말을 남기고 모레 만나자며 자전거 페달을 밟고 떠나갔다.

홀로 남은 나는 다시 걸음을 떼려 했지만 어디로 가야 할지 떠오르지 않아 고민에 빠지고 말았다. 멈춰 서서 문득 하늘을 올려다본다. 소리도 없이, 하지만 바삐 흘러가는 구름이 눈에 보인 순간 충돌하는 운석의 공포가 실감 나는 실체가 되어 등을 덮쳐 왔다. 어라, 싶었을 때는 주저앉아 있었다. 가슴과 배 사이가 아팠다. 현기증과 위통에 한참 웅크리고 있었다. 일어나서 심호흡하고 고개를 흔들었다. "잊자, 잊어버리자."

아파트로 돌아갈까, 아니면 공원으로 갈까. 다리를 앞뒤로 움직이면서 곰곰이 생각했다.

'이렇게 고민할 때는 언제나 미사키가 결정해 줬는데.'

5

12년 전, 도쿄의 사립대학에 다닐 때 미사키를 만났다.

나는 여대 미팅에 가던 참이었다. 누가 병에 걸려 참석 못 하게 되는 바람에 후보 명단에서 선택받은 것 같았다.

용무를 마친 하마마쓰초에서 미팅 장소인 이케부쿠로까지 가야 해서 전철역 승차권 발매기 앞에 서 있었다. 노선도를 보다가 그만 고민에 빠지고 말았다.

야마노테선을 타면 된다는 건 알고 있었지만 내선 순환과 외선 순환 둘 중 어느 쪽을 타야 가까운지 바로 판단이 서지 않았기 때문이다. 노선도를 보니 이케부쿠로는 마침 야마노테선의 중간에 있는 것 같았고 정차 역 숫자도 엇비슷했다. 판단이 서지 않는다면 어느 쪽을 타도 상관없다고 생각하면서도 발이 떨어지지 않는 것이 우유부단한 사람이 우유부단하다는 소리를 듣는 까닭이다.

"어딜 가는데?" 그때 뒤에서 그렇게 말을 걸어 준 여성이 바로 미사키였다. 발매기 앞을 막아선 내가 거치적거렸을 텐데 그녀는 화난 기색도 없었다.

사정을 설명하자 그녀는 웃음을 터뜨렸다. "어느 쪽을 타든 1, 2분 차이밖에 안 나."

그건 나도 알고 있다고 대답했다. 큰 차이가 없으니 오히려 고민하고 있다고.

그러자 그녀는 더 끔찍한 소리를 했다. "그럼 일단 게이힌도호쿠선을 타고 다바타까지 가서, 거기에서 야마노테선을 타는 게 빠를지도 몰라."

나는 필사적으로 손을 저으며 반쯤 화를 냈다. "선택지를 더 늘리지 말아줘!"

"알았어. 그럼 내가 정해 줄게. 야마노테선, 내선 순환!"

그 기세에 눌렸다고 해야 할지, 지시에 따랐다고 해야 할지, 나는 그녀에게 고맙다고 말하고 야마노테선 내선 순환 플랫폼으로 향했다. 어찌 된 영문인지 그녀도 따라왔고, 전철 안에서 대화가 잘 통해서 나는 결국 후보 당첨의 권리를 포기했다. 미사키가 그렇게 결정했다.

5년 전, 소행성 뉴스로 떠들썩했을 때 아파트에서 숨죽이고 있자고 결정한 것도 미사키였다. 즉 어머니가 말씀하신 '별일이 다 있는' 상태가 된 직후였다. 처음 1년 반 정도는 온갖 소문이 난무했다. 언론매체는 출처도 근거도 모호한, 진위도 불확실한 정보를 내보냈다. 언론사도 혼란스러웠던 것이리라.

가장 질이 나쁘고 영향이 컸던 것이 '오세아니아 지역에는 피해가 없다'라거나 '해발 1,500미터 이상의 고지대라면 안전'하다는 등, 이동을 부추기는 헛소문이었다.

이웃들이 잇달아 짐을 꾸리기 시작하더니 동네를 떠났다. SUV 차량이나 캠핑카 수요가 증가했다. 당연히 생산은 수요를 따라가지 못했고 제조회사가 "우리도 자동차나 만들고 있을 때가 아니다"라고 화를 내기 전까지 많은 사람이 대형차를 구입해 유랑 생활을 시작했다.

주위의 태도에 영향을 쉽게 받는, 즉 우왕좌왕하는 게 내 천성이라 당시에는 몹시 고민했다. 다른 사람들처럼 동네를 떠나지 않으면 늦을지도 모른다는 생각에 불안해졌다. 그렇다고 새로운 곳에서 생활할 자신도 없어 침울한 얼굴로 망설이고 있었다.

그때도 미사키의 반응은 똑같았다. "어쩔까?" 하고 일단 내 얼굴을 들여다보더니 내가 "실은 망설이고 있어" 하고 털어놓기를 기다려 웃으며 말했다. "그건 알고 있어. 후지오 당신은 항상 망설이잖아."

"다른 사람들처럼 떠나는 게 좋을 것 같기도 한데."

"결정했어." 그녀는 명료하게 말했다. 말로 대나무를 자르는 것처럼 시원스러운 목소리였다. "당분간 이 아파트에 있자. 몰래 식량을 비축해서 숨어 있는 거야. 이동하려고 해도 우리는 경차니까 한계가 있어."

"정 뭐하면 바꿔도 되는데."

"싫어. 난 그 차에 애착이 간단 말이야. 게다가 지난 1월에 자동차 검사를 받았잖아. 와이퍼도 교환했고."

세상의 종말을 앞에 두고 '자동차 검사'라니 쩨쩨하다 싶었지만 그래도 그녀의 말은 나를 따스하게 감싸 주었다.

"여기서 살자. 괜찮아." 미사키는 그때도 내 어깨를 두드렸다.

"괜찮다니 뭐가 괜찮다는 거야?"

"운석도 떨어지지 않을 거고, 여기서 둘이 살면 분명 즐거울 거야."

미사키의 말은 하나는 맞고 하나는 빗나갔다. 운석은 떨어진
다. 생활은 즐겁다. 뭐, 똑같은 일승일패라도 그 반대인 경우보
다는 나을지도 모른다.

6

결국 공원 벤치에서 멍하니 저녁노을을 바라보다가 아파트로
돌아갔다. 상을 차리고 있으려니 미사키가 돌아왔다. 반사적으
로 개구리 모형 시계를 보았다. 벌써 7시였다.

"문 닫기 직전에 손님이 우르르 몰려와서 계산대 앞이 똬리를
틀었지 뭐야." 그녀는 걸치고 있던 점퍼를 벗어 옷걸이에 걸었
다.

"똬리는 항상 생기잖아. 그냥 돌아오면 됐을 텐데." 나는 무의
식적으로 그녀의 배를 쳐다보았다. 아무리 그래도 역시 임산부
니까.

미사키는 슈퍼마켓 점원으로 일한다. 아르바이트다. 계산대
도 두 개뿐이고 부지도 좁은 점포지만 그래도 식료품을 파는 가

게가 쑥 줄어든 요즘엔 대단히 귀중한 존재였다.

애당초 농가도 양계장 업자도 태반이 도망갔거나 은퇴했거나 또는 죽어서 사라져 버려 생산자를 찾기가 몹시 까다로웠고, 많은 상점은 강탈의 대상이 되었기 때문에 가게 경영은 어려운 실정이었다.

그런 가운데 영업을 하고 있는 곳이 미사키가 일하는 슈퍼마켓이다. 마을 안에 있던 사에키 쌀집이 끝내 문을 닫아 주민들이 너나 할 것 없이 불편을 각오하기 시작했을 무렵, 돌연 영업을 개시했다. 아마 점장은 동네가 조금씩 잠잠해지는 것을 민감하게 알아차렸으리라. 어쨌든 "이런 때일수록 가게를 여는 게 진정한 상인 아니겠나" 하고 나섰다고 한다.

"점장님은 말이야. 기개나 긍지 같은 가치에 목숨 거는 성격이야. 사명감에 불타서 불가능에 도전하는 걸 좋아하나 봐." 황당함과 칭찬이 반반씩 섞인 목소리였다.

"정의의 사도 같네." 나는 순수하게 감탄했다.

"본인도 그런 줄 알아. 점장님은 그런 영웅을 좋아한대. 자기를 캡틴이라고 부르게 한다니까."

"캡틴?" 그게 뭐야, 하고 나는 얼빠진 표정을 지었다.

"대단해 보이지? 존칭 아닐까? 뭐, 근본은 좋은 사람이니 상관없지만. 역시 묘한 아저씨야. 그리고 손님을 민중이라고 불러. 오늘도 민중은 장을 보러 올 거라나? 분명히 민중을 위해 캡틴이 일어섰다고 믿는 거야."

"자기도 민중인 주제에." 내가 이상하다는 듯이 말하자 미사키는 웃으며 "민중이 아니라 캡틴이라니까"라고 정정하도록 다그쳤다.

미사키가 실내복으로 갈아입는 동안 나는 차례로 식탁에 접시를 날랐다. 밥그릇 두 개, 어제 먹던 방어무조림을 담은 접시가 두 개, 국그릇이 두 개, 젓가락 두 개다.

일을 그만둔 후로 가사는 내가 도맡아 하고 있다. 남자가 만든 요리라고 하면 듣기에는 좋지만 요컨대 손이 덜 가는 어설픈 요리다. 집에 있는 재료를 삶거나 굽는 정도고 간은 소금이나 소스로만 맞추었다. 그래서 재료나 조리법은 다른데도 주방에서는 매일 비슷한 냄새가 난다.

"그래서 정했어?" 식사를 마쳤을 때, 미사키가 젓가락을 휘두르며 내 얼굴을 보았다.

"어?"

"당신 결론은 뭐야?" 눈을 빛내면서 자기 배를 과장되게 쓰다듬는다. 처음부터 답을 알고 있는 눈빛이라 울컥했지만 사실 한 가지 대답밖에 할 수 없었다. "아직 고민하고 있어."

"다행이다." 미사키가 한숨을 깊이 내쉬었다.

"다행이라고?"

"그렇잖아, 지금 당장 답을 낼 수 있었다면 그건 당신답지 않

아. 시시하단 말이야."

둘이서 설거지를 마치고 이번에는 오셀로 판을 식탁에 얹고 마주 앉았다. 이것이 요즘 우리의 일과다. 유행이라고 해도 좋다. 식후에는 오셀로가 최고다.

나는 오셀로를 좋아했다. 다른 놀이, 즉 바둑이나 마작, 장기는 내키지 않는 데 오셀로에는 거부감이 없다. 그렇게 말하자 미사키는 "분명 선택지가 적어서 그런 걸 거야"라고 분석했다. 마작은 패를 버리는 데도 몇 가지나 되는 가능성이 있고, 남이 버린 패를 가져올지 말지, 리치를 부를지 말지, 다양한 선택을 해야만 한다. 장기는 이동할 말을 골라야만 하고, 몰아세우기 위한 변형도 몇 개나 된다. 바둑에 이르면 바둑판 어디에나 돌을 놓을 수 있다. 그에 비하면 오셀로는 수가 뻔하다. 두어야 할 말은 흰색 아니면 검은색 둘 중 하나뿐이고 한 번 놓으면 옮길 수 없다. 상대를 뒤집을 수 있는 자리에만 놓을 수 있고 점수 계산도 없다. 규칙도 단순했다.

"당신이 오셀로를 좋아하는 이유는 바로 그거야."

"예리하네."

최근 한 달의 전적은 거의 호각이었다. 미사키가 기입하는 수첩 기록에 따르면 그녀가 아주 조금 우세하다.

"조용하다."

미사키가 내 검은 말을 단숨에 세 개나 뒤집으면서 말했다.

달칵, 달칵, 달칵, 내 말이 적의 색으로 바뀌는 모습을 바라보면서 정말 조용하다고 생각했다.

1년 전, 아니, 반년 전까지만 해도 밤만 되면 동네 여기저기에서 사람 목소리가 들렸다. 어두워진 하늘을 실제로 보면 '눈앞이 캄캄해지는' 절망이 조장되는 건지도 몰랐다. 밤이 깊어질수록 동네 길 위에서 무기력한 절망이 스멀스멀 배어 나오는 듯했다. 습격당한 여성의 비명이나, 침입자를 물리치는 소리, 덧없는 세상에 대한 말다툼, 그러한 것들이 불규칙적으로 들렸다.

그랬는데 지금은 쥐 죽은 듯 고요했다. 커튼을 꼭 닫고 있으면 이 아파트의 이 집만 하늘에 떠 있다는 착각마저 든다. 밤하늘로 떠올라 동네를 굽어보며 둥실둥실 흔들린다. 그래서 마을의 소리가 닿지 않는다고 생각하고 싶을 정도다. 오셀로 말을 내려놓는 소리만 울린다. 길을 막는 자동차의 소음이 사라진 탓도 있으리라. 이동할 사람들은 대부분 이동을 끝냈고, 남은 건 이동을 포기한 사람들뿐이다.

"참 이상하게도." 나는 검은 말을 힘차게 내려놓아 미사키의 하얀 말을 뒤집었다. "이렇게 조용하면 행복한 미래가 있다는 생각만 들어."

"아니, 좀 더 귀를 기울여 봐." 미사키가 의미심장하게 웃었다.

한쪽 귀를 커튼 쪽으로 기울였다. 가만히 귀를 기울였지만 아무 소리도 들리지 않는다. "아무 소리도 안 들리는데."

"소행성이 다가오는 소리가 안 들려?"

"그 농담 하나도 재미없어." 위가 바짝 오그라들었다.

이렇게 내가 아내와 오셀로를 두는 사이에도 소행성은 초속 20킬로미터니 30킬로미터니 하는 속도로 다가오고 있다. 믿을 수 없다. 비겁하다고 따지고 싶지만, 소행성도 비겁하다고 할 수는 없다.

"미사키는 어떻게 생각해?" 나는 살피듯 물었다.

"그 구석을 빼앗긴 건 아까워." 오셀로 판의 오른쪽 구석에 있는 내 검은 말을 가리킨다.

"그게 아니라 아이 말이야."

"그러네." 미사키는 나를 똑바로 바라보았다.

기분 탓인지 그녀의 입가에 주름이 두드러져 보였다. 미사키는 서른네 살치고는 꽤 젊어 보이는 편이다. 이십 대로 보는 사람도 많고, 군살이 두둑한 체형도 아니다. 하지만 그래도 확실히 나이를 먹고 있다는 것을 새삼스럽게 느꼈다. 눈언저리에도 실처럼 가느다란 주름이 보였다.

"설마 아이가 생길 줄은 몰랐어." 나는 애써 밝은 목소리를 냈다. "그 의사, 돌팔이였나 봐."

"가능성이 작다고 말했을 뿐이니 거짓말을 한 건 아니야. 우리가 포기하고 있었을 뿐이지."

"정말 포기하고 있었어." 나는 한숨을 쉬었다. "까맣게 잊고 있기도 했고."

"잊고 있었다니, 피임 말이야?"

"섹스를 하면 아이가 생긴다는 사실 자체도." 그것은 내 솔직한 마음이었다. 10년 전, 아이는 아들과 딸 어느 쪽이 좋을까 이야기했던 시절이 거짓말 같았다. 아이를 원했다는 사실조차 잊고 있었던 것 같다. 아마 나도, 미사키도, 서로 무의식적으로 아이나 출산에 관한 이야기는 입에 담지 않으려 했던 것이리라.

"화났을까?" 미사키가 고개를 숙여 자기 배를 굽어보았다.

"무슨 화?" 되물어 보고서야 미사키가 무슨 말을 하는지 알았다. 확실히 화가 났을지도 모른다. 계획도 없이 무책임하게, 생각 없이 자신을 만든 우리에게 배 속의 아이는 멋대로 임신해 놓고 고민하긴 뭘 고민해! 하고 분통을 터뜨리고 있을 게 틀림없었다. "화낼 권리는 있지." 나는 진심을 담아 말했다. 두렵기까지 했다.

"상식적으로 보면 낳으면 안 되겠지?" 미사키가 고개를 갸웃거렸다. "앞으로 3년이면 끝나 버리니까." 미사키는 책장 옆에 붙은 달력을 쳐다보았다. "3년도 채 살지 못한다니 진짜 너무해."

"너무……." 과연 그럴까, 나는 고민했다. "할지도 모르지."

미사키는 또다시 자기 배를 바라보았다.

"이 아이, 태어나든지 태어나지 않든지 화를 낼 거야."

나는 어젯밤부터 머릿속에 맴돌던 생각을 말했다. "하지만 말이야. 혹시 무사하다면?"

"어?" 미사키는 한순간 동작을 멈추었다. "소행성이 떨어지지 않는다는 말이야?"

"그래. 떨어지더라도, 어떤 방법으로 무사히 살아남는 거야. 그러면 그때는 아이를 낳을 걸 그랬다고 후회하지 않을까?"

그렇게 말하면서 나는 '어떤 방법'이 뭐냐고 자문하지 않을 수 없었다. 내가 생각할 법한 가능성은 이미 세계 각지에서 실행한 지 오래였다. 각국 정부가 서로 지혜를 짜내, 어마어마한 기념식까지 연 뒤에 핵병기를 쏘아 올린 적도 있었고, 대피소도 짓기 시작했다. 하지만 무엇 하나 제대로 된 기미가 없다. 나 같은 소시민에게 연락이 없을 뿐인지도 모르지만, 그래도 호전된 양상은 전혀 보이지 않았다. 현실은 영화처럼 풀리지 않는다. 영화 속 배우들은 연기를 하고 있는 것뿐이지만 현실의 정치가들은 정말로 패닉을 일으키고 있다.

"후회는 안 할 거야." 미사키가 웃었다. "소행성에서 살아남는 것만으로도 행운이니까. 우리는 얼싸안고 기뻐하면서 또 아이를 만들면 그만이지."

"그러네." 나는 고개를 끄덕였지만 제대로 이해한 것은 아니었다. "하지만 말이야." 또 애매모호한 말을 꺼냈다. "10년이나 걸려서 겨우 임신한 거잖아."

"다음번에도 10년이 걸릴 거란 보장은 없잖아. 한번 임신하면 잘 들어선다는 말도 있고."

"더 안 생길 가능성도 있어."

"그러면 또 어때서." 미사키는 거리낌이 없었다. "지금까지도 우리끼리 즐겁게 살아왔잖아. 그게 계속되는 것뿐이야."

"나도 그렇게 생각하긴 해."

"하지만 받아들이진 못하겠다는 말이구나."

"속고 있는 기분이야." 나는 오셀로 판을 한 번 더 쳐다보고 물었다. "어라, 누구 차례지?" "당신." 미사키가 손가락으로 가리키기에 검은 말을 자신 있게 두고 흰 말 두 개를 해치웠다.

"속고 있다니 무슨 뜻이야?"

"우리가 지금 아이를 포기하면 소행성의 충돌을 받아들인다는 뜻이 되지 않을까? 어딘가에서 누군가가 지켜보고 있다가 그렇다면 충돌시켜야겠구나, 하고 판단할지도 몰라."

"어딘가의 누군가라니, 누구?"

"몰라. 아득히 멀리서, 우리를 바라보고 있는 무언가겠지."

"예를 들면 신?"

"3번가에 사는 야마다 씨 같은 존재가 아닌 것만은 확실해. 어쨌든 내 생각은 그래. 그래서 말인데, 반대로 우리가 출산을 선택하면 말이야."

"소행성이 피해 간다?"

"예를 든다면 말이지."

"그거 꼭 무슨 종교 같다."

으음, 나는 신음하면서 팔짱을 꼈다. "이런 것도 종교일까?" 그런 분야는 구별이 되지 않았다. 그리고 언제부터 '종교'라는 말이 비관적인 표현이 되었는지 이상했다.

"만일 아이를 낳았는데, 그래도 3년 후에 소행성이 떨어지면 어쩔 거야? '괜한 생각이었네' 하면 끝이야?"

"무책임할까?"

"아니, 나쁘진 않아." 미사키는 정말로 관대했다. 어떤 의견을 내놓아도 혐오감을 드러내지 않고 대답해 준다. 오래전에 당신은 내 어디가 좋으냐고 시시한 질문을 한 적이 있었는데, 그녀는 진지한 얼굴로 "당신은 우유부단하지만 사실은 어느 쪽을 선택해야 할지 알고 있어"라고 대답했다. 과찬이야, 하고 나는 울고 싶은 기분이었다.

"그렇다면 낳을까?" 미사키가 내 눈을 가만히 바라보았다.

"조금만 더 시간을 주지 않겠어?"

그녀는 어차피 아무리 시간이 많아도 결정을 내리지 못하는 주제에, 라고 말하지는 않았다. 다만 "난 얼마든지 기다리고 싶지만 시한이 있다는 건 알아둬"라는 말만 덧붙였다.

그랬다. 낳지 않을 거라면 느긋한 소리를 할 때가 아니다.

다시 오셀로를 재개했다. 중간에 미사키가 제안했다.

"이 오셀로에서 내가 이기면 낳고, 지면 낳지 말까?"

"그건 싫어."

"농담이었어."

7

이틀 후, 나는 히로세강 하천 둔치 운동장에서 오랜만에 축구를 즐겼다. 전부 열두 명이 모여 여섯 명씩 두 팀으로 나누어 시합을 했다.

대부분 아는 얼굴이었다. 이웃의 마흔 살 아저씨도 있었고, 고등학교 선배도 있었다. 이름도 모르는 청년이 한 명 있었는데 '비디오 대여점 점장'이라는 설명을 들으니 알 것 같았다. 전에 자주 다녔던 가게다.

적은 인원으로 뛰어다니며 공격에 수비까지 하다 보니 녹초가 되었다. 땀은 흐르지, 숨은 가쁘지, 다리도 휘청거린다. 하지만 상쾌한 기분이 훨씬 컸다.

숨을 씩씩거리며 고르는 게 고작이라 우리는 딱히 말을 나누지는 않았지만 그래도 저마다의 얼굴에는 만족감이 감돌았다. 가족을 데리고 온 사람도 있었다. 운동장 옆 잔디에 드러누워 관전하는 노인들도 있었다. 나를 불러 준 동창은 이런 때에 축구라니 무슨 생각을 하는 거냐고 아내에게 잔소리를 들었다고 한다.

스톱워치도 없어서 3점을 먼저 따내는 팀이 우승이라는 규칙으로 시작했지만 서로 2점씩 땄을 때 모두 가쁜 숨을 몰아쉬며 당기는 허벅지에 비명을 지르다가 결국 동점인 채로 휴식에 들어갔다. 저마다 다리를 질질 끌며 운동장 밖으로 나갔다. 집에 돌아가겠다는 사람은 없었다.

쓰치야하고 이야기를 나눈 것은 그때였다. 벤치에 앉아 있으려니 옆에 털썩 앉으며 "후지오, 오랜만이야" 하고 말을 걸어왔다.

"정말 오랜만이다."

15년 만에 보는 쓰치야는 머리도 희끗희끗해지고 미간의 주름도 깊어진 탓인지 관록이 더해 보였다. 하지만 은근히 푸근하고 편안한 분위기가 예전과 다름없다는 것이 기뻤다.

"결혼했지? 부인은 안 왔어?"

"낮에는 슈퍼마켓에서 일하거든." 나는 대답했다.

"앞으로 3년밖에 없으니 되도록 함께 있는 게 좋을 텐데."

"캡틴 슈퍼마켓을 돕는 것도 나쁘지 않아." 내가 중얼거리자

오른편에 앉아 있던 쓰치야가 "응?" 하고 되물었다가 "옛날에 그런 영화가 있었지"라고 덧붙였다.

"그게 뭐야?" 나는 고개를 갸웃거렸다.

"전기톱을 든 영웅이야." 영문 모를 대답을 한다.

눈앞에는 모래 운동장이 펼쳐져 있다. 축구 골대, 야구 네트와 점수판은 있지만 그게 전부다. 맞은편 끝에는 수풀이 있고 그 너머에는 히로세강이 흐른다. 오른편으로 시선을 돌리면 강을 가로지르는 다리가 걸려 있다. 녹이 슬어 구릿빛이 감도는 다리다. 몇 년 전에는 교통 체증에 울분을 터뜨린 사람들이 무슨 생각을 했는지 발작처럼 잇달아 다리 위에서 뛰어내린 일도 있었다고 한다.

하늘은 푸르렀다. 하얀 구름이 빗자루로 쓴 것처럼 뻗어 있을 뿐, 나머지는 온통 푸르기만 했다. 차가운 바람이 목덜미에 닿자 땀 때문인지 서늘했다. 강물이 흐르는 소리가 들린다. 고요히 울려 퍼지는 심장 고동 같은 물소리는 마치 귀에 난 솜털이 내는 소리 같기도 했다.

미사키가 옆에 있었다면 최고였을 텐데. 나는 그런 생각을 하며 다시 임신과 출산 문제를 떠올렸다.

"저기 말이야." 쓰치야에게 의논하려고 입을 열었는데 그도 동시에 말을 꺼냈다. "나 말이야."

"왜?" 나는 순서를 양보했다.

쓰치야의 입가가 헤벌쭉 누그러졌다. "나 말이야, 요새 정말 행복해."

"이런 세상에? 앞으로 3년밖에 없는데?"

"앞으로 3년이라 그래." 쓰치야는 내게서 고개를 돌렸다. 입꼬리를 슬며시 올리며 강 쪽으로 시선을 던지고 있다.

"쓰치야, 죽고 싶은 거야?"

"그게 무슨 소리야?"

"아니, 앞으로 3년밖에 안 남아서 기쁘다고 하니까."

"아이가 있어." 쓰치야는 입을 열었다. "리키라고 해."

나는 그 '리키'라는 이름의 한자를 짐작할 수는 없었지만 일단 "〈남극 이야기〉에 나오는 대장견 이름이네"라고 대답했다.

"그게 뭐야." 쓰치야가 웃었다. "지금 일곱 살인데 말이야."

"그럼 저 녀석하고 똑같네." 나는 운동장에 남아 줄기차게 슛 연습을 하는 예전 동급생을 가리켰다.

"그래. 하지만 리키는 꽤 특수한 아이거든."

"특수하다니?"

"태어났을 때부터 아파." 쓰치야의 말투는 힘겨운 말투가 아니라 고등학교 시절 늘 듣던 바로 그의 말투였다.

"선천성이라는 거야?"

"선천성이면서 진행성. 굉장하지?"

굉장하네, 하고 말할 수는 없었다.

"상대 팀에 처음부터 5점을 바치고 시합을 시작한 거나 마찬가지야. 게다가 골키퍼도 없고. 리키는 그렇게 압도적으로 불리한 시합 조건에서 태어났어."

쓰치야는 내가 들어 본 적 없는 병명을 말했다. 내장이 보통 사람보다 작은 데다가 나이를 먹을수록 줄어드는 병이라고 했다. 시력은 거의 없고 말도 제대로 하지 못한다.

"힘들겠구나." 나는 아무 도움도 되지 않은 말밖에 하지 못했다. 그리고 고등학생이었던 쓰치야를 떠올렸다. 친구들에게 존경받고, 늘 당당하고 긍정적이었다. 어쩌면 나는 쓰치야가 되고 싶다고 생각한 적이 있을지도 모른다.

"인생에는 별일이 다 있는 법이니까."

"서른두 살에 인생을 다 알아서 어쩌려고." 나는 쓴웃음을 지었다.

"야, 후지오, 우리 부부가 지금까지 제일 불안했던 게 뭔지 알아?"

"아이 병 말고?"

"뭐, 그것도 그렇긴 하지만 우리가 늘 움찔거리며 두려워했던 게 있어."

"뭔데?"

"우리의 죽음이야."

"죽음?" 그것은 죽음에 대한 단순한 공포와는 다른 의미로 들렸다.

"리키는 병을 앓고 있지만 우리는 매일 즐겁게 살고 있어. 오기나 허세가 아니라, 정말 우리는 즐겁게 살고 있어."

"거짓말이라고 생각하진 않아." 내가 아는 쓰치야라면 분명 그럴 것이다.

"하지만 앞날을 생각하면 막막해."

"무슨 뜻이야?"

"리키가 성장하는 게 불안해. 우리는 나이를 먹잖아. 아무리 건강해도 언젠가는 죽어. 그럼 우리가 죽으면 리키는 어떻게 될까?"

"아아."

"그 생각만 하면 섬뜩해."

나는 쓰치야의 얼굴을 뚫어져라 바라보았다.

"살아 있는 동안은 무슨 일이 있어도 리키를 돌볼 각오가 되어 있어. 하지만 죽어 버리면 어렵잖아."

"그렇지. 어렵겠지."

"그게 우리 부부의 걱정거리였어."

"그랬구나."

"하지만 말이야." 쓰치야는 거기에서 말을 끊고 기쁨과 난처함이 섞인 눈으로 나를 돌아보았다. 입시 결과 발표 때 합격한 사람이 떨어진 친구를 애처롭게 여기는 표정이었다. "앞으로 3년밖에 안 남았잖아" 하고 툭 말했다.

나는 그제야 겨우 쓰치야가 하고 싶은 말이 이해되기 시작했다.

"소행성 충돌 때문에 앞으로 3년이면 끝장이야. 모두 똑같아. 그렇잖아? 그야 무섭지. 하지만 우리의 불안은 사라졌어. 우리는 아마 리키하고 함께 죽을 거야. 아니, 모두 함께지. 그렇게 생각했더니 굉장히 편해지더라."

말이 나오지 않았다. 감탄인지 경탄인지 모를 감정으로 가슴이 뭉클했다. 숨을 제대로 쉴 수가 없다. 나는 쓰치야의 강인한 정신에 그저 눈만 껌벅거릴 뿐이었다.

"다른 사람들한테는 미안하지만 말이야." 고등학생 때부터 그는 언제나 남들의 기분을 배려했다. "하지만 요즘 나는 정말 행복해."

"쓰치야는 대단해." 뭐라고 해도 십 대 시절의 네 모습 그대로잖아.

"대단하긴. 하지만 이제야 그거 있지, 그게 일어난 것 같아."

"그거라니 뭐가?"

"대역전." 지금 쓰치야는 고등학생이었던 쓰치야, 바로 그 자체였다. "대역전이 일어난 거야."

내 고민거리는 그냥 꿀꺽 삼켜 버렸다. 눈물인지 땀인지 모를 물방울이 눈초리에 뭉클하게 맺혔다.

"저것 좀 봐." 잠시 후 쓰치야가 정면의 태양을 가리켰다. 아름다운 원형을 그리며 저물어 가는 태양은 하늘에 붙은 딱지처럼 또렷했다. "소행성이 떨어져서 우리가 사라져도 분명 저 태양이나 구름은 남겠지."

"그러고 보니 그렇겠네." 저 딱지는 쉽게 떨어질 것 같지 않다.

"조금 든든하지?" 쓰치야가 조용히 말하는 게 인상적이었다.

내가 일어서자 신호를 맞춘 것처럼 다시 운동장으로 모두 모여들기 시작했다. 녹초가 되었을 텐데도 시합을 하려 한다. 별난 아저씨들이다. 축구공을 차기 시작했다.

시합 재개로부터 10분, 쓰치야에게서 가볍고 부드럽게 날아온 공을 직접 골문에 내리꽂은 순간, 나는 결심했다.

8

우리는 결국 날이 저물어 공이 보이지 않을 때까지 공놀이를 계속했다. 숨을 헐떡거리면서 저마다 또 하자는 말을 나누고 강가를 뒤로했다. 쓰치야에게 한마디 말을 걸고 싶었지만 어두침

침하고 외등 하나 없는 운동장에서는 그의 모습을 찾을 수 없었다.

집으로 돌아오니 미사키가 벌써 집에 와 있었다. "사정이 좀 있어서 가게에서 조퇴했어."

혹시 몸이 안 좋은가 불안해졌지만 미사키는 고개를 가로저었다. "그런 게 아니야." 드물게 말을 얼버무리고 있다.

상은 이미 차려져 있었다. 주방에 화이트소스와 구운 치즈의 향기가 감돌았다. 내가 만든 요리는 이렇게 깊은 향기가 안 나는데, 괜히 분했다.

샤워하고 옷을 갈아입으니 식탁에 접시가 놓여 있었다. 그라탱 접시와 수프 접시가 두 개씩, 파스타를 담은 큰 접시가 한 개, 덜어 먹을 접시와 스푼과 포크가 두 개씩. 치즈가 식욕을 돋우어 입안에 침이 고였다.

"무슨 일이야? 갑자기 조퇴를 하질 않나, 요리를 하질 않나." 음식을 먹으며 내가 묻자 미사키는 난처한 표정으로 말했다. "당신한테 사과할 일이 있어서."

아아, 이건. 감이 왔다. 미사키는 아마도 내게 고개를 숙이며 자기의 결심을 말할 셈이다. 평소의 나라면 미사키가 먼저 자기 의견을 말해 주길 기대했을 것이다. "그래, 그러자" 하고 나중에 동조하면 마음이 편하다. 야마노테선을 탔을 때나 이 동네에서 탈출해야 할지 고민했을 때와 마찬가지다.

하지만 오늘은 달랐다. 나는 이미 마음을 정했다. 거의 난생 처음으로 확실하게 결단을 내렸다. 그래서 용감하게 말했다. "먼저 하고 싶은 말이 있어."

미사키는 순간 눈을 휘둥그레 떴지만 바로 장난스러운 말투로 물었다. "뭔데?"

"실은 정했어."

"정했어?" 미사키는 스푼으로 수프를 뜬 채로 입을 벌리고 움직임을 멈췄다가 한참 후에 덧붙였다. "후지오, 당신이?"

나는 달리 누가 있어, 하고 웃으며 말했다. "낳자." 벅찬 목소리도, 덜덜 떠는 작은 목소리도 아니다. 평소대로 식사하며 잡담할 때와 똑같은 말투로 말했다.

"날짜?" 미사키가 잘못 알아듣고 눈을 깜빡였다.

"고민했어. 그리고 정했어." 무엇이 계기였는지는 분명치 않다. 쓰치야의 아들 이야기인지, '대역전'이라는 말의 든든한 힘인지, 그것도 아니면 오랜만에 감촉을 즐긴 축구공의 무게인지, 어느 것이 계기라고 딱 집어 말할 수는 없지만 나는 결심했다. "답은 처음부터 나와 있었어. 그걸 말할 배짱이 없었을 뿐이야."

"아이를 낳고 싶어?"

"아니, 실제로 낳는 건 미사키지만 나는 아이가 태어나는 게 더 좋을 것 같아. 아니, 낳는 거야."

"윤리적으로?"

"그런 훌륭한 이유가 아니야. 단지 아이가 있어도 우리는 분명 행복할 거야. 아니, 더 행복해지겠지." 그렇게 말하면서 나는 수프를 마셨다. 후루룩 삼키자 목에서 위로 푸근한 온기가 내려갔다. "소행성은 떨어지지 않을지도 몰라. 그렇잖아? 괜찮아." 나는 내가 설마 이렇게 확실하게 단언할 수 있는 날이 올 줄은 생각도 못 했던 터라 기뻤다. 다다미방의 불단에 있는 어머니의 영정을 흘깃 쳐다보고 어떠냐고 당당하게 가슴을 펴고 싶은 기분이다. "운석은 떨어지지 않을 거고, 여기에서 셋이 살면 분명 즐거울 거야." 5년 전의 미사키가 했던 말을 따라 했다. "만일 3년밖에 함께 못 산다 해도 태어날 아이는 행복할 거야."

"무책임해." 미사키는 반쯤 웃으며 손가락질했다.

"아니, 근거는 없지만 무책임한 건 아니야." 나는 반론했다. 어제까지는 줄곧 미사키의 배 속에 있는 아이가 어떻게 하면 용서해 줄지, 그것만 고민했다. 낙태를 해도 용서해 줄까, 3년도 못 사는데 낳아도 용서해 줄까. 그런 것만 걱정했다.

"괜찮아." 나는 나 자신에게 들려주기 위해 말했다. "이런 건 용서하거나 용서받을 수 없다거나 하는 문제가 아니야. 난 자신 있어."

그러자 미사키는 지금까지 본 적 없을 정도로 얼굴을 잔뜩 일그러뜨렸다. 지그시 감은 눈동자에 눈물이 아롱거렸다. 그렇게 보였다. 미사키는 들고 있던 스푼을 입으로 가져가 재빨리 삼키더니 나를 향해 머리를 숙였다. "후지오, 미안."

"응?" 기대했던 대답과는 달랐다.

"감격했어. 당신이 그런 식으로 결정해 주다니. 생각도 못 했어. 정말 놀랐어. 감동적이야."

"그렇지?" 나는 쩔쩔맸다. 그게 감동적이지 않으면 대체 뭐가 감동이겠는가? "그런데 왜 사과한 거야?"

"실은." 미사키가 그렇게 말을 꺼내기 시작한 시점에서 예상도 못 한 일이 벌어질 것을 예감했다. 지금까지의 전제가 전부 뒤집히고 마는, 그야말로 '대역전'을 발표하려는 기운이 똑똑히 감돌고 있었다. 조금 전까지 당당했던 모습은 순식간에 증발했다. 나는 겁먹은 양처럼 숨을 삼키고 미사키의 말을 기다렸다.

"오늘 슈퍼에서 들었는데." 미사키는 민망한 기색이었다. "마루모리 병원 말이야, 실은 믿을 수 없대."

그게 무슨 소리야?

"거기 산부인과 의사는 특히나 진단이 미덥지 못하기로 유명하대. 우리 손님 중에도 오진을 받은 사람이 두세 명 있었던 모양이야."

"거짓말이지?"

"깜짝 놀랐어?"

"그보다 몸에 힘이 안 들어가." 실제로 나는 손이 떨려서 수프를 뜰 수가 없었다. "돌팔이 의사였단 말이야?"

"한없이."

"그런 놈이 어째서 병원에서 일하는 거야?"

"별일이 다 있는 세상이니까." 그녀는 내가 애처로운 듯, 다정하게 미소 지었다.

9

이튿날 미사키는 그 믿을 수 없기로 정평이 난 산부인과에 갔다. 혹시 모르니 제대로 진찰을 받아 두려는 생각이었다.

나는 차로 함께 가자고 했지만 미사키가 이 정도는 혼자 가겠다고 고집을 부려 결국 아파트에서 집을 보게 되었다.

아마 임신이 아닐 거라는 게 그녀의 예측이었다. "10년 동안 안 생겼으니 처음부터 의심했어야 했는데."

나는 온몸에 힘이 들어가지 않았다. 축구로 생긴 근육통 때문인지도 모르지만 어쨌든 한번 소파에 드러누웠더니 꼼짝할 기운도 없었다.

물론 마음속으로 스스로를 자랑스럽게 여기는 부분은 있었다. 우유부단하고, 전철 하나 탈 때도 우왕좌왕하던 내가 출산이라는 중대한 국면에서 시원스레 결단을 내렸다. 이건 정말 대단한 성과였다. 그것도 말로만 그런 게 아니다. "낳자"라고 말한 순간의 나는, 미래의 우리 가족을 손에 닿을 만큼 현실적인 그림으로 머릿속에 그리고 있었다. 미사키와 둘이서 아이를 키우는 상황을 상상할 수 있었다. '3년 후'가 다가와 세상이 다시 소란스러워지고 강탈이나 폭력이 범람해도, 나는 필사적으로 아이를 지킨다. 함께 쾌활하게 웃으며 셋이서 식탁을 둘러싸고 있다. 10년 후 아이와 마주 앉아 오셀로를 하는 내 모습도 확신할 수 있었다. "뭐야, 나도 끼워 줘" 하고 미사키가 토라진 목소리로 말하고 내가 "오셀로는 둘밖에 못 해" 하고 안타깝다는 듯이 설명하면 아이는 "엄마는 기다려요" 하고 잘난 척 종알거리는, 그런 쑥스러울 정도로 따스한 정경마저 떠올랐다.

결국 돌팔이가 오진을 했다면 그 미래는 사라져 버리는 셈이지만, 그래도 어제 그렇게 결정을 내렸으니 자신감을 갖고 남은 날들을 살아갈 수 있지 않을까?

미사키가 돌아온 건 저녁 5시 전이었다. 나는 볶음면을 만들려고 양배추를 썰고 있었다. 그때 그녀가 허둥지둥 집으로 들어왔다.

"어서 와." 내 말에 그녀는 얼굴을 일그러뜨렸다. 기쁨과 민망함, 그리고 미안한 표정이 뒤섞여 있었다.

"혹시." 나는 식칼을 내려놓고 미사키에게 다가갔다. "역시 임신이었대?"

미사키는 웃음을 터뜨리고는 기도하듯 두 손을 모았다. "미안, 후지오."

"왜 그래?"

"결국 임신이 맞는 것 같아."

"그건." 깜짝이야.

"게다가 쌍둥이일지 모른대."

나는 너무 놀라 말도 나오지 않았다. 하지만 다음에 해야 할 말은 알고 있었다. "그럼 둘씩 나눠서 오셀로를 할 수 있겠네."

창밖에서 꽤나 작아 보이는 태양이 내 오른쪽 뺨을 비추고 있다. 세상의 종말이 다가와도 분명 꼼짝하지 않을 올곧고 강인한 빛이었다.

농성의 맥주

BEER

GOODBYE EARTH

1

"어이, 너 움직이지 마." 나는 옆에 앉아 있는 스기타에게 권총을 겨누었다.

"왜 그래, 다쓰지?" 정면에 서 있던 형이 물었다.

"아니, 난 그냥 젓가락이 떨어져서 주우려 했을 뿐이야." 스기타는 당황하면서도 불쾌한 기색을 드러냈다. 스기타 겐파쿠라는 이름은 아나운서인 그의 예명인 줄 알았는데 아무래도 본명인 것 같았다. 이 남자는 이제 마흔다섯이니, 45년 전에 이 이름을 붙인 이 인간의 부모도 시시한 녀석이었을 것이다.* 부모도 자식도 '세상은 재미있으면 그만'이라고 믿었던 게 틀림없다.

스기타의 양옆에 앉은 그의 아내와 딸이 불안한 얼굴로 나를 보았다. 아직 상황을 파악하지 못했는지 저녁 식사 전에 갑자기 들이닥친 우리를 보고도 그리 놀란 기색이 없다.

---

* 스기타 겐파쿠는 일본 최초로 인체 해부 번역서 《해체신서》를 낸 에도시대의 양방 의사 이름.

아래를 힐끗 보니 식탁 밑에 젓가락이 떨어져 있긴 했다. "주워. 단, 수상한 짓을 하면 쏴 버릴 테다."

그렇게 말하고 나는 형의 눈치를 보았다. 형은 지난 10년 사이 몸에 밴, 감정의 기복이 싹 사라진 차가운 얼굴로 턱을 까딱움직였다. 은색 테 안경 속에는 여전히 생기 없는 눈이 있다. 나보다 두 살 많아 서른둘이지만 나이보다 훨씬 늙어 보였다. 원숙하다거나 성숙하다기보다는 죽음을 앞에 두고 성장을 포기한 메마른 꽃 같은 인상이다.

우리가 있는 곳은 센다이시의 '힐즈 타운'이라는 주택가였다. 그 동네의 아파트 5층 509호다.

"너희 같은 방송인들은 언제나 무책임해." 나는 스기타를 눈앞에 두고 솟구치는 분노를 필사적으로 억눌렀다. 이를 악물지 않으면 말이 되기 전에 절규로 바뀔 것만 같다.

협탁 위의 시계를 보니 저녁 7시 정각이었다. 창에는 커튼이 쳐져 있었지만 그 너머의 하늘이 아직 밝다는 것은 알 수 있었다. 가을도 끝나갈 시기인데 해가 좀처럼 저물지 않아 마치 7월의 뜨거운 밤이 떠올랐다. 요즘은 이렇게 기상 이변이나 자연현상의 위화감이 두드러진다. 다가오는 소행성의 영향으로밖에 보이지 않지만 누구도 그런 말을 입에 담지 않는다. 무서워서 인정하고 싶지 않은 걸까, 아니면 기상 이변과 세상의 종말 사이의 관계를 분석할 여유도 없는 걸까?

"뭐가 말이야?" 별로 두려운 기색이 없는 스기타의 모습이 나를 더욱 짜증 나게 했다.

일고여덟 평은 됨직한 넓은 다이닝룸이었다. 부엌이 옆에 있고, 거실하고도 이어진다. 장방형 식탁 밑에는 부드러운 카펫이 깔려 있었다. 거실에는 와이드 텔레비전이 있고 오디오 시스템이 옆에 놓여 있다. 투명한 유리문으로 덮인 장식장이 있고 거기에 사진 액자가 여러 개 있었다. 스기타가 유명인과 함께 찍은 기념사진이 분명했다. 영광스러운 사진이라고 생각하겠지. 구역질이 난다. 남의 불행을 이용해 '막말 아나운서'로 불리며 기뻐 날뛰던 스기타의 과시욕과 자기만족이 그 사진에서 뿜어져 나오고 있다.

"텔레비전이랍시고 일반인이 저지른 작은 사건이나 연예인들 결혼, 이혼은 끈질기게 쫓아다니는 주제에 세상이 혼란에 빠지자마자 달아나다니." 나는 말했다. "알 권리도, 보도의 자유도 내팽개치고 속 편하게 센다이로 도망이나 쳐?"

"여긴 원래 내 집이야."

"이렇게 되기 전에는 가족을 센다이에 남겨 두고 도쿄에서 살았잖아. 단신 부임 아나운서라고 제 입으로 떠들면서 그것까지 이야깃거리로 삼았던 주제에 결국엔 돌아왔지. 따지고 보면 지금처럼 세상이 혼란스러울 때야말로 방송 언론이 나설 때 아니야?" 지금은 극히 일부의 사람들이 잡다한 뉴스를 전하는 수준이다.

"앞으로 3년이면 소행성이 떨어져. 모두가 혼란에 빠졌어. 그런 상황에서 대체 뭘 할 수 있지? 누가 텔레비전을 보겠나?" 스기타는 괴로운 기색이었다.

"텔레비전 방송은 아직 나와. 일하는 사람이 있단 말이다. 사명감의 차이 아닌가?" 형이 말했다.

"그런 놈들은 달리 할 일이 없는 거야. 사명감이 아니라 자기만족이라고."

"지금까지 당신들은 '텔레비전은 진실을 보도할 사명이 있다'라고 주장해 왔어." 형이 차분한 목소리로 말했다. "정의로운 낯짝으로 범죄를 다루었지. 소행성의 충돌이 사실이라는 걸 알고 난 뒤로 세상은 혼란의 도가니야. 이럴 때야말로 일을 계속해야 마땅하지 않나?"

"그건." 스기타는 벌겋게 물든 눈으로 뒷말을 잊지 못하고 양옆에 앉은 아내와 딸을 흘깃 쳐다보았다. 그들 앞에는 맛깔스럽게 소스를 뿌린 스테이크가 놓여 있어 식욕을 자극하는 냄새가 솔솔 풍기고 있다. 멋진 유리잔도 있었다. 스기타와 그 부인 앞에는 선명한 보리 빛깔의 맥주가 있고 딸 앞에는 보글거리는 검은 탄산음료가 있었다. 태평하게 화려한 만찬을 들고 있군, 맥주로 건배라? 나는 화가 난다기보다 기가 막혔다.

"결국 당신들도 방송을 챙길 시간이 없었지?" 형은 담담히 말을 이었다. "일반인들이 줄줄이 회사를 그만두고 얼마 남지 않은 인생을 즐기려고 발악하는 모습을 보니 초조했을 거야. 방송 같은 걸 할 때가 아니라는 걸 깨달은 거지. 앞으로 인생이 몇 년밖에 안 남았는데 일할 때가 아니다. 그렇게 생각한 거야. 틀려? 아무리 잘난 척해도 어차피 그 정도 가치밖에 없는 일이었던 거야."

스기타가 괴로운 듯 고개를 흔들었다. "그럴지도 몰라."

"아쭈, 배 째시겠다?"

"저기요." 그때 스기타의 딸이 입을 열었다. 어깨까지 오는 갈색 머리카락에 화장기 짙은 자그마한 소녀다. 앞으로 3년이면 세상이 끝나는 마당에 '장래에 도움이 되는 교육'도 '미래를 짊어질 청년의 육성'도 꿈같은 소리일 뿐이라 지금은 대부분의 중학교와 고등학교가 문을 닫았다. 나이로 보면 이 소녀도 여고생일 테지만 학교에 다니는 것 같지는 않았다. "저, 어째서 우리 집을 찾아온 거죠?" 말투는 정중했지만 나태한 기운이 감돈다.

"네 아버지를 죽이려고." 형의 대답은 빠르고 억양이 없어 마치 기계 음성처럼 들렸기 때문에 나를 포함한 모두가 바로 반응하지 못했다.

잠시 후에 스기타가 "어째서?" 하고 눈썹을 치켜올렸다. 뺨에서 땀이 흘렀다. 그의 식탁 위에 놓인 스테이크의 지방과도 흡사했다. "나 혼자만 보도를 내팽개친 게 아니잖아. 어째서 그중에서 굳이 나지?"

"운석은 상관없어." 나는 그렇게 내뱉었다.

"우리는 동생의 복수를 하러 왔다." 형이 말을 이었다. 나는 동생이면서도 형의 무표정한 얼굴에 소름이 끼쳤다. "네놈이 우리 동생을 죽였어."

스기타가 얼빠진 표정으로 얼어붙었다.

"네놈이 소행성으로 우리와 함께 죽는다니 용서할 수 없다. 참을 수 없어. 그 전에 죽이지 않으면 분이 안 풀려." 나는 예상보다 더 흥분했다.

2

누이동생 아키코가 죽은 건 지금으로부터 10년 전, 즉 세상이 소행성 충돌 사실을 알고 엉망이 되기 5년 전이었다.

발단은 인질 농성 사건이었다.

범인은 30대 여성으로 상습적인 빈집털이였다. 화장품 회사에서 명예퇴직을 당했다고 들었다. 울화를 풀기 위해서였는지, 아니면 새로운 직업으로 생각했는지는 분명치 않았지만 어쨌든 대단한 동기는 아니었을 것이다. 어느 날 그녀는 도둑질을 하러 들어간 임대 아파트에서 우연히 주민과 맞닥뜨리자 깜짝 놀랄 행동을 저질렀다. 주민을 권총으로 위협해 그대로 그 집에 틀어박힌 것이다.

한낱 빈집털이인 여자가 권총을 입수했다는 사실도 놀라웠지만 그 이상으로 얌전히 좀도둑으로 체포당할 것이지, 주민을 감금하고 농성을 벌여 한없이 막다른 골목에 가까운 길을 선택한 그 얄팍한 머리에 기가 막혔다. 원래는 "그런 바보가 어찌 되든 알 바 아니야" 하고 신경도 쓰지 않았겠지만 그럴 수가 없었다.

인질로 잡힌 아파트 주민이 아키코였기 때문이다.

"내가 뭐랬니, 도쿄에 혼자 두기 싫었다니까." 그렇게 한탄하는 어머니를 끌고 형과 나는 서둘러 상경했다. 현장 근처로 달려가 경찰에게 수시로 보고를 들으며 상황을 살폈다.

경찰이 아파트를 에워쌌고, 텔레비전으로 그 모습이 방송되었다. 사건 보도라기보다 마치 축제 중계 같았다.

범인은 누가 봐도 제정신이 아니었다. 상식에서도 벗어났다. "다가오면 바로 쏴버릴 테야!" 하고 경찰에 소리치며 사흘 동안 농성했다.

사흘째 되던 날 농성의 끝은 갑작스럽게 찾아왔다. 새벽 3시, 아파트 입구에서 범인이 휘청휘청 모습을 드러낸 것이다. 경찰이 허둥거리는 사이 제 머리에 총탄을 쏘아 자살했다. 나와 어머니는 마침 자고 있었기 때문에 어안이 벙벙했다. 형 혼자만 그 순간을 직접 보았다. "그 여자, 만족스러운 표정이었어." 그렇게 혀를 차며 말했다. 생각해 보면 그때는 아직 형에게도 감정이 있었던 셈이다.

아키코는 육체적으로나 정신적으로나 쇠약한 상태였지만 그래도 우리 눈에는 그저 '무사'할 따름이었다. 사흘간의 농성이 끝나고 이제 다 끝났다, 원래 생활로 돌아간다고 가슴을 쓸어내렸지만 실상은 그렇지 않았다. 우리의 고통은 그때부터 시작되었다.

후쿠시마의 자택으로 돌아간 우리를 매스컴이 덮친 것이다.

이건 내 상상이지만 아키코의 외모도 한몫 거들었을 것이다. 하얗고 가녀려서 열아홉 살치고는 어른스러웠던 아키코는 오빠라는 콩깍지를 떼고 보더라도 아름다웠다. 새침한 눈매의 커다란 눈은 지적이고 강한 인상을 주었고, 가냘픈 턱이 화사한 분위기를 자아내 그 상반되는 매력이 눈길을 끌었다.

사흘간의 텔레비전 중계는 전국에 방송되었고, 그것을 본 사람 중에는 아키코를 피해자가 아니라 다른 대상으로 본 사람도 있었던 것 같다. 비극의 미녀로 받아들인 사람도 있었고, 자기가 구해 내야 할 연인으로 받아들인 사람도 있었던 게 분명하다. 아니면 끔찍한 사건에 휘말린 여자치고는 허세를 부리는군,

하고 가학적인 마음을 품은 사람도 있었는지 모른다. 어쨌든 온 갖 사람들이 비정상적일 정도의 관심을 아키코에게 쏟았다.

국민의 비정상적인 관심에 부응하는 것, 그것이 바로 매스컴 의 역할이었다.

아키코를 취재하려고 방송국이나 주간지 기자가 줄줄이 집에 쳐들어왔다. 벨을 누르고, 문을 두드리고, 맞은편 빌딩에서 무 단 촬영을 시도했다. 도덕도, 상식도, 거리낌도 없었다.

우리도 처음에는 성실하게 응대했다. 아니, 정확히 말하면 형 이 그랬다. 나는 원래 성질이 거칠고 무뚝뚝했고, 어머니는 정 신적으로 지쳐 있었기 때문에 "어머니하고 다쓰는 아키코를 돌 봐줘. 밖에 있는 매스컴은 전부 내가 처리할게" 하고 형이 도맡 았다. 형은 최대한 성의를 다해 응대했다고 생각한다. 그러고 보니 그때까지는 형도 내 이름을 '다쓰지'가 아니라 '다쓰'라고 친근하게 불러 주었다.

매스컴은 집요하고도 음험했다. 오만하고 무례했다. 마음에 상처를 입은 피해자 가족을 가만히 둔다는 선택지는 처음부터 없었는지, 어쨌거나 아키코의 상태를 알아내고 사진을 찍으려 고 눈에 불을 켰다. 우리를 동정한다고 열심히 호소하고, 자기 들은 나름대로 직업에 긍지를 가지고 있다고 눈물을 내비치는 기자도 있었지만 결국 하는 짓은 매한가지였다.

일부에서 '사건의 범인과 아키코가 아는 사이였다'라는 둥,

'아키코가 범인의 연인을 가로챈 것이 원인'이라는 둥 밑도 끝도 없는 소문이 흘러나온 것도 매스컴이 떠나지 않는 이유 중하나였다. 화제와 관심이 바닥나지 않는 한 매스컴의 사명감은 사라지지 않을 것이다.

'아키코 씨는 남성 편력이 대단히 화려했다' '아키코 씨는 알몸으로 감금되어 있었다'라는 도발적인 기사가 실리기 시작했고, 범행 당일 아키코가 자택 문을 잠그지 않았다는 사실이 알려지자 이번에는 그녀의 부주의한 실수가 범죄를 유발했다는 식으로 몰아세우기 시작했다. 자업자득이라는 것이었다. 처음에는 달콤한 목소리로 다가오지만, 상대를 길들일 수 없다는 것을 깨달으면 순식간에 발톱으로 할퀴는 것이 그들의 습성이리라.

어느 날 형은 마침내 방송국 리포터에게 화를 냈다. 사건 종료 후 한 달이나 지났을 때였다. "어째서 우리를 괴롭히는 겁니까? 어차피 할 바에야 범인을 조사하십시오. 죽었다고는 해도 원인은 그쪽에 있으니까요. 그 여자가 가해자란 말입니다. 피해자인 저희를 왜 그렇게 쫓아다니는 겁니까?" 말투는 정중했지만 형은 분노를 표출했다.

그 모습이 또 방송에 나갔다. 우연히 우리 가족은 식탁에서 그것을 보았다. 보고 싶었던 건 아니지만 보고 말았다. 그리고 스튜디오의 방송 사회자가 이렇게 말하는 것을 들었다. "그야 당연히 재미있으니까 그런 거죠. 죽은 범인을 쫓는 것보다 이 사람의 집을 취재하는 게 재미있으니까요."《해체신서》간행자와 똑같은 이름의 인기 아나운서는 경박하게 말하며 거만하게 카메라에 시선을 던졌다. "피해자의 탈을 쓴 사람일수록 강하거든요."

우리는 당연히 말로 표현할 수 없는 분노를 느끼고 할 말을 잃었다. 어머니가 텔레비전을 끄려고 리모컨에 손을 뻗었다. "그럼 광고 나갑니다." 스기타가 말했다. 지금도 똑똑히 기억하는 것은 그때 스기타가 단 한 순간이나마 침통한 표정을 지었다는 점이다. 바로 광고 방송으로 전환되지 않았기 때문에 무심코 솔직한 감정이 겉으로 드러나고 만 것처럼 스기타의 일그러진 얼굴이 비쳤다. 그리고 스태프에게 한 말인지 "악역은 괴로워"라면서 서글프게 눈썹을 찌푸린 것이 인상적이었다.

부끄러운 말이지만 나는 그때 '아, 이 남자도 좋아서 공격적인 발언을 하는 건 아니구나'라고 해석했다. 아마도 대다수의 시청자는 그렇게 받아들였을 터였다.

하지만 형만은 달랐다. "계산된 거야" 하고 바로 중얼거렸다.

"어?"

"지금 저것도 다 계산된 거야. 시늉이라고. 우연히 지금 한 말이 비친 것처럼 꾸몄지만 아마 연기일 거야. 악인을 연기하면서도 시청자의 공감을 얻으려는 거겠지."

나는 형의 의견에 감탄했고, 동시에 분노를 느껴 입을 다물었다. 아키코는 바로 자리에서 일어나 자기 방으로 들어갔다. 그때, 그 순간에, 형은 감정의 기복을 잃었다. 냉철하다고 해도 좋을 만큼 표정이 사라졌다. 매스컴이 취재하러 와도 아무 대답도 하지 않게 되었다. 입을 다물고, 무슨 소리를 듣건 무시로 일관했다. 나는 그때까지 '도라이치'라고 친구를 대하듯 형을 이름으로 불렀지만 그 후로는 '형'으로만 부르게 되었다. 내면이 전혀 보이지 않는 형이 무서워서 편하게 부르는 것에 거부감이 생겼다.

아키코가 자살하기 전날, 마지막으로 이야기를 나눈 사람은 나였다. 아키코가 내 방으로 건너와 슬며시 말을 걸었다. "다쓰지 오빠, 그거 기억나? 무슨 프리즈너 어쩌고 하는 거."

"런어웨이 프리즈너?"

"그래, 그거."

"옛날 생각 나네." 어렸을 때 텔레비전에서 자주 보았던 드라마였다. 만화책도 가지고 있었는데 어디로 사라져 버렸다.

탈옥한 죄수가 하염없이 도망치는 흔해 빠진 연속극으로 당시 어린 우리는 넋을 놓고 보았다. 살인죄 시효가 15년이라서 그런지 방송 막판에 언제나 "15년만 도망 다니면 되잖아? 식은 죽 먹기야" 하고 고정 대사를 날리곤 했다. 지금 생각하면 촌스러운 대사지만 아키코는 나하고 형이 그 흉내를 내면 기뻐했다. 런어웨이 프리즈너는 교도소의 높은 담에서 전선에 가죽 채찍을 감아 로프웨이처럼 매달려 탈출했기 때문에 우리는 그것을 흉내 낸 적도 있었다. 담에서 전선으로 뛰어내리려 하다가 당연히 부모님께 혼쭐이 났다.

"우리는 왜 도망 다니는 걸까? 잘못도 하지 않았는데." 아키코는 농담처럼 말했다. "마치 그 죄수 같아."

"하지만 잘 생각해 보면 그 죄수는 어차피 살인범이었잖아. 열심히 응원하지 말 걸 그랬어. 괜히 손해 봤어."

"결국 마지막에 잡혀 버린 데다."

그 주인공은 15년 동안 도망 다니겠다고 떵떵거렸던 주제에 최종회에서는 어이없이 교도소로 돌아갔다. "뭐가 식은 죽 먹기야." 우리는 실망했고 한 가지를 배웠다. "역시 나쁜 짓을 하면 체포당하는구나." 아니, 그렇게 생각하면 탈옥했을 때 시효를 따져 봤자 어차피 아무 소용 없는 짓이었다.

"도라이치 오빠, 좀 이상해졌지." 아키코는 그렇게 말하며 고개를 숙였다.

"형은 지쳤을 뿐이야." 그렇게 말하면서도 나는 형의 변모가 피로 때문이 아니라는 것을 알고 있었다. 수면과 휴식, 온천 여행으로 회복될 피로가 아니었다. 인간에게 배신당해 가혹한 환경으로 내몰린 동물이 온화한 성질을 잃고 잔뜩 사나워지는, 그런 변신으로밖에 보이지 않았다.

"내 탓일까?"

"아니라니까." 나는 강하게 부정했다. "조만간 틀림없이 원래대로 돌아올 거야."

아키코가 방에서 나갈 때, "괜찮아. 식은 죽 먹기야" 하고 그 드라마의 대사를 흉내 냈지만, 동생은 웃지 않았다.

3

"너희는, 후쿠시마의 그……." 스기타는 입을 쩍 벌리고 깜짝 놀라 외쳤다. 굵은 나뭇가지 같은 집게손가락으로 힘없이 형과 나를 가리켰다.

"그래, 우리는 당신들이 까발린 터프한 가족이다." 형의 차가운 목소리는 상대를 향해 날아가는 화살이라기보다 마치 얼음덩어리 같았다.

스기타뿐만 아니라 그 아내와 딸도 몸을 움츠렸다.

"요즘 텔레비전에서 낯짝이 안 보인다 했더니 잘난 아버지 얼굴로 가족 행세를 하고 있더군." 나는 말을 거듭할수록 흥분했다. "그래서 센다이까지 쫓아온 거야."

"소행성은 3년 후에 떨어져." 형이 툭 내뱉었다. "만일 정보가 사실이라면 말이지. 그래도 당신은 딸과 아내와 함께 그 마지막 날을 맞이할 수 있어. 소행성이 충돌해도 가족이 있어. 그에 비해 우리는 그것조차 없어. 여동생도, 어머니도 없어."

"어머님도?" 스기타의 아내가 입을 열었다.

"몰랐겠지." 나는 뺨을 씰룩이며 총을 쥐었다. "당신들 매스컴은 아키코가 자살하자 쏜살같이 사라졌으니까."

"당신들 여동생이 자살한 후에도 계속 취재했어야 했다는 말이야?" 스기타가 참다 못했는지 반론했다.

나는 한 대 패주려고 팔을 치켜들었지만 형이 "그만둬" 하고 말렸다.

"잘 들어, 말은 그렇게 하지만 당신들은 그때 딱히 우리 가족을 염려해서 취재를 그만둔 게 아니었잖아? 아키코의 자살에 일말의 가책을 느꼈을 뿐이지. 아닌가?" 형이 말했다. "당신 프로그램은 시청자들의 비난을 즐기는 방송이었어. 칭찬보다 비난받는 쪽으로 시청률을 벌었지. 그러니 당신들은 아키코가 죽었다고 예의를 차렸던 게 아니야. 반성한 것도 아니지. 쉽게 말해 자전거로 우연히 고양이를 친 기분 아니었나? '에이, 쳐 버렸네. 기분 나빠. 앞으로 이 길은 지나가지 말아야지' 하고 말이야. 당신들은 그런 식으로 취재를 그만두었어. 그뿐이지. 그러니 당연히 우리 어머니가 돌아가신 것도 모르겠지. 왜냐하면 관심이 없었으니까."

나는 형의 말을 들으며 당시의 일을 떠올렸다. 한 시간이 지났는데도 목욕탕에서 좀처럼 나오지 않는 어머니가 걱정되어 형이 욕실로 갔다. 문을 열고, 수면제를 먹은 채로 욕조에 잠겨 있는 어머니를 발견했다.

"그래서 자네들은." 망연한 표정으로 스기타가 입을 열었다.

"복수하러 왔다." 형은 조용히 대답했다. "소행성에 선수를 빼앗기면 안 되니까."

전화가 울려 모두 일제히 소리가 나는 쪽을 돌아보았다. 전화가 놓인 협탁은 내 바로 옆에 있었다. 형이 "다쓰지, 전화 받아"라고 말하고는 "쓸데없는 짓을 하면 쏜다" 하고 스기타 가족에게 권총을 겨누며 견제했다. 말은 그렇지만 바로 쏠 기미는 없었다. 아마 단순히 살해하는 것만으로는 후련하지 않기 때문이리라. 나도 동감이었다. 실컷 겁을 주고, 자기가 무슨 짓을 했는지 깨닫게 하지 않으면 의미가 없다. 다짜고짜 총으로 쏴 죽이면 소행성이 일찍 찾아온 꼴과 다를 바 없다.

수화기를 들자 나이 많은 남성의 목소리가 들렸다. "아아, 스기타 씨?" 내가 대답하기도 전에 "나 와타베요" 하고 편하게 말했다. "아까 봤는데 자네 집에 이상한 남자 둘이 들어가지 않았나? 상관은 없지만 마음에 걸려서 말이야."

"와타베란 작자인데." 나는 수화기를 떼고 형을 보았다. "우리가 이 집에 들어오는 걸 봤나 봐."

스기타와 그 아내가 동시에 "아아" 하고 뭔가 알아챈 것처럼 고개를 흔들었다.

"누구야?" 형이 목소리를 낮추고 물었다. 스기타의 아내가 당황하면서도 "같은 5층에 사는 사람이에요"라고 대답했다.

오늘을 위해 아파트의 상황을 미리 조사해 두었다. 소행성이 떨어지기를 손 놓고 기다리는 사람은 적다. 한때 대다수의 사람이 집을 비우고 정처 없이 이동했다. 이 아파트도 예외는 아니었는지 100세대는 있었을 텐데 지금은 절반도 차지 않았다. 5층에서는 스기타 외에 딱 한 가족만 남아 있었는데, 그러고 보니 그게 '와타베'였다.

형도 같은 생각을 했는지 "젊은 부부였지" 하고 중얼거렸다.

"하지만 목소리는 꽤 늙었던데." 전화 목소리로는 그렇게 생각할 수밖에 없었다.

"분명 와타베 씨 부친일 거야. 한 1년 전에 아버지를 불러서 함께 살고 있으니." 스기타가 대답했다. "밤낮으로 옥상에서 일하는 사람인데, 목수 일이 취미인지 커다란 짐을 들고 들락날락해. 그러니 그때 자네들을 봤을지도 모르겠네."

옥상에서 뭘 만드는 거야, 하고 나는 내뱉었다. 방주는 아니겠지.

"어이, 듣고 있나? 어이!" 수화기 너머에서 와타베가 떠들어댔다.

"형, 어쩔래?" 내가 다시 묻자 형은 성큼성큼 다가와 수화기를 들었다. 뭐라고 하나 했더니 "우리는 이곳 스기타의 집을 점거했다"라고 했다. "농성하고 있다. 알겠나? 어디든 좋으니 방송국을 불러라. 센다이에 어디든 방송국이 남아 있다면 밑에서 이 집을 찍어서 방송해."

형이 수화기를 내려놓자 실내가 쥐 죽은 듯 고요해졌다. 스기타의 아내가 불안한 표정으로 우리를 바라보았다. 딸은 어깨를 움츠리고 식탁의 수프 접시만 바라보고 있었다.

"형, 방송국이라니?"

"이 녀석도 똑같은 기분을 맛보게 해야지." 형은 스기타를 총으로 가리켰다. "카메라의 주목을 받게 하는 거다."

"이런 세상에 텔레비전을 보는 놈이 어디 있다고." 스기타가 입가를 일그러뜨렸다.

"상관없어. 어쨌든 당신도 카메라 앞에 서 봐."

"하지만 형, 지금 그 영감이 경찰에 신고할지도 모르잖아."

형은 태연했다. "그럴 수도 있지" 하고 고개를 끄덕이더니 그렇게 되어도 상관없다면서 "다쓰지, 창에서 떨어져. 경찰이 총을 쏠 가능성도 있어" 하고 유리창의 커튼을 가리켰다. "요즘 경찰은 가차 없거든."

확실히 그랬다. 어지간한 일로는 권총을 발포하지 않는 그런 온후한 경찰은 옛날 일이다. 5년 전, 세상의 종말이 판명된 후로 그런 느긋한 상황은 사라졌다.

범죄가 거리 곳곳, 온 나라에 범람했기 때문이다. 자포자기한 사람들이 상점가를 습격했고 절도와 방화가 만연했다. 소동은 상습적이고 일상적으로 터졌고 도로는 꽉 막혔다.

자연히 경찰도 느긋하게만 대처할 수 없어 치안을 지키기 위해 가차 없이 거친 수단을 취하게 되었다.

다시 말해 긴급한 사건이라면 바로 범인을 사살하고, 그리 중하지 않은 죄라도 줄줄이 교도소에 처넣는다. 교도소는 이미 범죄자를 집어넣기만 하는 수용소로 변했다. 인권을 호소하는 사람이 거의 없어 환경은 말도 못 하게 나쁘다고 한다.

다만 나는 결과적으로는 그 극적인 징벌 제도가 성과를 거두었는지도 모른다고 생각했다. 완만하게나마 범죄는 줄었고, 거리는 안정을 찾았다. 올해 들어서는 이상하게도 아무 일 없었던 것처럼 평온한 나날이 이어지고 있다.

"한 차례 정리된 거지." 형이 그렇게 말한 적이 있다. "패닉을 일으켰던 사람은 대부분 사라졌어. 자살하거나, 이동하거나, 혹은 체포되었지. 그래서 평온해진 거야. 게다가 슬슬 깨닫기 시작했겠지. 앞으로 3년밖에 살지 못하는 지금, 평화롭게 사는 게 가장 현명하다는 사실을."

4

반년 전, 형이 복수 계획을 말했다. 후쿠시마 시내를 포함해 주위가 썰물이 자연히 빠지듯 안정을 되찾기 시작한 무렵이었다. 그때까지는 나도 달려드는 무차별 폭도와 강도를 피하고 우리 집을 방화범으로부터 지키느라 매일 정신이 없었다. 왼쪽 이웃집인 야마다 가족은 집에 들이닥친 강도에게 살해당했고, 오른쪽 이웃집인 사토 가족은 온 가족이 자살을 꾀했다. 나는 혼란스러운 사회 속에서 제정신을 유지하려 필사적이었지만 형은 아니었다. "다쓰지, 어쩔래?" 하고 내게 물었다.

"어쩌다니 뭘?"

"그놈." 형은 그렇게 표현했다. "그놈 말이야."

"그놈?" 그때는 소행성을 사람에 비유해 그렇게 부르는 줄로만 알았다.

"스기타. 그 아나운서 말이야."

"아아." 그 순간 배 속에서 울컥 솟구치는 감정이 있었다. 펄

펄 끓는 물에서 거품이 터지는 듯한 분출이었다. 아키코가 목을 매단 밧줄, 어머니가 잠겨 있던 욕조, 텔레비전에 나온 스기타의 비열한 얼굴, 그러한 기억들이 끈적거리는 시커먼 덩어리와 함께 흘러나왔다. 악취도 함께. "그놈 말이야?"

"지금은 이미 일을 그만두고 센다이로 돌아간 모양이야. 남은 시간은 가족과 느긋하게 보낼 생각이겠지."

"형, 조사한 거야?"

"어떻게 잊을 수 있겠어."

형의 목소리를 듣고 나는 소행성 때문에 세상 사람들이 혼란에 빠져 살아남으려고 필사적일 때, 형만은 묵묵히 복수를 생각하고 있었음을 깨달았다. 물론 나도 처음에는 "하지만" 하고 거부감을 드러냈다. 이제 와서 뭘 어쩌겠느냐는 마음도 없지 않았기 때문이다. 내버려 둬도 앞으로 3년이면 세상이 끝나는 판국에 굳이 우리의 시간을 쪼개가며 스기타에게 관여할 필요가 있나 싶었다.

하지만 그때 형이 가지고 온 비디오테이프를 보고 마음이 바뀌었다.

놀랍게도 형은 스기타가 사회를 맡았던 방송 프로그램을 전부 녹화했던 모양이다. 그 이유를 궁금하게 여기기보다 차가운 집념이라고도 할 수 있는 끈질긴 행동력에 놀랐다. "이건 아키코가 죽은 날에 그놈이 한 방송이야." 형은 그렇게 말하더니 테이프를 재생했다.

방송 첫머리에서 아키코의 자살을 간단히 다루었지만 곧 아무 일도 없었다는 듯이 다른 뉴스가 나왔다. 그러더니 조금 지나 스기타가 마술사 차림을 하고 시시한 마술쇼 흉내를 내기 시작했다.

"그때 매스컴 놈들한테는 다 화가 나. 하지만 그중에서도 이 스기타란 놈은 용서할 수가 없어." 비디오 영상을 보면서 형은 선언했다.

화면 속에서 스기타가 큼직하고 튼튼해 보이는 박스를 가지고 들어왔다. 위에 형겊이 덮여 있다. 긴박한 소리가 울린다. 조명이 쏟아지고 박스 덮개를 열어 보니 스기타는 사라지고 없었다. 시시한 마술이다. 어차피 바닥이 이중 구조겠지.

"다쓰지, 용서할 수 있겠어?" 형은 내게 물었다. 화면에는 웃음 가득한 스기타의 얼굴이 비치고 있었다. 형은 리모컨을 눌러 비디오테이프를 빨리 감았다. 방송 종료 전의 화면이 재생되었다. 거기에서 사회자인 스기타는 천천히 비통한 표정을 짓더니 "불행한 사건 뒤에 마술쇼라니 적절하지 않다고 생각했습니다만"이라는 말을 했다.

"교활해." 형이 말했다. "형식뿐인 반성이야. 자기는 악의가 없다고 꾸미는 거겠지. 꼼꼼하고 교활해. 이런 놈은 자기는 잘하고 있다고 믿고 있어. 앞으로 3년이면 세상이 끝난다고 해서 이 남자를 용서할 거야? 소행성에 맡겨둘 테냐? 나는 싫다. 나는 용서할 수 없어. 스기타만은 용서 못 해."

나는 동의했다. 듣고 보니 그렇다고 강하게 고개를 끄덕이며 형이 말해 줄 때까지 그런 마음이 들지 않았던 자신을 수치스럽게 여겼다. 여동생과 어머니는 10년이나 일찍 죽었다. 스기타의 인생이 3년이나 더 남았다니, 그 사실 자체를 믿기 어려웠다. "용서 못 하지. 형 말이 맞아."

5

어느새 스기타의 아내가 흐느끼기 시작했다. 식탁을 향해 고개를 숙인 채로 눈물을 흘리고 있다. 얼굴의 주름이 뚜렷하게 눈에 띈다. 시든 과일처럼 안쓰럽게 늙었다.

"울어도 용서 안 해." 형이 뚜렷한 목소리로 말했다. "아키코 때, 우리는 그 몇 배나 울었다."

몇 배는 거짓말이다. 몇백 배다.

스기타의 아내가 이해한다는 듯 고개를 자꾸 끄덕였지만 단순히 겁에 질려 그러는 걸로만 보였다. 도저히 우리의 분노를 진정으로 이해한다고 생각할 수는 없었다.

그때 갑자기 스기타의 아내가 스푼으로 손을 뻗었다. 이 상황에서 설마 밥을 먹으려는 건 아니겠지 했는데 놀랍게도 그녀는 스푼을 수프 접시에 담갔다. 눈물을 뚝뚝 흘리면서 입을 벌린다.

"야, 뭐 하는 짓이야!" 나는 당장 다가가서 스기타의 아내가 앉아 있는 의자를 걷어찼다. "이런 판국에 만찬을 즐기시겠다? 정신 나갔어?"

스기타의 아내가 요란하게 넘어졌다. 의자와 함께 옆으로 쓰러졌다. 스푼이 날아갔다. 나는 총을 겨누었다. "무슨 생각을 하는 거냐?"

접시가 뒤집혀 식탁과 카펫에 수프가 쏟아졌다. 형은 잠자코 스기타의 아내가 일어나는 모습을 지그시 바라보고 있다.

"어이, 너도!" 정면에 앉은 스기타의 딸을 본 나는 반사적으로 고함을 지르며 다급하게 총구를 겨누었다. 스기타의 딸이 느릿느릿 포크를 쥐더니 스테이크 고기를 찔렀기 때문이다. "밥이 넘어가?"

스기타의 딸 옆에 있던 형이 그녀의 손을 후려쳤다. "아야!" 딸이 소리를 질렀고, 역시 포크가 날아갔다. 형은 식탁 위의 요리를 쳐다보고 있었다. "이 새끼들, 장난하냐?" 형은 표정 없이 분노를 드러냈다.

"그만둬." 그렇게 말한 사람은 스기타였다. 아내와 딸을 번갈아 바라보더니 "쓸데없는 짓 하지 마"라고 단호하게 말했다. 뺨을 씰룩거리고 있다.

"아버지, 어차피 마찬가지예요." 딸이 처음으로 분명하게 말했다. 눈을 치켜뜨고 흥분한 얼굴로 주먹 쥔 두 손을 식탁 위에 얹고 있다. "어차피 죽을 테니까."

나는 그 말을 듣고 문득 웃음을 터뜨릴 뻔했다. 그녀의 말은 '어차피 죽을 테니 스테이크쯤 먹어도 되지 않겠느냐'라는 주장으로 들렸다.

스기타의 아내가 등을 쭉 편 채로 어깨를 떨었다. 눈을 꾹 감고 있어서 그런지 고여 있던 눈물이 방울져서 눈꼬리에 맺혔다. 저렇게 울 바에야 저녁밥은 포기하면 그만인 것을.

6

두 번째 전화는 그 직후에 울렸다. 나는 형의 지시를 기다릴 것도 없이 바로 수화기를 귀에 댔다.

"너희들의 요구는 뭐냐?" 조금 전 와타베의 목소리와는 딴판으로 긴장감이 감도는 굵은 목소리가 들렸다. 확인할 것까지도 없이 경찰이구나 싶었다. 그래서 수화기의 송화구를 손으로 가리고 형에게 전했다. "경찰인가 봐."

스기타 가족이 기대 때문인지 두려움 때문인지, 부르르 떠는 게 곁눈에 보였다.

"요구를 말하래."

"바꿔." 형이 다가왔다. 나는 수화기를 건네며 식탁의 스기타 가족을 살폈다. 세 사람이 얼굴을 마주 보고 있는 게 보였다. 말은 하지 않았지만 내게는 그들이 눈짓으로 신호를 주고받는 것처럼 보였다. 그래서 "어이, 뭐 하는 거야?" 하고 권총을 들이댔다. 그만 쏴 버려도 되지 않나. 내버려 두면 좋지 않은 일이 벌어질 예감이 든다.

애초에 나는 경찰이 지금까지 제대로 존재한다는 사실 자체를 믿기 어려웠다.

소행성 소동으로 혼란에 빠졌을 때, 처음에는 군대가 각지에서 터진 폭동을 막으려고 진압에 나섰다. 다짜고짜 힘으로 혼란을 진압하려고 온갖 작전을 펼쳤던 모양이지만 죽음에 대한 일반인들의 공포와 체념은 국가나 군대의 예상을 훨씬 뛰어넘었다. 군대는 곧 반격당해 기능을 완수하지 못하게 되었다. 지금은 후쿠시마 시가지에도 망가진 지프와 움직이지 않는 장갑차가 굴러다니고 있다.

하지만 경찰은 아직 일을 하는 모양이다. 믿기 어렵지만 사실 경찰관의 모습은 몇 차례 목격했다. 그들을 움직이는 원동력은 과연 사명감일까, 타성일까? 나는 알 수가 없다.

형은 전화를 받으며 벽에 몸을 기대고 커튼을 열어 베란다로 난 창문으로 밖을 살폈다. 하늘은 조금 어두워지기 시작했지만 아직 밤이 찾아올 기색은 없어 하얗기만 했다.

"우리는 여기 사는 스기타를 쏴 죽이고 싶다. 일단 10분 후에 이쪽에서 다시 걸겠다. 그때까지 기다려라." 형은 그렇게 말한 뒤에 전화를 끊었다. 말도 안 되는 대응이었지만 말도 안 되는 세상에는 잘 어울렸다. "경찰차가 꽤 와 있네" 하고 내게 말했다. "작은 방송용 카메라를 맨 남자도 있어. 못 믿겠지? 세상이 끝나간다는 게 거짓말 같아. 아직 보도에 애쓰는 사람도 조금은 있다는 뜻인가."

"텔레비전은 쓰레기야." 어깨를 늘어뜨리고 있던 스기타가 불쑥 내뱉었다.

그것은 실로 교회에 달려와 자신의 죄를 고백하는 소년처럼 천진한 말투여서, 나는 입을 떡 벌리고 말았다. 하지만 바로 흠칫 놀라 "텔레비전이 나쁜 게 아니잖아, 쓰레기는 너야!" 하고 소리를 질렀다.

"잘 들어, 우리는 딱히 당신이 반성하길 바라는 게 아니야." 형이 곧이어 말했다. "다급해지면 누구든 반성할 줄 알지. 당신은 좀 더 일찍, 우리가 찾아오기 전에, 소행성이 발견되기 전에 반성했어야 했어. 이제 늦었어. 이건 마지막 기회가 아니야. 그냥 '마지막'이지."

"형, 어떻게 할까?"

"10분이면 쏘기에는 충분해."

"경찰이 얌전히 기다릴까?"

"글쎄. 창으로 내다보니 이 아파트 주민을 대피시키는 것 같던데 강경책을 쓸지도 모르지."

"강경책?"

"요즘 세상에 경찰이 하는 짓은 무시 아니면 실력 행사야. 치안을 지키겠다고 결심했다면 거친 짓도 하겠지."

"잠깐 기다려." 스기타가 입술을 달싹거리며 물었다. "딸과 아내도 죽일 작정이냐?"

"어느 쪽이든 상관없다." 형의 그 차가운 말투는 칭찬할 만했다. "당신에게 맡기지. 솔직히 나는 당신 가족은 당신만큼 미워하지 않거든."

"그런 짓을 하면 여동생이나 어머님께서 슬퍼하지 않겠어요?" 그때 갑자기 스기타의 아내가 눈물을 훔치며 중얼거렸다. "이런 식으로 마무리를 지으면 분명 기뻐하지 않을 거예요."

형은 대답하지 않았고 나도 눈썹만 찌푸렸다. 대답할 필요도 없었다. 어리석은 소리다.

"날 쏜 다음엔 어쩌려고?" 스기타가 형을 올려다보았다. "도망칠 자신이 있나?"

"걱정 마. 형이 말하기 전에 내가 대답했다. "뒷일은 알 바 아니야. 어차피 세상은 3년밖에 안 남았어. 경찰도 살인범 하나를 열심히 쫓아다닐 여유는 없어."

"하지만 범죄자를 처벌하려고 집요하게 추적하는 형사나 경찰이 있다는 소문을 들은 적이 있어. 그야말로 치안이나 법률을 위해서 그러는 게 아니라 좀 더 일그러진 정의감 때문에."

"네놈이 뭘 걱정하는지는 모르겠지만 우리는 너보다 늦게 죽을 수 있다면 만족해. 경찰에 쫓겨 총을 맞든, 투옥당하든 상관없어." 허세가 아니다. 진심이었다.

"그런." 스기타가 슬픈 듯이 입가를 축 늘어뜨렸다. "그럴 수가."

"형, 내가 쏴도 돼?"

"잠깐만, 그 전에 내 얘기를." 스기타가 미련이 남았는지 손을 내저었다.

"반성하기엔 늦었어." 형이 말했다. 그때 현관 밖에서 무슨 소리가 들렸다.

7

형이 현관으로 이어지는 복도를 쳐다보았다. "경찰이 가까이 왔나 보군."

"경찰이?"

"돌입하려고 준비하는 걸지도 몰라."

"잠깐 보고 올게." 나는 그렇게 말하고 권총을 든 채로 복도로 나갔다. 불이 꺼진 복도는 조금 어둑했지만 깨금발로 발소리를 내지 않도록 조심하면서 현관으로 똑바로 갔다. 누가 있다. 여러 명이다. 사람들이 속삭이는 소리, 돌아다니는 신발 소리가 바깥 통로에서 울렸다. 문 바로 앞까지 나가 숨을 죽이고 어안렌즈에 얼굴을 댔다. 기척을 들키면 저쪽에서 당장 발포하지나 않을까, 상상해 보고는 온몸의 털이 곤두서는 공포를 느꼈다. 주민인지 범인인지 알기 전에는 쏘지 않을 거라고 생각했지만 지나치게 낙관적이었는지도 모른다. 요즘 같은 세상, 경찰에 여유도 도덕성도 있을 리 없으니 문제를 해결하기 위해서라면 몇 안 되는 일반인의 희생은 개의치 않을 가능성도 있다.

어안렌즈 너머로 바깥을 보았다. 제복을 입은 사람들이 있었다. 어두운색의 헬멧과 보호구를 착용한 경찰관들이다. 작은 대열을 이루어 줄 서 있다. 한 명이 큼직한 전화기 같은 기계를 귀에 대고 있다. 쥐새끼처럼 이런 곳에서 대기하다니, 울컥 화가 났지만 그런 한편으로 3년밖에 남지 않은 인생을 이렇게 사회의 치안을 위해 소비하는 그들을 존경해야 할지도 모른다고 생각했다.

천천히 어안렌즈에서 눈을 떼고 신경질적인 동작으로 한 걸음 물러나려는데, 경찰관이 뭔가 말하는 소리가 들렸다. 황급히 문에 귀를 댔다.

"501호 주민이 아직 나가지 않았답니다." 대열 속의 누군가가 말했다.

"빨리 대피시켜." 다른 누군가가 대답했다.

"아버지가 아직 옥상에 있다면서."

"서두르라고 해. 총격전이 벌어지면 위험하단 말이다."

나는 다시 어안렌즈로 경찰관의 얼굴을 살폈다. 기분 탓인지 눈이 빛나고 있었다. 옳거니. 그렇다, 그들은 사명감으로 일을 계속하는 게 아니라 무력이나 폭력을 실컷 발휘할 수 있는 이 상황을 즐기고 있을 뿐이다. 그들은 들뜬 표정으로 총을 쥐고 있었다. 경찰관들도 자신들의 공포와 분노를 속이기 위해 일을 계속하고, 범죄자들을 쫓고 있는 것인지도 모른다. 그렇게 생각하자 문 너머의 경찰관이 소동을 틈타 발광하기를 기다리는 스포츠 응원단이나 맹수처럼 보였다.

나는 깨금발로 물러나 다이닝룸으로 돌아왔다.

"역시 경찰이야. 총을 들고 있어. 지시가 내려오면 당장 뛰어들 작정이야. 다만 아직 501호가 대피하지 않았다고 했으니 시간은 좀 걸릴지도 몰라." 그렇게 형에게 보고했다.

"와타베 씨." 스기타의 아내가 501호 주민의 이름을 흘렸다.

"좋다." 형은 나직하게 말하고 들고 있던 권총을 들었다. 공이치기는 이미 당겼다. 옆에 있는 스기타의 머리에 총구를 겨누었다. "당신도 자기가 얼마나 큰 잘못을 저질렀는지 이제 알았겠지? 텔레비전 사회자한테는 중요한 사명이 있어."

"나도." 스기타가 눈을 감으며 공포를 참듯 어깨를 굳혔다. "나도 괴로웠다."

스기타의 아내와 딸이 비명인지 한숨인지 모를 쉰 목소리를 동시에 냈다.

"조용히 해, 너희들." 나는 못을 박았다.

"당신 행동은 전부 연기야. 시늉만 하는 거지." 형은 가차 없이 방아쇠에 손가락을 걸었다. "이제 끝내자."

나는 무심코 숨을 거칠게 몰아쉬며 어깨를 들썩이고 있었다. 입안이 바짝 탔다. 의식하기도 전에 나는 식탁으로 다가가 스기타의 옆에 서서 컵에 손에 뻗었다. 긴장했다는 실감은 없었지만 목이 말랐다.

컵을 입에 댔다. 숨을 고르고, 맥주를 마셨다.

아니, 마시지 못했다. 컵을 기울인 순간, 나가떨어진 것이다.

빈틈을 보이진 않았다고 생각했는데, 스기타의 딸이 의자에서 일어나 내게 몸을 날렸다. 맥주가 허공에 튀는 게 느리게 보였다. 나는 바닥에 쓰러져 무릎을 찧었다. 머리에 피가 확 몰렸다. 오른손에 권총을 고쳐 쥐고 황급히 자세를 가다듬었다. "너이게 장난인 줄 알아?" 스기타의 딸을 올려다보며 미간을 겨냥했다. 딸은 몹시 진지한 눈으로 심호흡을 하며 어깨를 들썩였다. 나는 한쪽 무릎을 세워 자세를 바로잡았다. "형, 스기타만 쏠 게 아니라 이년들도 쏴야겠어."

"그래." 형이 대답했다.

"당신들도 끈질기군. 경찰이 왔다고 기대하나 본데, 그렇게까지 살고 싶어?" 나는 고함을 질렀다. 집 밖에서 이 목소리를 들은 경찰관들이 뛰어 들어올지도 모른다는 불안이 스쳤지만, 참을 수 없었다.

"살고 싶은 게 아니에요." 바람 한 줄기가 훑고 간 듯한, 조용한 목소리가 실내에 들렸다. 스기타의 아내였다.

"무슨 소리야?" 나는 고개를 갸웃거렸다.

"저희, 죽을 작정이었어요."

8

나와 형은 한참 동안 아무 말도 하지 못했다. 현관 쪽에서 수 런거리는 소리가 들렸다. 아마도 내가 쓰러진 소리나 내 목소리 를 듣고 밖에서도 이상 사태를 감지한 것이리라. 조심스러운 노 크 소리가 들렸다. 괜찮으십니까, 하고 이웃을 가장한 목소리도 들렸다. 빨리 돌입해서 난동을 부리고 싶은데요, 하는 말로 들 렸다.

"죽을 작정이었다니, 무슨 뜻이야?" 형은 혼란이나 동요는 보 이지 않았지만 역시 상황은 파악하지 못한 듯했다.

스기타의 딸은 나를 떠민 직후 줄곧 그대로 서 있었다. 나는 일어나서 스기타의 아내가 대답하기를 기다렸지만, 그녀는 스 기타에게 시선을 돌렸다. 그 시선에 떠밀려 스기타가 입을 열었 다. "자네가 마시려고 했던 컵에는."

"뭐야." 나는 노려보았다.

"독이 들어 있어."

예상도 하지 못했던 대답에 나는 목을 쭉 뻗어 형과 얼굴을 마주 보았다. 그리고 카펫에 스며든 맥주를 보았다. "독?" 형과 내 목소리가 하나로 포개졌다.

"저희, 오늘 죽을 작정이었어요." 스기타의 아내가 고개를 숙이고 말했다.

"자살?" 나는 고개를 돌렸다.

"요리에도, 맥주에도, 독이 들어 있어요." 스기타의 딸은 퉁명스럽기까지 한 표정이었다. 그리고 독의 이름을 말했지만 화학 기호의 나열 같아 내 귀에는 들어오지 않았다.

"어째서 죽으려는 거지?" 형이 물었다.

스기타 가족 사이에 눈짓만으로 가족회의를 여는 것처럼 침묵이 흘렀다. 스기타가 참고 있던 공포를 쏟아내듯 얼굴을 일그러뜨렸다. "참을 수 없었어."

"소행성 때문에 죽을 바에야 저희 손으로 죽는 게 나으니까요." 스기타의 아내가 말했다.

"이런 세상에서 살아갈 의미가 있나요?" 가장 담담했던 사람은 스기타의 딸이었는지도 모른다.

"당신들 말이야." 나는 생각보다 먼저 입에서 말이 튀어나왔다. "웃기지 마" 하고 말한 뒤에 어째서 그렇게 말했는지 이유를 찾지 못해 당황했다.

"변명하는 게 아니야." 스기타가 뺨을 씰룩거리며 항복하듯 두 손을 들고 형을 보았다. "다만 나도 속 편하게 방송 일을 했던 건 아니야."

"그게 무슨 소리야?" 형이 차갑게 말했다.

"죄의식에 시달렸어."

"죄의식?" 나는 스기타에게 그런 말을 듣고 싶지 않았는지도 모른다. 끝내 그 말을 듣고 말았다는 낙담이 밀려들었다.

"텔레비전은 쓰레기야." 스기타는 또 그렇게 말하더니 뭔가 깨달은 것처럼 "아니, 나는 쓰레기 방송인이었어" 하고 말을 바꾸었다. "지나쳤어. 자네들 말처럼 지구가 끝장난다는 걸 안 순간 달아났지. 그리고 깨달았어. 아무리 잘난 척해도 결국 내가 가지고 있던 사명감은 별것 아니었어."

그리고 스기타는 1년 전에 안전한 땅을 찾아 센다이를 떠나 가족과 함께 이동했지만 결국 어디나 혼란뿐이라 다시 돌아왔다고 말했다. "이 판국에 이르러서도 어떻게든 살아남을 길을 찾는 내가 갑자기 추해 보였어"라는 속내도 털어놓았다.

"당신 프로그램 어디에 사명감이 있었지? 약자를 조롱하고, 시끄러운 구경꾼들 앞에 서서 깃발을 흔들었을 뿐이잖아. 마술사 흉내나 냈으면서 뭐가 사명이야? 웃기지 마!" 나는 점점 말이 빨라졌다.

"분명 그랬어." 스기타는 아픈 곳을 찔린 표정을 지으면서도 "하지만" 하고 악문 입으로 말했다. "하지만 나도 필사적이었어. 그런 방송은 무조건 과격하기를 바라지. 모든 게 내 의도였던 건 아니야."

"당신 의도였어." 나는 고함을 버럭 질렀다. "네놈 같은 인간은 죽어도 싸." 그런 한 편으로 방송 안에서 스기타가 한순간 보였던 괴로운 표정을 떠올렸다.

"그래서 죽으려고 했던 거야." 스기타가 말했다. 화를 내는 것도 아니고, 선수를 쳤다는 우월감도 없다.

"어째서 당신도 함께 죽는 거지?" 형이 스기타의 아내를 쳐다보았다. "너도" 하고 딸도.

"저도 이젠 아무래도 좋았으니까요." 딸이 생기를 잃은 눈으로 힘없이 대답했다. "어차피 3년이면 죽잖아요. 게다가." 자기 아버지에게 고개를 돌렸다. "저도 어렸을 때부터 아버지가 하는 일이 너무 싫었어요. 품위도 없고, 남들 험담만 하고."

스기타가 그때 처음으로 기운 없이 어깨를 움츠렸다.

"난, 그, 당신들이 아까부터 말한 아키코 씨라는 분도 안타깝게 생각했어요. 그래서 아버지가 죽자고 했을 때도 그래도 상관없다고 생각했던 거예요."

"그렇다고 동반자살을 해? 제멋대로군." 형은 스기타에게 경멸 어린 목소리로 말했다. "최악이야."

"최악이니까 죽으려고 했던 거야." 스기타가 또 말했다.

"그래서 조금 전에 살해당할 바에야 스스로 얼른 독을 먹고 죽어 버리려고 했던 거야?" 나는 요리를 먹으려고 했던 스기타의 아내와 딸에게 물었다.

"당신들이 죄를 지을까 봐 그랬어요." 스기타의 아내가 가느다란 목소리로 말했다. "그래서 그 전에 제 손으로."

"아니, 그건 안 돼." 옆에서 스기타가 아내에게 말했다. "만일 이 상황에서 우리가 독을 먹으면 경찰은 이 사람들을 의심할 거야. 이 집에 남아 있는 건 저들뿐이니까. 지금 우리가 죽으면 그건 그것대로 문제가 돼."

"당신." 형이 조용히 입을 열었다. "왜 하필 오늘이지?" 하고 물었다. "어째서 오늘, 자살하려고 했지?"

예기치 못한 전개에 혼란스러웠지만 그 질문의 의도를 나는 바로 알아차렸다. 그것은 우리가 오늘, 이 집을 습격한 것과 같은 이유일지도 모르기 때문이었다.

아니나 다를까, 한참 침울하게 뜸을 들인 후에 스기타가 대답했다. 괴로운 목소리로 "오늘은" 하고 대답했다. "오늘은, 자네들 여동생이 죽은 날이기 때문이야. 어차피 죽을 거라면…… . 물론 이런다고 용서해 줄 거로 생각하지는 않지만."

"당연하지, 어떻게 용서하겠어?" 형의 말은 차가운 납과도 같았다.

9

"형." 나는 어쩌면 좋을지 몰라, 매달리는 기분으로 말했다.

마침 그 타이밍에 누가 현관을 두드렸다. 조심스러우면서도 초조하고 위협적인 거친 소리다. "스기타 씨." 아까보다 강한 말투였다. 스기타 씨, 들어가겠습니다, 하는 최후통첩으로 들렸다.

스기타는 의자에 앉은 채로 불끈 쥔 주먹을 무릎에 얹고 목이 꺾일 정도로 고개를 푹 떨구고 있었다. 죄를 고백하고 형 집행을 각오한 죄수 같다.

형은 잠깐 눈을 감고 있었지만 잠시 후 내 이름을 불렀다. "다쓰지."

그때 기다렸다는 듯이 협탁의 전화가 울렸다. 시끄럽고 짜증스러운 소리가 날카롭게 울렸다. 스기타는 화들짝 놀라 전화를 돌아보더니 불안한 표정으로 내게 시선을 던졌다. 스기타의 아내와 딸은 전화기를 바라보고 있었다.

"다쓰지, 관두자." 형은 전화 호출음은 들리지도 않는다는 듯이 말했다. 기분 탓인지 형의 얼굴은 온몸에 가득 차 있던 독소가 땀이나 소변으로 완전히 빠져나간 것처럼 홀가분해 보였다.

"관둬?"

"죽고 싶은 놈들 소원을 들어주는 건 사양이야." 형은 스기타의 관자놀이에 총구를 꾹꾹 들이댔다. "당신, 정말 잘못했다고 생각한다면 달아나지 마. 앞으로 3년, 살아남아. 독을 먹고 죽겠다는 편한 생각은 하지 마."

스기타는 얼이 빠진 표정이었다. 스기타의 아내도 혼란스러운 마음을 숨기려 하지 않았다. 나도 영문을 알 수가 없었다. 죽지 말라니, 무슨 말이야?

"쉽게 죽지 마. 소행성이 떨어져도 끝까지 살아남아 봐. 살아남아. 괴로워하면서 죽어라." 그리고 쥐고 있던 권총에 왼손을 올려 공이치기를 천천히 내렸다.

전화가 계속 울리고 있다. 귀에 거슬리는 단조로운 소리였지만 나는 그 전화를 받을 마음은 없었다.

스기타 가족의 반응은 복잡했다. 구원받았다고도, 버림받았다고도 할 수 없는 표정으로 가족 셋이서 얼굴을 마주 보고 있다. 자살할 결심이 증발한 듯한, 후련히 정신을 차린 분위기였지만 그렇다고 해방된 표정도 아니었다. 실제로 그들은 구원받은 것이 아니었다. 소행성이 가져올 죽음을 3년 후에 앞두고, 세상 그 누구도 구원받을 수 없다. 자살이라는 퇴로가 막힌 그들이 구원받았다고 하기는 어렵다.

스기타가 울고 있었다. 부끄러운 줄도 모르고 눈물을 보인다. 슬퍼서일까, 기뻐서일까, 아니면 자신의 한심하고 추악한 모습을 이제야 깨달은 탓일까. 그는 울고 있다. 한심하다. 나는 혀를 찼다. 하지만 총으로 쏠 마음은 사라졌다.

"형."

"다쓰지, 이제 됐어. 이놈들을 죽여 봤자 기뻐할 뿐이야. 우리는 이놈들을 용서하지 않을 거다. 쉽게 죽여선 안 돼." 형은 마치 스스로를 타이르는 것 같기도 했다. "그걸 깨달았어."

전화와 노크 소리가 그치지 않았다. 기세는 점차 격렬해졌다.

그때 스기타가 두 손으로 자기 뺨을 철썩 때렸다. 자신에게 기운을 북돋는 것 같았다. 눈을 껌뻑거리며 형에게 "자네들은" 하고 떨리는 목소리로 말했다. "자네들은 어쩔 생각인가?"

"어쩌고 자시고." 그것이 내 대답이었다. 네놈을 쏴 죽일 생각밖에 안 했다. 형도 마찬가지였을 거다. 역시나 형은 "우리는 아무래도 상관없어"라고 대답했다. "볼일은 끝났다. 돌아갈 뿐이야."

"밖에는 경찰이 있어." 스기타가 말했다.

스기타의 아내가 걱정스러운 듯이 입을 열었다. "요새 경찰은 가차 없어요."

"범죄자를 잡으면 울분을 풀려고 집단 구타를 한다는 소문을 들은 적 있어요." 딸이 말했다.

"알아. 붙잡히든 총에 맞든 똑같아." 형이 말했다.

"그럼." 스기타는 울음 섞인 목소리로 말했다.

"저희가 설명할게요." 스기타의 아내가 나섰다. "경찰에 당신들의 결백을 설명할게요." 계속 울리는 전화 소리에 지지 않으려는 듯 그녀의 목소리도 높아졌다.

"조금 전 우리는 전화로 당신들을 쏴 죽이겠다고 선언했어. 이제 와서 그런 말을 믿어 주진 않을 거야." 형은 어깨를 으쓱했다. "요즘 경찰은 의심스러운 자는 벌하지. 누구든 상관없는 거야."

형은 의미심장하게 내게 고개를 끄덕였다. 하고 싶은 말은 이해했다. 미리 말을 맞추지는 않았지만 우리 생각은 똑같을 것이다. 일이 끝나면, 끝낸다. 붙잡힐 바에야 총에 맞아 죽는 게 낫다. 이대로 뛰쳐나가는 수밖에 없다. 뭐, 어차피 몸에 박힐 총탄도 작은 운석과 비슷하겠지.

전화벨이 겨우 멎었다. 별안간 실내에 정적이 되살아났다. 또 걸려 오겠지. 위가 아렸다. 스기타와 그의 아내, 그의 딸, 세 사람의 숨소리가 같은 리듬으로 들려왔다.

"욕실." 그렇게 말한 사람은 스기타의 딸이었다. 그러더니 일어나서 복도를 가리켰다. "우리 집 욕실 천장, 세게 밀면 열리잖아? 통풍구랬나 뭐랬나, 지저분하지만 쭉 연결되어 있지 않을까?"

또 현관문을 두드리는 소리가 났다. 이번에는 거침없이 손잡이까지 돌려대기 시작했다.

"그게 왜?" 스기타가 고개를 돌렸다.

"거기로 도망치면 어떨까?" 딸은 웃지도 않았지만 잘난 척하는 것도 아니었다. "우리가 잠깐 시치미를 떼면 경찰도 억지로 들어오지는 않을 거야. 그 사이에 욕실 천장을 통해 다른 집으로 달아나면 되지 않을까?"

"그 다른 집에서 어떻게 도망친다는 말이야?" 스기타는 그렇게 물었지만 부정하는 눈치는 아니었다.

"와타베 씨한테 전화 좀 해 봐요." 이번에는 스기타의 아내가 입을 열었다. "아직 집에 있을지도 몰라요. 설명하면 분명 도와줄 거예요."

"아아." 스기타가 작게 고개를 끄덕였다.

뭐가 '아아'냐. 나는 그들의 대화를 들으면서도 이야기의 흐름을 파악할 수 없었다.

"하지만." 스기타는 팔짱을 꼈다. "와타베 씨 집에서 어떻게 도망치지?"

"대체 무슨 소리를 하는 거야!" 형이 버럭 소리를 질렀다. "누가 우리를 내보낼 궁리를 해 달라고 했어?"

동감이었다. 그들 가족이 얼굴을 맞대고 단어 풀이 퀴즈를 풀고 있는 것을 옆에서 구경하는 듯한, 소외당한 기분이었다.

그러자 스기타가 손뼉을 쳤다. "그거다!" 하고 소리를 쳤다.

"그거?" 나는 미심쩍은 눈초리로 스기타를 쳐다보았다.

"내가 옛날에 텔레비전에서 썼던 물건이 있어. 마술에 썼던 상자야. 바닥이 이중 구조지. 한 사람씩은 들어갈 수 있어. 여기에서 욕실 위로 와타베 씨 집에 가서, 거기에서 한 사람씩 상자에 들어가 짐인 것처럼 꾸며서 밖으로 실어 내는 거야. 어때, 못할 것 없지?"

당신 무슨 소리를 하는 거야! 나는 그렇게 퍼부었다.

10

형이 무슨 생각으로 그 제안을 받아들였는지 이해할 수 없었다. 하지만 형은 스기타의 가족이 제안한 탈출 방법에 덥석 찬성했다. 따라서 나도 찬성했다.

지금 우리는 욕실에서 천장을 올려다보고 있다. 스기타의 아내와 딸은 욕실 밖에 서 있었다.

"잘 풀릴 가능성은 낮아." 형은 달관한 말투였다.

"분명 괜찮을 거야." 스기타는 벌겋게 충혈된 눈으로 접힌 상자를 내게 건넸다. 그 상자를 들고 이 천장 밑 통로를 기어가라는 말이었다. "이대로 서쪽으로 막다른 곳까지 가면 501호야. 와타베 씨한테는 부탁해 뒀어. 와타베 씨하고 그 아버님이 짐으로 꾸며서 한 사람씩 밖으로 나를 거야."

"그 와타베라는 남자는 왜 도와주는 거지?" 형이 물었다.

"와타베 씨 아버님이 예전에 그러셨지. 이런 세상에서 중요한 건." 스기타는 대답했다. "상식이나 법률이 아니라." 거기에서 잠시 말을 끊고, 장난을 치려는 아이 같은 표정을 짓더니 한쪽 눈썹을 찡긋 치켜올렸다. "얼마나 유쾌하게 사는가이다."

"가 봤더니 경찰이 기다리고 있는 건 아니겠지." 나는 장난삼아 말했지만 곧이어 그렇더라도 상관없다고 생각했다.

"잘되길 바랄게." 스기타가 형의 손을 쥐었다. 두 손에 힘을 한껏 싣는다. "그리고 내가 뻔뻔하게 살아남는 모습을 지켜봐 줘. 내가 도망치지 않는다는 것을 확인해 줘. 앞으로 3년, 당신들도 살아있기를 바랄게." 그리고 마지막으로 "부탁이야" 하고 깊이 고개를 조아렸다. "부디 붙잡히지 말고, 죽지 마."

형은 가만히 스기타를 바라보았지만 내 뒤에 있는 그의 가족들을 보고 "나는 딱히 당신들을 용서한 건 아니야"라고 말했다. 그것은 지난 10년, 형이 계속 써왔던 철가면 같은 차가운 반응이었다. 그래도 이어서 "단지"라고 말했을 때, 그 철벽처럼 굳건

했던 무표정이 부드럽게 누그러지는 순간을 나는 놓치지 않았다.

형은 나를 돌아보며 이윽고 이렇게 말했다. "3년만 도망 다니면 되잖아? 식은 죽 먹기야."

그것은 바로 아직 어렸던 아키코를 향해 텔레비전 드라마 주인공의 촌스러운 유행어를 흉내 내던, 바로 그 시절의 형이었다. "그렇지, 다쓰?" 형은 다정하게 말을 이었다.

"도라이치." 나는 무심코 옛날처럼 형의 이름을 불렀다.

둥면의 소녀

GIRL

GOODBYE EARTH

1

카펫에 드러누워 읽고 있던 문고본을 덮었다. 고개를 돌려 기둥에 걸려 있는 시계를 보고 옆에 있던 사인펜으로 문고본 마지막 페이지에 오늘 날짜를 썼다. 옆에 '11:15'라고 시간까지 덧붙이고 마지막으로 '완독'이라고 쓰자 가슴에 따스한 바람이 흘러 들어온 기분이었다.

책을 무릎 옆에 두고 두 손을 위로 뻗어 주먹을 쥐었다. 누구에게 보여줄 것도 아니지만 "해냈다!" 하고 의기양양한 포즈를 취했다.

자리에서 일어나 거실에서 주방을 지나 복도로 나가, 현관 앞에서 왼쪽 방으로 들어갔다. 아버지가 돌아가신 지 4년이나 지났는데 아직도 들어가기 전에는 노크를 하고 만다.

"진짜 서재라는 느낌이야. 미치네 아버님은 독서가구나." 중학교에 갓 입학했을 무렵, 처음 우리 집에 놀러 왔던 반 친구는 아버지의 방을 들여다보고 탄성을 질렀다. 10년 전의 나는 부끄럽게도 '서재'의 뜻도 몰라서 대충 사람 이름처럼 일종의 명칭인 줄 알고 맞장구를 쳤다.

마루를 깐 네 평 공간에는 책장이 빼곡하다. 사람이 지나다닐 수 있는 공간만 겨우 남기고 나머지는 빈틈없이 책장이 늘어서 있다. 대부분의 책장이 레일이 달린 이중 책장이라 책이 많이 들어갔다.

"네 아버지가 책이란 건 욕실 곰팡이하고 똑같아서 내버려 두면 점점 늘어나니 고민이라신다." 어머니가 한탄하시던 것도 생각났다. "조금이라도 빈자리가 있으면 계속 채워 넣는다니까. 미치도 지켜보렴. 무한대로 늘어날 테니."

어머니의 걱정은 기우였다. 책은 더 늘어나지 않았다. 무한대는 아니었네, 하고 나는 생각했다.

안쪽 책장 앞에 도착하자 바닥에 엎드려 들고 있던 문고본을 가장 아랫단에 쑤셔 넣었다. 설마 전부 읽을 수 있을 줄은 몰랐다. 나는 강렬한 만족감을 느끼며 다시 한번 서재를 둘러보았다. 복도로 통하는 입구 옆 책장부터 시작해 위부터 차례로 읽어 내려가기까지 꼬박 4년이 걸렸다. 그래도 아마 3천 권은 안되었던 것 같다. 하루에 한두 권, 마음이 내키면 세 권, 그런 식으로 계속 읽었다. 대충 계산해도 2천몇백 권 정도일 것이다.

방에서 나왔다. 계속 이 방에서 책을 읽으며 겨울잠이라도 잔 듯한 기분이었다. 문을 천천히 닫았다. 달칵, 소리를 듣자 이제 두 번 다시 이 방에는 오지 않을지도 모른다고 생각했지만 바로 마음을 바꾸었다. 3년 후, 이 세상이 정말 끝나 버린다면 그때는 이 방에 있는 것도 좋을지 모르겠다.

내 방으로 갔다. 아버지가 어머니와 함께 죽어 버린 4년 전부터, 따진다면 이 아파트 301호는 전부가 '내 방'이라고 할 수도 있었지만 그래도 역시 내 방은 동쪽에 있는 세 평짜리 방이다. 카펫이 깔린 방에 들어가면 정면에 침대가 있다. 레이스 커튼 너머로 햇살이 들어와 실내가 밝다. 앞으로 3년이면 세상이 끝나 버린다는 게 도저히 믿기지 않는 상쾌한 햇빛이었다.

공부 책상에 앉았다. '공부 책상'이라는 이름은 억지로 용도를 정해 놓는 것 같아 우스꽝스럽기도 하다. 책상 앞의 벽지에 시선을 던졌다. 압정으로 꽂은 큼직한 직사각형 종이는 내가 직접 쓴 것이다.

학교에 다녔을 때부터 내가 잘 쓰는 수법이었다. 일상의 잡일에 쫓기다가 길을 잃지 않도록 어두운 길 앞에 작은 가로등을 켜는 기분으로 해야 할 일을 써놓는다. 동요하거나 급한 일이 있어도 이 종이를 보면 마음이 가라앉았다. "해야 할 일을 하나씩 마치는 거야. 하나를 마치면 다음 일이 보이니까. 서두르지 말고." 그것은 어머니가 자주 하셨던 말씀이다.

눈앞에는 세 개의 '목표'가 붙어 있었다. 4년 전, 부모님이 돌아가신 후에 쓴 목표. 내가 해야 할 일.

'아버지와 어머니를 원망하지 않는다.'

그것이 첫 번째. 이것은 노력할 필요도 없이 잘 실행하고 있다.

'아버지의 책을 전부 읽는다.'

이것이 두 번째. 바야흐로 지금 막 달성했다. 정말 해낼 줄이야.

세 번째 종이를 보았다.

"죽지 않는다."

아직은 달성 중이다.

2

아파트에서 나와 '힐즈 타운' 주택가를 걸었다. 11월이라 이미 초겨울이었지만 쌀쌀하지는 않았다. 이제는 이상 기후를 이상 기후라고 떠드는 사람도 없고, 이상 기후를 이상 기후라고 보도하지 않는 것은 잘못이라고 불평하는 사람도 더는 없다.

힐즈 타운은 23년 전, 내가 태어난 해에 센다이 북부 구릉지에 지어진 단지다. 부모님은 내가 태어난 기념이라고 자화자찬하면서 아파트를 샀다.

공원을 가로질렀다. 울타리에 둘러싸인 부지의 네 귀퉁이에는 토템폴이 설치되어 있어 그 옆을 지나 공원으로 들어갔다. 단지를 지나가려면 대각선으로 가로지르는 게 지름길이다.

벤치 옆을 지날 때 남쪽을 보았다. 센다이 시가지를 한눈에 굽어볼 수 있었다. 나무들과 건물이 절묘하게 뒤섞인 센다이의 거리를 좋아하지만 요즘은 이미 잿빛으로 바랜 폐허로 보였다.

조금 나아가자 중년 남녀가 벤치 너머 나무들이 우거진 곳에 서 있었다. 같은 아파트에 사는 사람이라는 건 금방 알았지만 이름이 생각나지 않았다. 이 단지도 이제는 인적이 드물다. 말 없이 지나치기도 괜히 미안해서 나는 "무슨 일 있으세요?" 하고 물었다. 두 사람은 나무를 올려다보고 있었다.

"어머나, 다구치 씨 댁 따님?" 하고 아주머니가 돌아보며 말했다. 그러더니 남편으로 보이는 옆에 있는 아저씨에게 "왜, 3층 다구치 씨 알죠?" 하고 설명하고는 "405호 사는 가토리예요"라고 인사했다. 그제야 기억해 낸 나는 "아아" 하고 고개를 숙였다. 분명 10년 전쯤 아들을 자살로 잃은 집이다. 당시에는 단지 안에서 젊은 사람이 죽는 일이 드물었기 때문에 제법 화제가 되었다.

"뭐가 있나요?" 나도 그들에게 다가가 두 사람과 같은 각도로 고개를 젖혔다. 나뭇잎이 떨어진 가지는 훤히 드러난 혈관처럼 보이기도 했다. 앙상한 가지가 활짝 뻗은 느티나무는 그로테스크했지만 보기에 따라서는 매력적이기도 했다. 이제는 공원을 관리하는 사람도, 청소하는 사람도 없어서 그런지 느티나무 근처에는 책상이나 의자 같은 대형 쓰레기가 뒹굴고 있었다.

"봐요, 여기 나무 위에 실이 얽혀 있는 게 보이죠?" 아주머니가 가느다란 손가락을 위로 뻗었다.

자세히 보니 10미터쯤 위에 나뭇가지에 둘둘 감겨 있는 실과 함께 목재 파편 같은 것이 근처에 보였다. "저게 뭘까요?"

"연이 아닐까 하고 지금 이이하고 얘기하던 참이었어요." 아주머니가 아저씨를 보면서 말했다.

"연?"

"옛날 일이지만 가즈야가, 아, 우리 아들인데, 그 아이가 공원에서 연을 잃어버린 적이 있었거든요." 아주머니는 당시의 광경을 떠올리고 있는지 먼 곳을 바라보는 것처럼 실눈을 떴다. "그아이는 벌써 중고등학생 나이였는데, 이웃 아이의 연을 날리다가 나무에 걸리고 말았죠. 그래서 이이가 어찌나 화를 냈는지."

아저씨를 보았다. 무뚝뚝하고 엄격한 표정은 그대로였지만 죄책감 때문인지 표정이 일그러졌다.

"아까 우연히 봤더니 저기에 실이 얽혀 있는 게 보여서, 혹시나 가즈야의 연이 아닐까 하고 얘기하던 참이었답니다." 아주머니는 거기에서 뒤엉킨 실이 풀려 살포시 드리우는 것처럼 뺨을 누그러뜨렸다. 나이로 보면 이미 할머니에 가까울지도 모르지만 깜찍했다.

"벌써 20년도 더 된 일이야. 남아 있을 리가 없지." 아저씨가 중얼거렸다.

"하지만 봐요, 저 실도 꽤나 낡아 보이는걸요."

"그러게요, 확실히 낡아 보이네요." 나도 머리 위를 바라보면서 하늘을 향해 입을 내밀고 말했다.

"올라가서 확인해 볼까요?" 아주머니가 조용히 말했다.

"어이." 아저씨가 타박하자 아주머니가 "농담이에요"라고 대답했다.

3

하루하루를 책 읽는 데 소비하며 겨울잠을 자는 척했던 지난 4년 동안, 유일하다고 해도 좋을 외부 세계와의 접촉이 음식 재료를 사러 식료품 가게에 가는 일이었다.

물론 세상이 이러니 식량을 구하는 것도 쉽지는 않았다. 옛날에 학교에서 배운 바에 따르면 내가 사는 이 나라는 식량 자급률이 절망적으로 낮다. "해외에서 들여오지 않으면 너희들은 반찬 없이 밥만 먹어야 해." 선생님은 위협인지 농담인지 모를 말을 했지만 실제로는 쌀조차도 위태위태하다.

5년 전, 세상이 패닉에 빠졌을 때는 정말 끔찍했다. 식량이나 소모품을 서로 차지하려고 싸웠기 때문에 가게는 돈을 내지 않는 손님들로 가득했다. 고등학교에서 돌아오는 길에 우연히 지나친 슈퍼마켓에 주부들이 메뚜기 떼처럼 득실거렸던 광경은 강렬했다. 널찍한 주차장에는 자동차가 빽빽하게 찼고, 그 사이를 사람들이 요리조리 헤치고 다녔다. 보닛을 타고 자동차 위를 걸어 다니는 사람도 많았다. 게다가 그 메뚜기 떼 속에 어머니가 섞여 있는 광경을 보았을 때는 깜짝 놀랐다. 평소에는 피부가 하얀 어머니가 얼굴을 시뻘겋게 물들이고는 잔뜩 성난 표정으로, 청바지 차림에 륙색을 메고 식품 포장용 랩을 잔뜩 담고 있었다. 어머니는 그러다 인도에 우뚝 서 있는 내 모습을 알아보고 눈을 휘둥그레 떴다. 곧 창백하게 질리더니 스스로가 부끄러운지 고개를 푹 떨구었다. 아파트에 돌아왔을 때도 어머니는 죄책감이나 자기혐오에 시달리는 것 같아, 나는 그것이 오히려 괴로웠다. 내가 경멸한다고 생각했는지도 모른다. 전혀 그렇지 않았는데. 모두가 식량이나 화장실 휴지에 혈안이 되어 있을 때 랩을 점찍은 어머니의 높은 안목에 감탄했을 정도였다. 다만 고

독과 회한이 뒤섞인 어머니의 표정이 뇌리에 짙게 남았다.

아버지가 등유를 구해서 돌아왔을 때도 비슷한 표정이었다. 아파트 앞에서 어머니에게 덤벼든 폭도를 각목으로 때려죽이고 말았을 때다. 아마 부모님이 물에 뛰어들어 자살할 결심을 한 것은 분명 그런 우울하고도 괴로운 일들의 축적 때문이었으리라.

"미치, 오늘은 참마가 들어왔는데 어떻게 할래?"

누가 말을 걸어왔다. 어느새 슈퍼마켓이 도착했다. 길쭉한 임시 창고 같은 건물로 오른쪽 끝이 입구, 왼쪽 끝이 출구다. 매일 가게 점원들이 지역 농가에서 받아 온 식자재를 늘어놓는 게 전부인 간소한 매장이지만 그럭저럭 북적거렸다. 물론 종류는 풍부하지 않지만 이제 눈을 까뒤집고 앞다투어 상품에 달려드는 사람은 없다.

올해 들어 조금씩 동네가 안정되고 있다. 아마 소강상태겠지. 나는 그렇게 해석했다. 소행성이 날아온다고 아우성치는 데 지친 것이다. 진정된 것이 아니라, 찰나의 휴지休止다.

무리만 하지 않으면 어떻게든 남은 나날은 살아갈 수 있을지도 모른다는 사실을 다들 어슴푸레 깨닫기 시작한 탓도 있고, 지난 연말에 쌀을 대량 비축해 놓았다는 정부의 발표도 상관이 있을 것이다. 폭동이나 자살로 이 나라의 인구가 제법 줄어들어 그런지 "이대로만 가면 남은 시간 동안 쌀 걱정은 없습니다"라는 발표가 있었다.

쌀만 있으면 뭐 하나 싶긴 했지만, 강탈이 줄어든 것은 사실이었다. 다들 분명 지친 것이다. 서로 빼앗고 제멋대로 날뛰어봤자 소행성의 충돌에서 벗어날 수는 없다. 그렇다면 느긋하고 평화롭게 살자고 생각하기 시작한 게 틀림없다.

내게 '참마'가 들어왔다고 알려 준 것은 입구에서 엽총을 들고 서 있는 점장이었다. 몸은 비쩍 말랐지만 자세가 꼿꼿하고, 눈은 부리부리하고 턱은 휘어서 툭 튀어나와 있다.

엽총을 들고 있는 폼이 그럴싸하다. 최근 이 슈퍼마켓이 다시 문을 연 것은 "점원은 가게 치안을 지키기 위해 총을 휴대해도 좋습니다. 다소 난폭하게 굴어도 괜찮습니다" 하고 나라에서 공문이 내려왔기 때문이다. 내가 그 공문을 직접 본 것은 아니니 어쩌면 거짓말일지도 모르지만, 어쨌거나 점장님의 총도 한몫 거들어 슈퍼마켓은 더 이상 예전처럼 위험한 장소가 아니었다.

"그래요? 그럼 참마를 사서 갈아 먹어야겠네." 나는 대답했다.

"갈아 먹으면 맛있지. 얼마 없으니 서둘러."

"고마워요, 점장님."

"캡틴이라고 불러라." 그렇게 말하며 점장님은 턱을 치켜들었다. 이유는 모르겠지만 그는 캡틴이라는 호칭을 좋아했다. 처음에는 장난인 줄 알았는데 그 호칭에 집착하는 모습은 정상인의 태도로 보이지 않았다.

가게 안쪽으로 들어갔다. 다행히 마지막 하나 남은 참마를 살 수 있었다. 비닐봉지에 든 된장과 말린 생선을 바구니에 넣어 계산대로 향했다. 앞에 바구니를 든 사람들이 다섯 명쯤 줄을 서 있었다.

"어머, 미치 아니야?" 누가 이름을 부르기에 화들짝 고개를 들었다.

"세이코." 앞에 서 있는 여자는 중학교 동창생이었다.

"그렇구나, 미치도 아직 남아 있었구나." 세이코는 중학교 때부터 변함없이 눈이 큼직했다.

아아, 역시 미인으로 자랐구나. 나는 감탄에 젖어 그런 말을 할 뻔했다. 중학교 때부터 그녀는 어느 누구보다도 아름다웠다. 가냘픈 턱에 자그마한 머리, 약간 치켜 올라간 눈이 도발적이기도 했다. 옛날에는 머리가 길었지만 지금은 쇼트커트였는데, 그 모습 또한 잘 어울렸다.

"응. 아직 남아 있었어." 남아 있었다는 말이 이 동네에 남아 있다는 뜻인지, 살아남았다는 뜻인지는 모르겠지만 어쨌든 '예스'다.

"정말이지, 뭐가 뭔지 모를 세상이야." 얼굴을 찌푸리는 동작도 우아해 보였다. "그러고 보니 미치네 부모님 돌아가셨다면서?"

"응."

"너무하신다. 미치를 두고 가시다니."

"글쎄, 모르겠어."

"하지만 보통은 끝까지 딸을 지키거나, 그러지 못하면 딸도 함께 데려가야 하는 거 아니야?"

"으음." 나는 고개를 갸웃거리며 생각해 보았다. "잘 모르겠어." 실제로 무엇이 정답인지 몰랐다.

"아, 그래." 그러자 세이코가 입술을 비죽이며 눈을 돌렸다. 그녀의 이런 태도도 그리웠다. 환멸을 느끼는 듯한, 기가 차다는 듯한 표정이다.

"세이코는 아직 그 집에 살아?" 그녀는 분명 힐즈 타운과는 다른 주택가에 살았다. 아버지가 법조계에 몸을 담고 있어 그 때문인지는 몰라도 대단히 훌륭한 집이었다.

"그래. 우리는 부모님도 남동생도 남아 있어. 다들 무사해."

계산대의 점원이 세이코의 바구니 속 물건들을 계산하기 시작했다. 삑 소리가 나고 금액이 찍혔다.

신기하게도 우리는 지금도 돈을 내고 물건을 산다. 3년 후에 소행성이 떨어져 모든 게 끝나 버린다면 재산이나 금전은 아무 가치도 없을 텐데.

요컨대 추측하자면 지금까지의 규칙이 당연하게 유지되는 것에 지나지 않는다. 상품을 손에 넣으려면 돈을 내야 한다는 규칙이 변함없이 이어지고 있을 뿐이다. 누구도 "그 규칙을 중지합시다"라고 선언하지 않는다. 어쩌면 모두 마음 한구석에서 소행성은 충돌하지 않을 수도 있다고 기대하는지도 모른다. 충돌하지 않았을 때를 생각하면 돈은 필요하다. 규칙은 계속 지켜야만 한다. 그런 뜻일까? 아니, 어쩌면 이 동네 사람들만 돈을 쓰고 있을 가능성도 있다.

점원이 합계 금액을 세이코에게 말하자, 세이코는 지갑에서 돈을 꺼냈다.

"그럼 안녕, 미치." 세이코가 나를 돌아보더니 그때 생각났다는 듯이 물었다. "그래, 미치 너 애인은?"

갑작스러운 질문에 당황했다. 무슨 의도로 묻는 건지 전혀 이해할 수 없었다. "아니, 없어."

"지금까지는? 있었어?"

"아니." 나는 고개를 가로저었다. "아니, 없어." 그게 어쨌다는 걸까, 의아하게 여기면서도 대답하자 세이코는 "그래?" 하고 한쪽 눈썹을 찌푸리면서 입술을 일그러뜨렸다. "그건 좀 외롭겠다. 애인도 없이 끝이라니."

"어?" 나는 어이가 없었다. "응" 하고 어중간하게 고개를 끄덕였다.

세이코는 그럼 또 보자, 하고 등을 돌렸다. 가게 출구 쪽에서

키가 크고 체격이 좋은 장발의 남자가 세이코에게 다가가는 모습이 보였다. 둘은 팔짱을 끼고 가게에서 나갔다.

"지금 그 사람, 친구?" 내 참마를 손에 든 점원이 계산기에 금액을 입력하고 있었다. 머리를 뒤로 묶은 동그스름한 얼굴의 여성으로 쌍꺼풀이 뚜렷한 눈이 아름다웠다.

"아, 네. 중학교 때요."

"이런 말은 미안하지만 불쾌한 사람이네." 그 말투는 몹시 경쾌하고 산뜻해서 비꼬는 기색을 전혀 느낄 수 없었다. 오히려 후련하게 들렸다. "애인이 무슨 상관이라고."

"아, 네."

"앞으로 3년이면 지구가 사라질지도 모를 판국에 애인이 대수야?" 점원은 일손을 멈추고 나를 보며 웃었다. "저 아가씨는 이럴 때도 우월감에 빠져 있고 싶은 성격인가 보네."

"우월감?"

"그런 사람들 있잖아. 상대가 가지고 있는 것에는 트집을 잡으려 들고, 행복하게 사는 사람한테 괜히 한마디 던져서 불안하게 만들고."

"세이코, 조금 전에 그런 의미로 한 말이었구나." 그제야 깨달았다. "전 그런 거에 좀 둔해서요." 괜히 민망해졌다. "그래, 그런 뜻이었구나."

그때 점원이 웃음을 터뜨렸다.

"왜 그러세요?"

"아니, 아가씨가 귀여워서." 그녀가 눈을 가늘게 떴다. "외모도 그렇고, 분위기도 귀엽고. 이런 말은 뭐하지만 아까 그 친구보다 훨씬 인기 많지 않아?"

나는 뭐라고 대답해야 할지 잠시 망설였지만 곧 정신이 번쩍 들었다. "아, 혹시 지금 하신 말도 비꼬는 건가요?"

점원이 미소를 지었다. "아니야. 하지만 응, 그렇게 의심해 보는 건 좋은 경향일지도 모르겠네." 바구니의 방향을 바꾼다. "세상은 갖가지 악의로 가득하니까."

"아, 그거 저도 알아요. 세상에는 갖가지 악의가 있죠."

"알아?"

"네, 소설을 잔뜩 읽어 보니 그런 얘기가 꽤 나오더라고요."

계산기에 표시된 값을 보면서 지갑에서 지폐를 꺼내 점원에게 건넸다.

"맞다, 좀 들어 볼래?" 점원이 거스름돈을 세면서 말했다. "애인이라고 하니 말인데, 난 영화처럼 극적인 만남이 꿈이었거든."

"영화처럼?" 갑자기 무슨 말인가 싶어 나는 깜짝 놀랐다.

"예를 들면 내가 빈혈 같은 걸로 쓰러지는 거야. 어, 이렇게 ㄱ자로 쓰러지면." 그녀가 상반신을 꺾어 축 늘어진 시늉을 했다. "그러면 어딘가 멀리서 그런 나를 발견한 남자가 도와주려고 달려오는 거지. 그런 만남이 꿈이었어. 내게 달려와서 가슴에 끌어안고, '괜찮으세요?' 하고 물어봐 주는 거야. 아니면 '이것도 인연이네요' 하고."

"그런 영화가 있나요?"

"잘 모르겠지만 있을 것 같지 않아?"

"없을 것 같은데요." 나는 솔직하게 대답하고 나서 아차 싶었지만 점원은 기뻐했다. "그래? 없을까?" 하고 미소를 짓는다.

"결혼하셨나요?" 나는 그녀의 약지에 있는 반지를 보았다.

"우유부단한 남편이야." 그녀는 재미있다는 듯이 말했다. "어차피 내 만남은 야마노테선 노선도가 계기니까, 영화 소재는 못되지만."

301호로 돌아와 슈퍼마켓에서 사 온 식자재를 냉장고에 넣은 나는 내 방으로 가서 거기 붙어 있던 '아버지의 책을 전부 읽는다' 종이를 떼어 냈다. 완수했기 때문이다.

공부 책상 서랍에서 하얀 고급 종이를 꺼냈다. 매직으로 '애인을 찾는다'라고 쓰고, 압정으로 벽에 고정했다.

4

오타 류타의 집은 5년 전과 똑같은 자리에 있었다. 힐즈 타운 서쪽 맨 끝에 자리한 구획으로 아파트의 높은 층을 제외하면 단지 안에서는 가장 조망이 좋은 구역이다.

연갈색 벽의 2층짜리 주택은 호화 저택은 아니었지만 그래도 차분한 관록이 있다. 나는 주눅 들기 전에 문기둥으로 다가가 바로 인터폰을 눌렀다. 고동이 빨라졌다. 걸어왔는데도 달려온 것처럼 피곤했다.

어느 확률이 더 높을까?

오타 가족이 아직 이 동네에 남아 있을 가능성과 이미 사라졌을 가능성.

"예" 하고 인터폰 너머로 목소리가 들렸다. 경계심이 섞여 있어 그런지 속에 꾹 맺혀 있는 듯한, 나직한 여성 목소리다.

"저기요." 나는 상상 이상으로 동요했다. "저는 옛날에, 아니, 옛날이라고 해도 5년 전이지만 류타 군하고 같은 반이었는데요."

잠시 후 "지금 나갈게요" 하는 대답이 들려왔다.

오타 류타는 고등학교 동창이었다. 이 아파트 단지에서 가장 가까운 곳에 있는, 자전거로 다닐 수 있는 고등학교다. 같은 농구부였지만, 기술 수준으로 보나 팀에서의 필요성으로 보나 그와 나는 하늘과 땅만큼 차이가 났다.

그는 1학년 후반부터 이미 선배들의 시합에 섞여 출전했고, 2학년 중반이 되자 당연하다는 듯 부장이 되었다. 키가 커서 친구들을 굽어보는 그는 늘 활달해서 모두에게 호감을 샀지만, 그에 비해 나는 키도 작고 길도 자주 잃고 패스도 자주 빼앗겼다.

당연히 오타 류타는 여학생들에게 상당히 인기가 있어, 시합 때는 물론이고 연습 때도 체육관 구석에 여자애들이 찾아왔다. 나는 그런 그와 그 주변에 모이는 여자애들을 바라보면서 대단하다고 감탄했다. 연애 감정 같은 게 아니라 그저 단순히 그랜드캐니언이나 나이아가라 폭포, 아니 게곤 폭포라도 상관없지만 어쨌든 그런 명승지를 앞에 두고 "굉장하다. 이런 게 있구나" 하고 생각하는 감각이었다.

우리가 고등학교 3학년이었을 때, 한창 입시 공부에 정신없을 때 그 소행성 뉴스가 나왔기 때문에 남은 고등학교 시절은 결국 혼란 속에서 어중간하게 끝나 버렸지만, 그때까지 나는 오타 류타와 계속 같은 반이어서 몇 번 옆자리에도 앉았다. 그래서 말을 나눌 기회는 많았는데 이제 와서는 무슨 얘기를 했는지도 기억이 가물가물했다.

"다구치, 농구 좋아해?" 그러고 보니 그런 질문을 받은 적이 있었다. 다른 시의 학교로 연습 시합을 다녀오는 길에 내가 센다이역으로 돌아가는 열차를 놓쳤을 때다. 다음 열차를 타려고 했더니 글쎄 그게 한 시간 후에나 출발하는 열차였던지라, 축 늘어져서 센다이역에 도착했더니 걱정이 되었는지 오타 류타가 기다리고 있었다. 역시 부장은 다르다 싶어 나는 나일 강이나 아마존 강을 보는 눈으로, 아니, 히로세강이라도 상관없지만, 그를 바라보았다.

"골에 슛이 쏙 들어갈 때 굉장히 기분이 좋잖아? 그물을 통과할 때의 그 느낌. 그래서 좋아." 나는 대답했다. "쏘옥, 이라고 해야 하나 쑤욱, 이라고 해야 하나."

"쏘옥, 쑤욱." 오타 류타가 앵무새처럼 따라 했다. "다구치는 슛 성공률이 낮으니까 훨씬 더 감동이 큰 건지도 모르겠네."

"아, 그럴지도 몰라."

그러자 오타 류타가 웃었다. "너 좀 재미있다."

"재미있어?"

"뭐랄까, 뾰족하지 않아."

"뾰족하다니?" 나는 그 의미를 몰라 내 팔을 내려다보고 뺨을 문질러 보았다.

"혹시 그건 날카로운 감성이 없다는 말이야?"

그는 소리 없이 실실 웃더니 "그런 뜻이 아니야" 하고 고개를 저었다. "나, 뾰족한 분위기는 거북하거든."

"그게 뭐야."

"둥글둥글한 편이 좋잖아." 그는 들고 있던 농구공을 어루만졌다. "모나지 않았다고 할까."

"아, 뾰족하지 않다는 게 혹시 내가 둥글둥글 살쪘다고 말하고 싶은 거야?" 나는 오타 류타를 올려다보았지만 그는 점점 더 유쾌한 얼굴로 활짝 웃었다. "그런 게 아니야."

그리고 그 후에 어째선지 별 이야기가 나왔다. "그거 알아? 내 방에서는 별이 보여. 서쪽이지만 시야를 가리는 건물이 없어서 굉장히 아름답게 보여." 오타 류타가 그렇게 말했던 것이다.

"와, 좋겠다. 내 방에선 아무것도 안 보여. 하지만 역시 별은 망원경이 없으면 잘 안 보이지 않아?"

"글쎄. 그러네, 듣고 보니 망원경이 있으면 좋겠다."

딱히 깊은 뜻은 없었지만 나는 그때 "만약에 사면 별을 보여줘"라고 대답했던 것 같다.

그때의 우리는 설마 그 '별' 하나가 지구에 충돌할 줄은 꿈에도 몰랐다.

"어머, 너구나." 현관에서 나온 부인은 "다구치 미치라고 합니다" 하고 인사한 나를 뚫어져라 쳐다본 후에 말했다. 어둡게 그늘진 표정이 아주 조금 밝아졌다. 얼굴도 몸도 가녀린 자그마한 부인이다. 백발이 섞인 머리카락은 푸석해서, 실례인 줄 알지만 굳이 표현하자면 온몸이 시든 꽃에 가까운 분위기였다.

"죄송합니다." 나는 고개를 숙였다.

"왜 사과하니?"

"아뇨, 그냥 일부러 기억해 주신 게 죄송해서요."

"너 재미있는 아이구나." 부인이 흐뭇하게 실눈을 뜨더니 집 안을 가리키며 말했다. "들어오렴."

나는 숨을 훅 들이마셨다가 일단 꾹 참고 "저, 류타를 만나고 싶은데 아직 여기에 있나요?" 하고 단숨에 말했다.

부인은 바로 대답해 주지 않았다. 처음에는 나를 바라보며 고개를 도리도리 저었다. 그다음에 할 말을 찾으려는 듯 입을 다물고 눈을 두어 번 크게 껌뻑이더니, 웃는 건지 우는 건지 모를 그런 주름이 얼굴에 새겨졌다. 나는 깨달았다.

그렇구나, 오타 류타는 이제 없구나.

5

"그래서 애인을 찾을 결심으로 몇 년 만에 류타를 생각해 낸 거니?" 아주머니는, 오타 류타의 어머니인 그녀는 내 이야기를 듣고는 금방 이해했다. "재미있는 아이구나, 정말." 그런 말도 했다.

다다미방에서 앉은뱅이책상을 사이에 두고 마주 앉아 있었다. 집 안은 깔끔하게 정돈되어 있었다. 최소한으로 필요한 물건만 놓아둔 듯했다. 세 평정도 되는 다다미방에는 작은 텔레비전과 서랍장, 그리고 구석에 놓인 불단이 전부였다.

빤히 쳐다보지 않아도 그 불단에 놓인 흑백 사진이 고등학교 때의 오타 류타라는 것을 알 수 있었다.

"제가 읽은 책 중에, 분명 비즈니스 서적이었는데 이런 말이 있었어요. '새로운 일을 시작하려면 세 명의 의견을 들어라.'"

"세 명?"

"네. 먼저 존경하는 사람. 다음이 이해할 수 없는 사람. 세 번째는 앞으로 새로 만날 사람."

"재미있는 조언이구나." 부인은 직접 내온 찻잔에 입을 댔다.

녹차의 싱그러운 향기가 코끝을 스쳤다. 초록의 향기 같아, 마음이 편했다.

"네, 그래서 저도 그걸 따라 해 보려고 했어요. 전 책으로 읽은 지식밖에 없어서."

"류타는 몇 번째였니?" 부인이 몸을 내밀었다. 쓸쓸한 안색과 지친 기색은 변함없었지만 그래도 목소리가 조금이나마 생기 있게 들렸다.

나는 쑥스러워하면서 집게손가락을 세웠다. "첫 번째예요. 제가 존경하는, 대단하다고 생각하는 사람은 누굴까 고민했더니."

"류타가 떠올랐어?" 그녀는 기쁜 표정이었다. "우리 아이를 고른 거구나." 몸을 앞으로 쑥 내밀며 말하는 모습을 보니 괜히 미안해졌다.

"고른다고 해도 어차피 저 같은 사람이 고르는 거라서요. 처음에는 류타가 바로 생각난 게 아니라 농구공이 먼저 생각났어요."

"공?"

"농구 골에 공이 휙 날아가서, 링 속으로 쏙 들어가는 거예요. 그물이 출렁 흔들리고요. 정말 아름답고 기분 좋은 광경이에요. 부드러운 포물선을 그리며 공이 쏙 하고."

"휙이니, 쏙이니, 쑥이니, 너 정말 그런 단어를 좋아하는구나."

"네?"

"옛날에 류타가 자주 그랬어. 네가 의성어만 쓴다고."

무슨 뜻인지 이해 못 한 나는 머릿속을 정리했다. "류타가 제 얘기를 했어요?"

"그래." 부인이 메마른 입술로 미소를 지었다. 눈매가 처졌다. "그 애는 네 이야기를 자주 했단다."

"류타가?" 바이칼호나 네스호, 물론 이나와시로호라도 괜찮지만 그런 명소가 내 이야기를 했다는 말을 들은 기분이었다. "어떤 얘기를 했나요?"

"이상한 동급생이 있다고."

나는 부끄러워서 어깨를 움츠렸다.

"'느긋하고 평화로운 인상'이라고 했단다. 수학 수업 때 있었던 일도 말해 줬어. 도형의 각도를 구하는 문제를 푸는데, 네가 옆에서 45도라고 써야 하는 곳을 45℃라고 전부 온도처럼 썼다고."

"아, 맞아요. 조건반사 같은 거예요." 순순히 인정할 수밖에 없었다.

"그리고 네가 겨울잠을 잔다는 말도 들었단다."

"류타가 집에선 말이 많았네요."

"오히려 반대로 류타는 집 밖에서 있었던 일을 별로 얘기해 주지 않는 아이였어."

"네……."

"하지만 네 이야기만은 해 주었지. 그래서 나도 그게 기뻐서 너에 관해 묻곤 했단다. '오늘은 다구치가 뭐 재미있는 소리 안 했니?' 하고."

"네……."

"우리 집은 옛날부터 남편 없이 나하고 류타 둘뿐이라서 늘 얘깃거리가 없었단다. 그래서 네 덕분에 대화가 어렵지 않았어."

"도움이 돼서 다행이에요." 나는 빈정거리는 소리로 들리지 않기를 바라며 머리를 숙였다. "그런데 그 겨울잠이라는 게 무슨 말인가요?" 오늘 아침, 책을 다 읽었을 때 겨울잠 같다고 생각한 건 사실이지만 고등학생 때의 일은 기억나지 않는다.

"그럼 그건 역시 류타가 지어낸 얘기였을까?"

이상하게도 마주 앉아 이야기를 나누는 사이에 그녀의 피부에는 생기가 돌아오는 것 같았다. 잘라 내서 시들었던 꽃이 병 속의 물을 빨아들여 기운을 차리는 광경과 흡사했다.

"평소에는 적게 먹는데 어느 날 점심밥을 잔뜩 먹기에 류타가 왜 그렇게 먹느냐고 물었더니 '겨울잠에 대비해서' 그러는 거라고 대답했다던데. 그래서 농담인 줄 알았더니 어느새 양호실에 가서 정말 잠들어버렸다더구나."

"아아."

"게다가 내버려 뒀더니 방과 후까지 쭉 잤다고 하던데."

"아아."

"역시, 아무래도 그래도 그건."

"사실이에요." 나는 고개를 끄덕였다. 내가 저지른 죄를 시인하는 기분이라 저도 모르게 두 손을 가지런히 모으고 오랏줄을 기다리는 꼴로 "제가 그랬습니다" 하고 말하고 싶은 기분이었다.

"넌 정말 재미있구나."

복잡한 기분이었지만 그것으로 그녀가 즐겁다면 그만 아닌가 싶었다.

"류타는 어떻게 된 건가요?"

"어머." 모처럼 젊음을 되찾은 것처럼 보였던 부인은 순식간에 다시 나이를 먹어 찻잔에 뻗은 오른손까지 떨기 시작했다. 반사적으로 눈동자가 오른쪽으로 움직였다. 확인하지는 않았지만 아마 불단을 봤으리라. "꽤 직접적인 질문이구나."

나는 목소리를 낮추었다. "운석이 똑바로 다가오고 있으니 질문도 똑바로 하게 되네요."

이번 그녀의 웃음은 아까보다는 힘이 없었다. "4년 전이야. 벌써라고 해야 할까, 아직이라고 해야 할까. 어쨌든 4년 전은 끔찍했잖니. 어디든 다."

"저희 부모님이 돌아가신 것도 4년 전이에요."

"어머나." 눈을 깜빡거리며 나를 뚫어져라 보던 부인은 동정하는 게 아니라 그저 작은 목소리로 "그랬니" 하고 말했다.

"그 무렵은 정말 끔찍했으니까요."

"종말이 온 줄 알았어."

"종말이 온 거죠." 나는 쓸데없는 소리인 줄 알면서도 지적했다.

그녀는 류타가 죽었을 때의 이야기를 해 주었다. 힐즈 타운 이웃 동네에서, 그만 자그마한 아이 하나가 정체에 막힌 SUV 차량 밑에 기어들어 갔다고 한다. 류타는 그 아이를 구하려고 차체 밑에 들어갔는데 그때 갑자기 자동차가 움직이는 바람에 차에 치이고 말았다.

"아이는 손만 다치고 목숨은 건졌으니 그나마 다행이지만. 류타는 살지 못했단다."

그렇구나, 나는 이상한 기분으로 이야기를 받아들였다. 류타가 죽었다는 사실도 실감이 나지 않았고, 자동차에 깔려서 죽었다는 것도 상상이 되지 않았다. 내가 읽은 책에는 많은 사람의 죽음이 표현되어 있었지만 그렇게 죽은 사람은 없었다.

"하지만 류타는 훌륭하네요."

"그래, 훌륭하다고도 할 수 있고 너무하다고도 할 수 있지."

"아까도 말씀드렸지만 전 류타를 존경했어요. 뭐든 할 수 있고, 대단하고 훌륭했어요. 어른이 되면 분명 뭔가를 이루어 낼 사람이 될 거라고 몰래 기대했었어요."

"뭔가를 이루어 내다니, 대륙을 발견한다거나?" 그녀는 눈썹을 ㅅ자로 늘어뜨리고 쓸쓸하게 웃었다. "모처럼 생각해 줬는데 네 예상도 빗나가고 말았구나."

"아뇨." 나는 앉은뱅이책상 위에 얹은 두 손으로 주먹을 꼭 쥐고 대답했다. "왠지 적중 마권을 알아맞힌 기분이에요." 무례했나, 하고 바로 걱정이 되었지만 눈가에 주름을 잔뜩 잡힐 만큼 기쁜 표정을 짓는 류타의 어머니를 보고 마음이 놓였다.

돌아가는 길에 류타의 어머니가 내게 물었다. "류타의 방을 보고 가겠니? 4년 전 그대로란다."

껄끄럽지도 않았지만 딱히 내키지도 않았다. 다만 모처럼 왔으니 어떠냐 싶어 2층으로 올라갔다. 남자아이의 방을 들여다볼 기회는 두 번 다시 없을지도 몰랐다.

류타의 방은 깔끔하게 정돈되어 있었다. 벽에는 NBA 선수의 포스터가 두 장 붙어 있었다. 약동하는 흑인 선수는 검은 표범처럼 아름다웠다.

"어떠니?"

"류타한테 딱 어울리네요." 나는 그렇게 대답했다. 그리고 창가에 놓인 공부 책상을 가리키며 "공부 책상이라니, 왠지 강제로 공부를 시키는 것 같아서 무서운 이름이죠?" 하고 말했다.

"넌 정말 재미있구나."

방에서 나올 때, 수납장 앞에 있는 망원경이 눈에 들어왔다.
"아!" 소리를 질렀다.

"아아, 저 망원경?" 그녀가 기억을 되살리듯 실눈을 떴다. "류
타 치고는 드물게 사 달라고 떼를 썼지. 결국 그 직후에 운석 소
동이 터져서 한 번도 쓰지 않은 것 같다만."

6

다음으로 찾은 곳은 고마쓰자키 데루오의 집이었다. 그는 학
교에서 아는 친구는 아니고 내가 고등학생 때 가정교사로 집에
왔던 사람이었다.

대학 입시를 치를 이유도 사라지고 세상이 혼란에 빠지자 우
리가 먼저 "가정교사는 이제 필요 없습니다"라고 말한 것도 아
니고 고마쓰자키 씨가 먼저 "가정교사는 그만두겠습니다" 하고
말한 것도 아닌데, 어느새 그는 발길을 끊었다. 그 후로 전혀 만
나지 않았지만 인상적인 사람이었다.

비즈니스 서적에 실린 '세 사람을 만나러 가라'는 조언에서

두 번째, '이해할 수 없는 사람'은 고마쓰자키 씨밖에 없다.

내게 공부를 가르쳐 주러 왔으면서 기본적으로는 문제집만 툭 건넬 뿐, 나머지는 방에서 뒹굴며 만화책이나 읽는 사람이었다. "모르는 부분이 있으면 말해" 하고 퉁명스럽게 말하는 주제에 내가 "고마쓰자키 선생님, 여길 모르겠는데요" 하고 물으면 대놓고 싫은 표정을 지었다.

"어디야?"

"확률 부분인데" 하고 그 페이지를 보여주자 "모르는 부분은 넘어가" 하고 말했을 때는 깜짝 놀랐다. "모르는 부분이 있으면 말하라면서요?"

"하지만 난 확률은 모른단 말이야."

당시 그는 대학생으로 지역 국립대학 2학년이었으니 나보다 세 살쯤 더 많았지만, 아무래도 인생의 선배로는 보이지 않았다. 오히려 칠칠치 못하고 즉흥적인 성격의 동급생에 가까워, 그런 의미에서는 '대학생도 별것 아니구나' 하고 마음이 놓였다.

5년이 지났으니 고마쓰자키 씨도 지금쯤 이미 스물대여섯 살일 테지만, 그래도 아직 센다이에 남아 있을 것 같다는 예감이 있었다. 이유는 고마쓰자키 씨가 극도의 게으름뱅이였기 때문이다.

딱 한 번 받은 연하장을 책상에서 찾아내, 그 발송 주소를 따라 그를 찾아가기로 했다.

물론 고마쓰자키 씨에게 애인이 되어 달라고 말할 생각은 추호도 없다. 오히려 절대 애인으로 삼고 싶지 않은 사람이기에 의논하기 편할 것 같았다. 이해할 수 없는, 무책임한 가정교사였지만 고마쓰자키 씨는 늘 어떤 해답을 찾아내 주었다. "어떻게 하면 애인이 생길까요?" 하고 어리석은 질문을 해도 뭐든 대답은 해 줄 듯한 예감이 들었다. "모르는 부분은 넘어가"라고 말할 가능성도 있었지만.

예상대로 고마쓰자키 씨는 지금도 6년 전 연하장에 적혀 있던 주소와 똑같은 아파트에 살고 있었다. 힐즈 타운과 마주한 오래된 주택가다. 거기까지 가 보는 것은 4년 만이었지만 의외로 변하지 않았다. 물론 여기저기 집들은 유리창이 깨지고, 점포는 셔터를 닫고, 그 셔터마저도 부서지고, 쓰레기 수거함에 화석처럼 굳은 쓰레기가 산더미처럼 쌓여 있었지만, 그것은 어느 동네나 마찬가지다. 통행인이 거의 없는 것도 힐즈 타운과 마찬가지였다. 중간에 있는 공원 도랑에 군용 지프 같은 자동차가 처박혀 있었다.

"어라, 오랜만이네. 다구치 미치, 다섯 과목 472점 학생?" 회벽으로 둘러싸인 낡은 아파트 문에서 나온 고마쓰자키 씨의 첫마디였다.

"역시 이사 가지 않으셨군요. 그보다 용케 기억하시네요, 이름하고 점수."

"나는 내 제자의 이름과 최고 점수만은 잊지 않으려고 노력해." 5년 전과 전혀 다르지 않은 모습이었다. 손가락으로 건드릴 때마다 삐걱삐걱 소리가 날 듯한, 딱딱해 보이는 머리카락을 어깨까지 늘어뜨리고 뽀글뽀글 파마를 했다. 덥수룩한 장발 머리. 검은 테 안경, 삐죽한 코가 묘하게 귀엽다. 비쩍 말라서 벌레가 생각나는 얼굴이다.

비쩍 마른 장발남에 도수 높은 안경을 썼다고 하면 어디로 보나 수상쩍지만, 이상하게도 고마쓰자키 씨에게 불결한 인상은 없었다. 아버지도 어머니도, 고마쓰자키 씨를 마음에 들어 하는 구석이 있었다. 고마쓰자키 씨는 아버지가 좋아하는 프로야구 구단을 "돈밖에 없는 구단 같으니"라고 비난하거나, 어머니가 만든 음식에 "소금은 조금만 넣었어도 됐어요" 하고 쓸데없는 평을 하는 등 자유분방하게 굴었지만 우리에게 혐오감을 주지는 않았다.

고마쓰자키 씨의 집은 문틈으로만 봐도 발 디딜 틈도 없을 정도로 지저분했다. 그래서 아파트 밖으로 나와 이웃집 마당으로 이동하기로 했다. 고마쓰자키 씨가 "이 집 주인, 1년 전에 동네를 떠나버렸어"라고 하기에 그 집 툇마루를 빌렸다. 털썩 걸터앉으니 눈앞에 너른 마당이 있었다.

"다구치 미치, 너 지금 몇 살이지?"

"스물셋인데요."

"원래대로라면 지금쯤 벌써 대학을 졸업했나."

"그 전에 대학에 합격했다면 말이지만요."

"그야 붙었겠지. 가정교사가 훌륭했으니." 고마쓰자키 씨는 진지한 얼굴로 그런 소리를 했다.

"그 가정교사가 해고됐을 가능성도 있었죠."

"그건 아니야. 난 우수했어."

"이제 와서는 전부 짐작이지만요." 나는 고마쓰자키 씨의 왼쪽에 앉은 채로 시선을 위로 돌렸다. 하얀 펜으로 그은 듯한 구름이 하늘을 가로질러 갔다.

"고마쓰자키 선생님은 뭘 하고 있어요?"

"뭐라니 뭘 말이야?"

"지금 말이에요. 지난 5년 동안 어떻게 살았어요?"

"필사적이었지. 필사적. 필사적으로 살았어." 고마쓰자키 씨의 입가에 깊은 주름이 파였다. "너희 집도 그랬겠지만 사람은 정말 나약해. 여기저기에서 소란이 터졌잖아. 다행히 우리처럼 가난한 아파트에는 아무도 오지 않았지만, 버젓한 집들은 꽤 털렸어. 멍하니 길을 걷고 있으면 금세 폭도가 튀어나오질 않나. 내가 처음 만난 놈은 창백한 오이처럼 빼빼 마른 놈이었는데 방망이를 들고 서 있더군. 돈이라면 지금 없고, 애초에 세상이 끝난다면 돈도 필요 없지 않겠냐고 했더니 그게 아니라고 지껄이는 거야.”

“그게 아니라고요?”

“한 번쯤 사람을 흠씬 두들겨 패 주고 싶었다고 지껄이더군.”

나는 이해가 갔다. “그런 사람이 많았을지도 모르겠네요.”

“좋게 말하면 ‘모두가 해방’되었던 거고 나쁘게 말하면 ‘자포자기’한 것뿐이야.”

“고마쓰자키 선생님은 해방되셨나요?”

“난 머리가 좋잖아?”

“그랬던가요?”

“그래서 속지 않았지. 여기에서 집중력이 떨어지면 덫에 걸린다. 그렇게 스스로를 타이르며 간신히 살아남았어. 자포자기하면 지는 거라고 말이야. 집에 숨어서 숨을 죽이고, 식량을 모아서 간신히 버텼지. 일단 오늘 하루 버텨보자, 하고 다음 날이 되면 또 오늘 하루 버텨보자, 하고 그날그날을 살아왔어.”

“덫이라니, 누가 친 덫인가요?”

“운석이지, 운석.” 고마쓰자키 씨는 어디까지가 진심인지 모르겠지만 입을 비죽이더니 슬며시 웃었다. 히히히, 하고 예전과 다름없이 높은 목소리로 웃었다. “그래서 다구치 미치, 넌 왜 찾아온 거야?”

“그게 말인데요, 또 한 가지 좀 가르쳐 주셨으면 해서요.” 나는 본래의 목적을 상기하고 경위를 설명했다.

내가 말하는 사이 고마쓰자키 씨는 아무 말도 없다가 "잠깐 기다려" 하고 잠시 일어나더니 마당 구석으로 가서 울컥 토하고 돌아왔다.

"괜찮으세요?"

"넌 괜찮아?"

"뭐가요?"

"스스로는 지금 상황에도 익숙해지고, 운석도 받아들였다고 생각하지만 때때로 치밀어오를 때가 있어."

"구역질이요?"

"몸에는 쌓여 있는 거겠지."

뭐가 쌓여 있는지 물어보려다가 그만두었다. 물어봤다가 '절망'이라는 뻔한 대답을 들으나 '답답한 기분'이라는 어중간한 대답을 들으나, 어느 쪽이든 마음이 어두워질 것 같았다.

한 차례 설명을 다 듣고 난 고마쓰자키 씨는 "그래, 네 부모님 돌아가셨구나" 하고 섭섭한 기색으로 중얼거렸다.

"네, 돌아가셨어요." 어째서일까, 그렇게 대답한 순간 왈칵 눈물이 솟았다. 지난 4년 동안 이런 일은 없었는데. 구토하는 고마쓰자키 씨를 봤기 때문일까? 어금니를 악물고 눈에 힘을 주어 눈물을 참았다.

"유서는 있었어?"

"아무것도."

"깜짝 놀랐겠네."

"말도 못 하죠. 혼자만 남아서, 뭐가 뭔지 알 수가 없었어요. 그래서 집에 있는 아버지의 책을 전부 읽으면 뭔가 알 수 있을까 싶었는데."

"그걸 전부 읽었어?"

"바로 오늘 아침에 다 읽었어요." 나는 알통이 나오지도 않는 팔을 굽혔다.

"뭐 좀 알겠어?"

"아버지가 여러 생각을 하셨다는 건 어렴풋이 알겠어요." 소설을 읽다 보면 이따금 가슴을 파고드는 고통이나 누가 담요를 덮어 주는 듯한 다정함을 느낄 때가 있었다. 아버지는 그런 감각을 지나치게 예민하게 감지하는 성격이었는지도 모른다.

고마쓰자키 씨는 나를 흘깃 쳐다보더니 바로 마당으로 시선을 돌렸다. "그래서 4년 동안 집에서 책을 읽다가, 이번에는 애인이 필요해졌다? 다구치 미치, 너도 특이하네."

"문득 혼자는 싫다는 생각이 들었어요. 3년 후에는 누군가와 함께 있는 게 좋고, 만약 그렇다면 애인이 좋잖아요."

고마쓰자키 씨가 의미심장하게 고개를 숙였다. "하지만 애인은 어차피 애인이지, 남일 뿐이야. 여차하면 어떻게 될지 모른다고."

"고마쓰자키 선생님, 애인이 있는 것처럼 말씀하시네요?"

"난 엄청나게 인기 많다니까. 고등학생이었던 너는 몰랐겠지만."

"몰랐어요." 벌레처럼 생기기도 했고.

"다구치 미치, 다섯 과목 472점 같은 어린애는 이해 못 할지도 모르겠지만 나는 깊고도 넓은 매력이 있어."

자신만만하게 표정도 바꾸지 않고 말하는 고마쓰자키 씨가 허세를 부리거나 시시한 거짓말을 꾸며대는 남자는 아니라는 것은 나도 알고 있다. 하지만 이 철사 같은 머리의 안경남에게 그런 매력이 있다니 믿을 수 없었다. "그럼 지금 애인은 어디에 있어요?"

"없어." 고마쓰자키 씨의 목소리가 가라앉았다. 역시 거짓말이었나 싶었지만, 한편으로 혼란스러웠던 지난 5년 사이 어떤 형태로든 그 애인을 잃어버렸을지 모른다는 상상도 해 보았다.

"어쨌거나 내가 해 줄 수 있는 조언은 없어. 애인을 찾는 방법은 가짓수가 많단 말이야."

"그 많은 가짓수를 알려 주세요."

"적어도 누군지도 모를 남자한테 무턱대고 말 걸지는 마라. 세상이 이러니 바로 덤벼드는 놈들도 많으니까. 그보다 누구 적극적으로 사귀고 싶은 남자는 없어? 동창생이나 선배나, 짝사랑 상대나."

"한 사람, 이런 사람이 애인이면 굉장하겠다 싶은 사람은 있었는데요." 나는 오타 류타의 방에 붙어 있던 NBA 선수가 유연하게 도약하는 모습을 떠올렸다. "하지만 만나러 갔더니 이미 없었어요."

"뭐, 그런 법이지. 짝사랑은 원래 그런 법이야. 요즘 생각한 거지만." 고마쓰자키 씨는 거기에서 말투를 바꾸어 시시한 핑계를 댈 때의 목소리로 말했다. "3년 후에 전부 끝난다고 생각하지 말고, 3년 후부터 겨울잠을 잔다고 생각하면 돼."

"겨울잠?"

"곰이 그러잖아. 겨우내 영양을 비축해서 봄까지 자는 거 말이야. 소행성이 떨어지면 큰일이겠지만, 뭐 그때부터 겨울잠 자는 셈 치는 거지. 봄이 오면 잠에서 깨지 않을까, 그렇게 생각하면 편하잖아?"

"겨울잠인가요." 조금 전 찾아갔던 오타 류타의 집에서도 그 겨울잠이 화제로 나온 터라 재미있었다. "하지만."

"하지만 뭐야?"

"겨울잠은 혼자서 자니까 쓸쓸해요. 역시 어차피 그럴 바에야 애인이나 다른 사람과 함께 겨울잠을 자고 싶어요."

"다구치 미치, 넌 긍정적이구나." 고마쓰자키 씨는 거만한 투로 말했다.

그리고 한참 침묵이 흘렀다. 이야깃거리가 떨어졌다기보다

고마쓰자키 씨가 속에 품은 질문을 내게 던질 타이밍을 재고 있는 것 같았다. 그것이 신호가 되었는지는 모르겠지만, 어디선가 찌르레기가 날아와 마당에 난 매실나무에 내려앉자 고마쓰자키 씨가 물었다.

"다구치 미치, 원망하진 않아?"

"아버지하고 어머니 말씀이세요?"

"널 두고 달아난 거잖아? 용서한 거야?"

"용서하고 자시고, 그런 문제가 아니에요." 나는 지난 4년 내내 생각했던 것을 말했다. "벚꽃이 봄철에 잠깐만 핀다고 해서 용서 못 한다고 화를 내는 사람은 없잖아요."

"벚꽃은 그런 거니까."

"그냥, 그거랑 똑같은 느낌이에요." 나는 말했다. "아버지와 어머니는 돌아가셨어요. 하지만 그냥 그런 거예요, 분명."

"달관했네. 넌 초인이다."

"아, 그거 읽었어요, 초인."

"근육맨 말이야?"

"그게 뭐예요? 니체 말이에요."

"아, 그래." 고마쓰자키 씨는 툇마루에서 일어나 엉덩이를 털면서 말했다. "딱 하나 말할 수 있는 건 집에 틀어박혀 있으면 애인은 안 생긴다는 거야. 일단은 위험하지 않은 시간에 밖에 나가서 여기저기 돌아다녀 봐. 누구 괜찮아 보이는 남자가 있을

지도 모르지."

"그렇게 마음대로 풀릴까요?" 나도 일어났다.

"연애라는 건 마음대로 시작될 때도 있어. 그래도 혹시 아무도 없으면 그때는 날 찾아와라."

"네?" 나는 눈썹을 찌푸렸다. "그건 고마쓰자키 선생님이 애인이 되겠다는 말이에요?"

"최악의 경우에는."

"싫어요. 그럴 바에야 혼자 겨울잠 잘래요."

"다구치 미치, 다섯 과목 472점, 너는 옳다." 그렇게 말하며 고마쓰자키 씨는 입을 쩍 벌리고 웃음을 터뜨렸다. 나도 덩달아 웃었다.

7

고마쓰자키 씨의 아파트를 뒤로한 나는 그대로 왔던 길을 되짚어 힐즈 타운까지 돌아왔다. 구불구불 이어지는 오르막길을 터덜터덜 걷는 게 유쾌했다. 구두로 땅을 밟으니 그 반동이 허벅지와 무릎을 흔든다. 다시 반대쪽 다리로 도로를 디디니 그

확실한 감촉이 마음 든든했다. 평소보다 활발하게 흐르는 혈액이, 맥박이, 느껴진다. 중간에 갑자기 구역질이 나서 옆쪽 도랑으로 달려가 시큼한 침을 뱉었다. 고마쓰자키 씨가 말한 것처럼 내게도 뭔가가 쌓여 있다. 머리로는 의식하지 않아도 몸은 위기를 감지하고 있다. 입을 닦고 또 달렸다.

공원을 빠져나오다가 느티나무에 오를 생각을 한 것은 우연이었다. 연줄이 걸린 나무 앞에서 걸음을 멈추고 눈으로 높이를 쟀다.

문득 잘하면 올라갈 수 있겠다는 생각이 들었다. 나무 바로 옆에 공부 책상이 굴러다니고 있어, 그 위에 올라가면 가지에 손이 닿을 것 같았다. 책상을 질질 끌고 와서 이건 이미 공부 책상이 아니라 의자 대신이니까 의자 책상이라고 생각하면서 구둣발로 올라갔다.

가지를 움켜쥐고 힘차게 기어 올라갔다. 의외로 어렵지 않게 위로 올라갈 수 있다. 가지가 마침 알맞은 위치에 있었는지도 모른다. 입고 온 데님 셔츠가 긁히고 면바지가 나무껍질에 걸려도 개의치 않았다. 올라가는 게 기분 좋았다.

가까이 다가가 보니 역시 부서진 연이 맞았다. 숨을 내쉬고 줄기와 가지 사이에 걸터앉았다. 뼈대와 실만 남아 쓰레기나 다름없는 연이 나무껍질에 붙어 있다. 그것이 그 가토리 씨 아드님의 물건임을 증명하는 흔적은 어디에도 없었다. 이것은 이미 느티나무의 일부라고 생각하며 얼굴을 앞으로 내밀었다. "오!" 반사적으로 소리가 나왔다. 경치가 너무 좋았기 때문이다.

동네가 훤히 내다보인다. 멀리 센다이 거리가 한눈에 보이고, 공원 주변의 집들도 장소에 따라서는 훤히 보였다. 고개를 내밀고 좌우를 둘러보니 힐즈 타운이 속속들이 보였다.

거기에서 얼마나 경치를 즐기고 있었을까, 발을 받쳐주던 가지가 삐걱거렸을 때 줄기를 끌어안듯 팔을 두르고 일어났다. "돌아가서 참마를 갈아야지."

그때, 생각도 못 했던 광경이 눈에 들어와 깜짝 놀랐다. 동쪽에 있는 넓은 집이다. 그 마당이 지금 내가 있는 곳에서 훤히 보였다. 식물이 종횡무진하게 자란 마당이다. 원래 열심히 가꾸었겠지만 지금은 손길이 닿지 않는지 침엽수와 관상용 초목이 무성했다.

"어라." 그 초록 속에 사람이 보였다. 몸을 내미니 떨어질 것 같아 황급히 뒤로 물러났다.

누가 쓰러져 있다. 다시 한번 유심히 보았다. 나와 비슷한 또래의 남자다. 몸을 ㄱ자로 꺾고 기절이라도 한 것처럼 쓰러져 있다. 살아 있는지 죽었는지 모르겠다. 하지만 살아 있다면 구해야 한다.

오른발부터 딛고 내려왔다. 두 손으로 가지와 줄기를 움켜쥐고 황급히 밑으로 향했다.

저 사람 집에 느닷없이 뛰어들어서 뭐라고 해야 할까?

왼쪽 구두가 가지에 걸렸다. 오른손을 떼고 왼손으로 짚었다.

"'괜찮으세요?' 하고 말을 건 다음에 '이것도 인연이네요' 하고 말하는 거야." 슈퍼마켓 점원의 속삭임이 들려온다.

세상은 앞으로 3년이면 끝나고, 사람이 쓰러져 있는 마당에 경망스러울지도 모르지만 나는 신비한 예감에 마음이 들떴다. 이제 이 정도 높이면 점프해도 되겠지, 나는 단숨에 홀짝 뛰어내렸다.

강철의 울

WOOL

GOODBYE EARTH

1

나에바 씨가 나타나면 체육관 안의 분위기가 변한다. 5년 전까지는, 그랬다.

거울 앞에서 줄넘기를 하던 사람, 거울을 마주 보고 주먹을 내지르던 사람, 코치가 대 주는 미트에 발차기를 하던 사람, 샌드백을 걷어차던 사람, 모두가 나에바 씨의 모습을 보면 한순간 깜짝 놀란다. 뭐라 말을 하는 것도 아니고 연습도 그대로 계속하면서 숨을 멈추고 흘깃 쳐다볼 뿐이지만, 그래도 체육관 안을 떠돌던 먼지가 살며시 가라앉아 소금을 뿌린 것처럼 공기가 긴장되는 것을 알 수 있다. 그 순간이 좋았다.

물론 나는 지금도 나에바 씨가 오면 자연히 등이 꼿꼿이 펴지고 정신이 번쩍 든다. 5년 전과 다른 점은 체육관 안에 있는 사람이 이제 열여섯 살이 된 나와 나에바 씨, 그리고 체육관 회장님 세 명뿐이라는 사실이다. 그래서 깜짝 놀라는 것도, 호흡을 멈추는 것도, 흘깃 쳐다보는 것도 나 하나뿐이다 보니 분위기가 싹 바뀌는 느낌은 없다.

앞에 있는 고지마 회장님이 왼팔에 찬 미트를 올렸다. 나는 재빨리 왼발로 버티며 오른발을 휘둘렀다. 팔을 흔든다. 콧김이 훅 새어 나왔다. 발등에 충격이 느껴지고, 동시에 퍽 하는 소리가 귀에 들리면서 머릿속이 새하얘진다.

다시 덤벼! 말은 없지만 회장님의 미트는 그렇게 말하고 있다. 당장 한 번 더 오른발로 걸어찼다. 하이킥, 하이킥, 두 번 연속이다. "좋아." 회장님이 이번에는 미트를 내렸다. 다리를 내려 로킥을 날렸다. 한 번, 두 번. 괴롭지만 후련하다.

회장님이 타이밍을 노려 가볍게 발차기를 날렸다. 여유로우면서도 리드미컬한 동작이다. 나는 허벅지를 올려 그 발차기를 막아 내고 뒤로 물러나 피했다.

왼쪽 구석에서 나에바 씨가 줄넘기를 뛰기 시작했다. 채찍으로 바람을 가르듯 날카로운 소리가 울리고 나에바 씨의 맨발이 바닥에 닿을 때마다 찰싹찰싹, 부드러운 소리가 체육관 위에 퍼졌다.

공이 울리자 나는 미트 훈련을 마쳤다. "감사합니다!" 하고 글로브를 낀 두 손을 가슴에 대고 회장님께 고개를 숙였다.

"오냐." 백발이 희끗희끗한 회장님은 입구 옆 책상으로 느릿느릿 걸어갔다. 뒷모습을 보면 그냥 중년 아저씨로만 보인다. 책상 뒤에 있는 벽에는 한 20년 전의 회장님 사진이 걸려 있다. 킥복싱 일본 챔피언으로 등극했을 때의 사진이다. 벨트를 어깨에 걸고 주먹을 쥐고 이쪽을 노려보고 있다. 지금보다 머리카락이 조금 더 길고 늠름한 표정이었다. "나이는 먹었지만 아마 이놈보다 내가 더 강할 거야." 전에 회장님이 사진을 가리키며 웃은 적이 있었다. "적어도 지금의 내가 관객들이 달아오를 시합을 할 줄 알지." 그런 말도 했다.

줄넘기를 내려놓은 나에바 씨가 몸을 활처럼 흔들며 근육 상태를 확인하듯 팔을 어루만졌다. 결코 커다란 몸집은 아니지만 중후한 분위기가 있다.

벌써 서른이 넘었을 텐데 내가 처음 이곳에 왔을 때와 똑같은, 아니, 그때보다 더 탄탄한 몸이었다. 강철이다. 실제로 5년 전, 나에바 씨가 매스컴을 탔을 때는 '강철'이라는 수식어가 자주 붙었다. '강철의 킥복서', '강철의 녹아웃', '강철의 포효', '강철의 패전', '강철의 고집'.

하지만 가까이서 보면 나에바 씨의 근육은 강철처럼 탄탄해 보이면서도 어딘가 유연했다. 땀방울이 등을 타고 또르르 흘러 등뼈를 더듬어가듯 굴러떨어지면 그것만으로도 섹시해 보였다. 부드럽고 탄력 있는 광석 같다. 나는 그렇게 생각하며 흔히 넋을 놓고 바라보곤 했다.

　나에바 씨는 팔을 위아래로 흔들고 호흡을 가다듬으며 정처 없이 돌아다니고 있었다. 나도 샌드백 앞에 선 채로 풋워크를 했다. 다음 공이 울릴 때까지는 쉬어도 되지만 발은 멈추지 않았다.

　다시 공이 울렸다. 나는 글로브를 가볍게 샌드백에 내리꽂은 뒤에 오른발을 쭉 뻗어 올렸다. 발등에 충격이 느껴지고 소리가 머릿속에 가득 차면서 어슴푸레한 행복이 머리에 퍼진다. 머릿속에 거미줄처럼 얽혀 있던 불안과 허탈감이 오로지 킥을 날릴 때만 번쩍 사라진다. 안개가 걷히고, 아버지의 모습도 어머니의 모습도 흩어져, 한낱 둔탁한 충격으로 바뀐다.

2

　이곳 고지마 체육관에 다니기 시작한 건 지금으로부터 6년 전이다. 아직 초등학생이었던 나는 늘 반소매에 반바지를 입고 살던 천진한 아이였다.

　"누가 괴롭히니?" 당시 회장님은 거리낌 없이 그렇게 물었다.

보통 그런 건 묻지 않는 법인데, 내가 어지간히 심각한 표정을 짓고 있었던가 보다. 입구에 놓인 철제 책상에 앉아 안경을 쓰고 장부를 바라보고 있던 회장님은 처음에 사무직원처럼 보였다. 중년을 넘은 체육관 사무원이다. 그래서 "누가 괴롭히니?" 하고 유쾌하게 묻는 소리에 조금 울컥했던 게 기억난다. "아니에요" 하고 입술을 비죽거렸다.

실제로 그랬다. 나는 빼어나게 머리가 좋은 타입은 아니었지만 운동이라면 그럭저럭 잘했고 친구도 많았다. 반에서도 중심에 있었다. 그렇다고 해도 틀린 말은 아니었다.

"이기고 싶은 상대가 있어요." 나는 회장님에게 말했다.

"그거 좋구나." 회장님은 씩 웃었다. 마침 오후 3시가 겨우 넘었을 때라 체육관 안에는 연습생도 없었고, 시합을 코앞에 둔 나에바 씨 혼자 스트레칭 운동을 하고 있었다.

"이기고 싶은 상대도 초등학생이냐?"

"5학년. 한 살 위예요." 나는 부루퉁하게 대답했다. "으스댄단 말이에요."

이타가키라는 이름의 그 상급생은 학교에서 가장 키가 크고 덩치도 컸다. 치열이 들쭉날쭉하고 표정은 늘 퉁명스럽다. 그리고 같은 반 남학생에게 폭력을 휘둘렀다. 하굣길이나 복도에서 나는 자주 그 현장에 맞닥뜨렸다. 쓰러져서 힘없이 매달리듯 손을 내미는 상대를 즐거운 표정으로 걷어차는 그 녀석이 불쾌해서 참을 수 없었다. 무서워서 아무것도 못 하는 자신은 더 불쾌해서 참을 수 없었다.

"하지만 우리는 당연히 싸움은 금지하고 있어. 킥복싱을 배워서 싸움질이나 하면 내가 용서 안 할 거다." 회장님은 그렇게 말했다.

"아, 그래요?" 나는 동요했지만 고개를 끄덕였다. "알겠습니다." 들키지 않으면 그만이지.

"그나저나 어째서 우리 체육관에 왔냐? 킥복싱이 아니어도 강해지려면 다른 것도 많을 텐데." 회장님은 그날 마지막으로 그런 질문을 했다. 꾸물꾸물 생각한 끝에 나는 "나에바 선수처럼 되고 싶어서요" 하고 솔직하게 대답했다.

그 한 달 전에 텔레비전에 나온 시합을 잊을 수가 없었다. 리듬을 타듯 몸을 잽싸게 흔들며 상대를 가만히 노려보다가, 한순간 상대인 태국 선수가 고개를 돌린 찰나를 놓치지 않고 오른쪽 로킥을 내질렀다. 곧이어 레프트훅을 날려 승리를 거머쥐었다. 선열하고 날카로운 움직임에 압도당한 것은 물론이요, 나에바 씨의 표정과 자세에도 감명받았다.

"나에바 선수처럼 되고 싶다고 해서야 강해지지 못한다." 회장님이 웃었다. "나에바를 날려 버리러 왔습니다, 그 정도 기백은 되어야지. 나에바가 우리 체육관에 왔을 때 뭐라고 했는지 아니?"

"몰라요."

"'난 내년에 챔피언이 될 테니 잘 부탁해'라고 뻔뻔하게 지껄이더구나. 킥복싱은 한 번도 해 본 적 없는 주제에 말이야. 그랬지, 나에바?" 회장님은 거기에서 발을 뻗고 상반신을 바닥에 붙이고 있던 나에바 씨를 불렀다.

"그만 좀 놀리세요."

"지금은 예의 바르고 묵묵히 연습하는 수행승 같다고들 하지만, 처음에는 건방졌어." 회장님이 계속 말했다. "뭐, 그 정도는 되어야 강해지지. 너도 겨우 으스대는 상급생 하나에 연연해서는 가망이 없어."

"그럼 나에바 선수를 쓰러뜨릴게요."

"나에바 선수라고 부르면 못 쓰러뜨린다니까. '나에바, 이 자식' 하고 불러 봐라." 회장님은 순전히 나를 놀리고 있었다. "나에바……." 나는 입을 열었지만 눈을 번득이며 이쪽을 노려보는 나에바 씨가 시야에 들어왔다. 침을 꼴깍 삼키고 "선수" 하고 고개를 꾸벅 숙였다.

그리고 1년 동안, 성실하게 체육관에 다녔다. 방과 후 일주일에 두세 번, 일단 집에 돌아갔다가 버스로 10분 거리인 시가지까지 나가서 체육관에서 연습했다. 처음에는 어설퍼서 코치의 설명도 이해하지 못했지만, 점점 익숙해지자 발차기나 펀치의 리듬이 몸에 배어 즐거웠다. 미트를 걷어찰 때의 둔탁한 충격이 후련해, 나는 성적인 흥분을 알기도 전에 킥의 쾌락을 알았다.

그러는 사이 이타가키는 머릿속에서 사라졌다. 물론 이타가키도 '힐즈 타운'에 살았으니 이따금 눈에 띄긴 했지만 그렇다고 그에게 맞설 마음은 많이 사라졌다. 이타가키와 싸우기 위해 강해지고 싶다는 목표에서 '이타가키'가 사라지고 '싸우기 위해서'도 사라지고, 결국 '강해지고 싶다'라는 단순한 동기만 남았다.

하지만 그것도 1년뿐이었다. 1년하고 얼마 더 지난 여름날, 바로 그 일이 터졌기 때문이다. "8년 후 소행성이 지구에 충돌합니다"라는 뉴스가 흘러나왔고, 온 세상에서 혼란이 시작되었다. 초등학생이었던 나는 사태의 심각성을 깨닫지 못하고 "왜 오늘은 학교에 안 가도 되는 걸까?" "어째서 아파트에서 나가지 말라고 하는 걸까?" "텔레비전에서는 왜 특별 뉴스만 나올까?" 하는 자잘한 의문을 품었을 뿐이었다. 다만 초등학교가 문을 닫고, 아버지가 폭도의 습격을 받아 어깨에서 피를 흘리며 집에 돌아올 무렵에는 철없는 나도 이상하다는 것을 깨달았다.

3

　당연히 체육관에 다닐 여유는 없었다. 아파트는 물론이고 집에서도 나가면 안 된다고 단단히 주의를 받은 나는 처음에는 집에서 팔굽혀펴기나 유연 체조를 계속했지만 그것도 차츰 하지 않게 되었다.

　5년은 짧은 세월이기도 했고 긴 세월이기도 했다. 초등학생이었던 나는 원래대로라면 고등학생일 나이가 되었고, 키는 15센티미터나 자랐다. 뺨과 이마에 여드름이 났고, 이성에 관한 관심도 생겼지만 내 주위에서는 이성은커녕 동성 친구와의 교류도 줄었다. 소문에 의하면 꽤 많은 사람이 동네에서 사라졌다고 했다. 힐즈 타운을 떠나 어디 다른 곳으로 간 걸까, 아니면 죽어버린 걸까?

　"이런데도 미치지 않는 사람은 원래부터 미친 사람이야." 옳은 소리다. 그렇게 말한 사람은 우리 아버지였다. 아버지는 '세상의 종말'이 시작된 지 2년도 되지 않아 방에 자주 틀어박혔다. 원래 왜소하고 근면한 인상이 강한 아버지였는데 예민한 작은 동물처럼 겁을 먹기 시작했다. 식사 도중에 울음을 터뜨리거나 괴성을 지르질 않나, 어머니에게 덤벼들기도 했다.

나는 겁에 질려 허둥거리는 아버지를 보기가 너무나 괴로웠다. 아버지에게서 눈을 돌리고 우리 집에는 아버지가 없다고 믿으려 했다. 하지만 그런다고 마음이 진정될 리도 없어, 나는 자주 방에서 무릎을 끌어안고 "용서 못 해, 용서 못 해" 하고 중얼거리곤 했다. 행성도 아버지도, 죄다 용서할 수 없었다.

이상하게도 올해 들어 세상이 평온해지기 시작했다. 잔뜩 성났던 바다에서 파도가 조금씩 잦아들며 서서히 고요한 호면처럼 가라앉듯이, 그렇게 거리에 평화가 돌아왔다. 5년 만에 축제가 끝난 것 같았다. 아파트 옆집에 사는 사쿠라바 씨는 친구들과 정기적으로 동네 축구를 시작했을 정도다.

"어머니, 힘들죠?" 내가 그렇게 말한 것이 석 달 전이다. 힘들다는 말을 할 수 있을 정도로 여유가 생겼다는 뜻이다. 그러자 어머니는 "지쳤어" 하고 정말 지친 목소리로 대답했다. 그때 옆에 있던 아버지가 "이런데도 미치지 않는 사람은" 하고 외쳤던 것이다. "정말 그럴지도 몰라" 하고 힘없이 고개를 끄덕이는 어머니를 바라보면서 세상이 끝나지 않았어도 우리 집은 끝났다는 것을 확신했다.

그 후에 아파트에서 나왔다. 이미 저녁이 가까워 공원을 가로질렀을 때는 서쪽으로 기운 햇빛이 눈부셨다.

센다이 시가지까지 가 보려고 생각한 이유는 확실치 않다. 다만 집에 있어 봤자 우울한 생각만 자꾸 들 뿐이니 다리를 움직여 하염없이 걷는 게 훨씬 나을 것 같았다.

거의 5년 만에 지나는 길이었다. 버스가 다니는 편도 일 차선 지방도였는데 좌우의 도랑에 자동차가 몇 대 버려져 있었다.

인도를 따라 야트막한 언덕을 내려가던 나는 어느새 시가지 동쪽 끝에 있는 좁은 뒷골목에 들어와 있었다. 도중에 몇 번 이유를 알 수 없는 복통을 느끼고 그때마다 길에 웅크리고 앉아 통증을 견뎠다. 구역질이 나서 자리에서 일어나 혀를 쭉 빼 보았지만 위에서는 아무것도 올라오지 않아 다시 걸음을 뗐다.

체육관이 남아 있을 줄은 몰랐다. 하물며 거기에서 연습하는 사람은 만에 하나라도 없을 줄 알았다. 그래서 체육관 앞을 지날 때도 창문을 보지 않고 지나치려 했다. 마침 저녁 해가 반사되어 눈이 부셨던 탓도 있다.

하지만 그대로 지나치기 직전에 소리가 귀에 들어와 걸음을 멈추었다. 퍽, 퍽. 커다란 채찍으로 가죽을 후려치는 듯한, 시원하면서도 박력 있는 울림이 귀를 지나 가슴으로 파고들었다. 설마, 하는 마음으로 걸음을 멈추고 체육관으로 몸을 돌렸다. "아!" 그대로 입이 다물어지지 않았다.

창문 너머 체육관 안에서 회장님이 미트를 쥐고 있었다. 5년 전 그대로 날카로운 눈이다. 흰머리가 조금 늘었나? 두 손에 미트를 끼고 허리를 낮추고 있다. 그 앞에 상반신을 홀딱 벗고 트

렁크를 입은 남자가 서 있었다. 주먹으로 얼굴을 가리고 로킥을 연발하면서 퍽, 퍽, 박력 있는 소리를 쏟아 내고 있다.

탄탄한 몸에서 땀방울이 흩어졌다. 저녁노을이 땀방울에 반사되었다. 또 다른 땀이 등뼈 양옆을 타고 흘러내리는 것도 보였다. 발차기가 미트에 꽂힐 때마다 내 배도 욱신거렸다.

뭘까, 나는 꿈속에 있는 기분이었다. 뭘까, 이곳은. 이곳만은, 이 두 사람만은 5년 전 그대로, 소행성이나 운석과는 아무 상관도 없는 것 같았다.

미트 위치를 바꾼 회장님과 거기에 맞추어 몸을 비튼 나에바 씨의 탄탄한 육체. 나는 그것을 물끄러미, 말 그대로 뚫어져라 쳐다보았다.

4

5년 전 나에바 씨는 중요한 시합을 앞두고 있었다. 킥복싱 웰터급 타이틀매치였는데 챔피언인 나에바 씨는 세 살 어린 후지오카라는 선수를 상대로 싸울 예정이었다.

낡은 강철은 신소재를 이길 수 있을 것인가?

당시 매스컴은 죄다 그렇게 부추겼다. 금발에 머리카락도 길었던 후지오카는 어딘가 현대적인 외모의 미남으로 인기가 많았다. 몸가짐이나 옷가지만 보아도 좋은 집안 출신임을 알 수 있었다. 당시 초등학생이었던 나도 "화려한 녀석이네" 하고 생각했을 정도로 어쨌든 나에바 씨하고는 대조적이었다.

"나에바 씨가 그런 껄렁껄렁한 녀석한테 질 리가 없잖아." 그 당시 돌아가는 길에 함께 있던 선배 연습생이 그렇게 말했다. 그 선배는 열 살이나 어린 나를 언제나 대등하게 대해 주었고, 나는 그때 "당연하지, 나에바 씨가 질 리 없어" 하고 역시 대등하게 건방진 말투로 대꾸했다.

시합에 흥을 돋우려고 그랬겠지만 잡지에서는 나에바 씨와 후지오카의 차이를 특히나 강조했다.

고지식해서 킥복싱 골수팬들이 좋아하는, 유복하다고는 할 수 없는 미야기현 시골 동네에서 태어나 센다이에 사는 나에바 씨와 외교관의 외동아들로 여성 팬도 많고 도쿄에 사는 후지오카. 두 사람은 시합 스타일도 달랐다. 나에바 씨는 가드에는 무관심해서 무조건 상대에게 파고들어 로킥과 레프트훅을 퍼붓는다. 펀치나 킥을 먹어도 무작정 밀고 나가 KO 승을 거둘 때도 많았지만 공격에 지나치게 집중한 나머지 어느새 가드가 내려가, 그 결과 어이없이 쓰러지는 경우도 잦았다. 한편 후지오카는 풋워크를 구사해 교묘하게 상대와 거리를 두었다. 펀치나 킥은 약하지만 정확하게 상대의 급소를 노린다. 게다가 방어가 능숙해 판정으로 들어가면 절대 지는 일이 없었다.

"그렇게 치사하게 싸우는 녀석은 솔직히 말해 별 볼 일 없어. 역시 관객을 뜨겁게 달아오르게 하는 게 격투기라는 걸 모르는 거야." 선배는 그렇게 말했고, 나도 동감이었다.

매스컴도 어느 쪽인가 하면 '요령 좋고 실패 없이 살아온' 후지오카보다 '우직하고 서툴게 싸울 줄밖에 모르는' 나에바 씨를 응원하는 눈치라, 공평하게 다루는 척하면서도 그래도 관객들을 '나에바 편'으로 유도하려는 구석이 있었다.

하지만 재미있게도 세간의 분위기는 꼭 그렇지만도 않았다. 젊은 사람들은 근성이나 기합 같은 정신적인 가치를 과도하게 받드는 것에 거부 반응을 보이는 기색이었다. 예로부터 내려오는 '결과보다 과정이 중요'하다거나 '기록보다 기억에 남으면 된다'는 경향에 반동이 거세어진 시기였기 때문인지도 모른다.

당시 몇몇 대기업이 "노력했지만 막지 못했습니다" 하고 도산을 발표해 반감을 샀던 것도 분명 영향을 주었을 것이다. 노력만 하면 그만이냐고 분노한 사람들이 적지 않았다. 번지르르한 소리는 지긋지긋하다, 결과도 중요하지 않으냐. 그래서 격투기 팬들 중에서는 후지오카를 응원하는 목소리가 많았다. '세련되게, 다치지 않고, 그러면서도 좋은 결과를 남기는' 젊은 후지오카는 나름대로 청년들의 이상이기도 했던 것이다.

"나에바 씨, 후지오카는 겉만 멀쩡하지 약해 빠졌죠?" 그때 그 선배가 체육관에서 옷을 갈아입을 때 딱 한 번, 등을 돌리고 있는 나에바 씨에게 물어본 적이 있다.

기본적으로 체육관에서는 대화를 나누지 않는다. 잡담을 하러 온 게 아닌 데다가 연습은 사이좋게 즐겁게 하는 것이 아니었고, 이렇게 말하면 재수 없지만 체육관 안의 다른 사람은 전부 적이기도 하기 때문이다. 연습하러 가면 거의 매번 나에바 씨를 만나지만 대화는커녕 눈이 마주친 적도 별로 없었다.

그때, 나에바 씨는 고개만 천천히 돌려 선배를 가만히 바라보았다. 날카롭게 파고드는 시선이었다. 선배는 입을 꾹 다물었고 옆에 있던 나도 움츠러들었다. 쓸데없는 소리는 하지 말라고 혼날 줄 알았는데, 나에바 씨는 한참 있다가 표정을 바꾸지 않고 말했다. "후지오카는 강합니다. 아마 나보다 훨씬 기술도 좋을 테고."

우리는 그 말의 내용보다도 나에바 씨가 대답해 주었다는 사실에 놀라 고개를 끄덕였다.

"단지 무섭지는 않아요. 그리고 난 역시 이길 거니까요." 나에바 씨는 중얼거렸다.

그 목소리는 결코 크지 않았지만 어둠 속에 차가운 광석이 환하게 빛나는 것처럼 명료한 음색이었다.

짜릿했다. 아마 선배도 분명 그랬을 것이다. 설득력 넘치는 박력 있는 말이었다.

반사적으로 예전에 읽었던 격투기 잡지의 인터뷰를 떠올렸다. 나에바 씨가 이렇게 말했던 기사다. "숫자로 보여 주는 일에는 관심이 없습니다. 숫자에 서툴기도 하고요. 그래서 몇 전 몇 승 몇 패인지는 별로 의미가 없습니다. 애당초 시합의 결과가 승부의 전부가 아닙니다. 시합을 끝까지 지켜본 관객의 마음과 제 자신의 마음, 그런 것까지 포함해서 이겨야 하죠."

"역시나" 하고 맞장구를 친 리포터는 분명 나에바 씨가 한 말의 의미를 이해하지 못했던 게 틀림없다. "연습은 좋아합니까?" 하고 다음 질문으로 넘어갔다.

"싫어 죽겠습니다. 그렇게 괴로운 걸 좋아하는 사람은 없을 겁니다."

"하지만 역시 지기 싫으니, 자신을 스스로 채찍질하는 거겠죠?"

"그렇다기보다 영감님이 봐주질 않으니까요." 은연중에 회장님 이야기를 하더니, 이렇게 말하는 것이었다. "하지만 어쨌든 저는 언제나 제게 묻곤 합니다." 나에바 씨의 대답은 단순했지만 그 글을 읽은 나는 정신이 번쩍 들었다.

"묻는다고요?"

"나는 나를 용서할 것인가? 연습하다가 꾀를 부리고 싶어질 때나 시합에서 달아나고 싶을 때, 스스로에게 묻습니다. '어이, 나. 나는 이런 나를 용서할 건가?'"

마지막으로 리포터가 "나에바 선수는 결국 로킥과 레프트훅밖에 못 하죠?" 하고 농담 삼아 말했을 때 이렇게 대답하기도 했다. "로킥과 레프트훅을 할 줄 알고, 관객의 마음을 사로잡을 수 있다면 달리 무엇이 필요합니까?"

나와 선배는 나에바 씨가 탈의실에서 떠난 후에 얼굴을 마주보며 말없이 고개를 끄덕였다. "역시 나에바 씨는 이길 거야."

하지만 끝내 시합은 열리지 않았다. 소행성이 발견되자 나는 체육관에 다닐 겨를이 없었고, 나에바 씨와 후지오카의 타이틀 매치는 연기에 연기를 거듭했다. 선배는 어땠는가 하면 식량을 차지하려고 싸우다가 철봉인지 뭔지에 맞아 죽고 말았다.

5

식당에서 우동을 먹고 있던 회장님이 고개를 들었다. "그런데 넌 왜 체육관으로 다시 돌아온 게냐?"

나는 연습이 끝나고 회장님과 함께 저녁을 먹고 있었다. 집에 돌아가면 저녁밥이야 있겠지만 아무래도 배가 출출해서 참을 수가 없다. 5년 전까지는 국립대학 학생 식당이었다는 목조 건물은 넓기는 했지만 그만큼 썰렁했고, 형광등도 절반 이상 나가서 어두컴컴했다.

주방에는 백발의 아저씨가 있다. 원래 센다이시 공원을 어슬렁거리며 신문을 이불 대신 삼아 자던 노숙자였던 모양인데, 그보다 더 옛날에는 우동 가게에서 일을 배우던 요리사였다고 한다. "사실은 더 이상 살아갈 기력도 없었거든. 혹독한 겨울이라도 찾아와서 꼴딱 죽어 버리고 싶었는데, 그때 그 소동이 터져 버리지 않았겠어? 그렇게 되니까 청개구리 기질이 있어서 갑자기 살아야겠다는 생각이 들더라고." 전에 주방에서 나온 아저씨에게 물어봤더니 파 냄새를 풀풀 풍기며 술술 이야기해 주었다. 지금은 이 식당에 멋대로 들어앉아 우동을 만들어 팔고 있다. "밀가루가 손에 들어오는 한, 그때까지는 여기에서 우동을 만들 테야. 아마 1년도 못 버티겠지만."

"달리 할 일이 없었으니까 체육관에 온 거예요." 나는 회장님의 질문에 대답했다. 우연히 지나가다가 본 나에바 씨가 연습하는 광경이 아름다워서 그랬다고 말하기는 거북했다.

"하지만 너도 꽤 많이 변했구나. 전에 왔을 때는 훨씬 작고 귀여웠는데." 회장님의 말투는 스스럼이 없었지만 따스했다.

"그야 5년 전에는 초등학생이었으니까요."

"그렇지. 지금은 벌써 열여섯인가? 너무하지, 네 10대는 운석 소동으로 점철되었잖아."

"뭐, 하지만." 나는 고개를 흔들었다. "다들 똑같으니까요." 억울하다고 울부짖고, 공포에 떨고, 될 대로 되라고 포기해 보기도 했다. 그런 짓은 이미 다 해 봤다. 어쨌든 금방 싫증을 내는 10대 청소년은 절망하는 일에도 이미 싫증이 난 것이다. "대체 회장님하고 나에바 씨는 언제부터 체육관에 나왔던 거예요?"

"쭉." 회장님이 고개를 숙이고 웃었다.

"쭉? 그렇게 난리였는데?" 태반을 아파트에 틀어박혀 살았던 나도 외부의 소란은 대충 짐작할 수 있었다. 비명과 물건이 깨지는 소리, 경찰이나 군대가 보내는 방송, 어쨌거나 험악한 분위기가 마을에 감돌았다. 힐즈 타운에서도 그랬으니 센다이 시가지는 더 끔찍했으리라.

"물론 태평하게 연습할 수 있었던 건 아니야. 다만 그 녀석은 할 수 있는 한 매일 와서 샌드백을 두드렸지. 그러고 보니 체육관에 들어와서 나에바한테 덤벼든 녀석이 둘 있었어."

"진짜로요?"

"한 명은 전부터 나에바를 미워했던 젊은이였는데 '전부터 짜증 났어' 어쩌고 하면서 위세가 등등했지. 또 한 명은 정신 나간 남자였는데."

"어떻게 됐어요?"

"처음에는 나에바도 어쩔 줄 몰랐지. 일반인 상대로 싸우는 건 체육관에서는 금기잖니."

이런 판국에도 그런 거에 연연할 필요가 과연 있을까? 나는 기가 막힌 심정으로 남은 우동을 한입에 쑤셔 넣었다. 바로 위가 떨려 우동이 튀어나올 것 같았지만 억지로 참았다.

"그래서 어쩔 수 없이 연습생으로 삼았지."

"네?"

"일단 체험 입문으로 받았어. 뭐, 다짜고짜 덤벼든 남자한테 '체험 입문을 허락할 테니 당신도 이제 연습생이다' 하고 내가 일방적으로 말한 것뿐이지만. 그럼 그때부터는 싸움이 아니라 연습인 거잖아."

"그런가요?"

"기분상으로는 그렇지. 그 후에는 눈 깜짝할 새였어. 나에바가 오른쪽 로킥으로 상대의 무릎을 두세 번 걷어찼지. 상대는 쓰러져서 일어나지 못했다." 회장님은 들고 있던 나무젓가락 하나를 나에바 씨의 다리에 빗대어 나머지 젓가락을 쳤다. 일반인이 나에바 씨의 로킥을 맞는다면 다리를 제대로 쓸 수 없었을 것이다.

"녀석은 지금이 기회라고 하더구나."

"지금이 기회?"

"다른 연습생은 아무도 오지 않잖니? 그러니 지금이 열심히 연습해서 더 강해질 기회라는 거야."

"아니, 우리 체육관이 아니라 나에바 씨는 국내에서도 상대가 없는 것 아니에요?"

"저 녀석이 대단한 건 오만하지 않다는 점이야. 언제나 위기감을 안고 있지."

활짝 열린 문에서 사람이 들어오는 모습이 보였다. 회장님의 몸이 한순간 굳었다. 나도 경계했다. 어쨌든 사람을 보면 폭도나 도둑, 그도 아니면 정신병자가 아닐까 의심하는 버릇이 생겼다. 들어온 사람은 차분해 보이는 남녀였다. 나는 긴장을 풀었지만 속이 메슥거렸다. 늘 경계해야 하는 나날에 신경이 지쳤다.

"회장님, 어때요, 저도 꽤 강해지지 않았어요?" 돌아갈 때, 나는 자리에서 일어나 그렇게 물어보았다.

"빈말이 아니라 넌 센스가 있어. 초등학생 때부터 꽤 잘했고. 지금도 복귀한 지 석 달치고는 제법 괜찮아."

기뻐서 주먹을 불끈 쥐었다.

"하지만 너도 별나구나. 이런 세상에 달리 할 일이 있을 텐데."

그게 없으니까 곤란한 거예요. 나는 그렇게 대답하려 했지만 대신 "회장님, 사돈 남 말 하시네요"라고 말했다.

"그러냐?"

"오늘 연습 끝나갈 때쯤 긴 죽도를 가져와서 나에바 씨한테 휘둘렀죠? 그건 후지오카 시합에 대한 대책 아니었어요?" 후지오카는 상대 가까이에서 쑥 뻗는 앞차기가 특기였다. "5년 전의 타이틀매치, 아직도 할 생각이에요?" 하고 농담 삼아 묻자 지갑을 뒤적거리던 회장님은 얼굴을 찌푸렸다. "시끄럽다."

"별나시다니까."

잘 먹었습니다, 하고 외치자 주방에서 아저씨가 고개를 내밀었다. 맛있었네, 하고 회장님이 퉁명스럽게 인사했고 내가 잘 먹었습니다, 하고 고개를 숙였다. "다음엔 튀김을 만들어 보려고 해." 아저씨가 씩 웃었다.

"거 좋네." 회장님이 맞장구를 쳤다.

"지난번에 남쪽 바다에 낚시를 가 봤더니, 글쎄 낚시꾼들이 어찌나 바글바글하던지. 생각해 보니 소행성이 다가와도 바닷고기에는 큰 영향이 없을지도 몰라. 낚시로 식재료를 구하는 사람도 많아. 여하튼 한 번 더 가서 낚아 올 거야. 그러면 튀김을 만들어야지."

미래의 예정을 말하는 사람은 드물다. 그래서 나는 한참이나 선망의 눈길로 아저씨를 바라보았다. 구역질은 가라앉았다.

6

역에서 힐즈 타운으로 걸어 돌아오는 길에 나에바 씨에 대한 일화를 떠올렸다. 아마 전봇대에 붙은, 무수하다고 표현해도 좋을 '사람을 찾습니다' 벽보가 눈에 들어왔기 때문이리라. 모조리 비에 맞아 찢어지거나 긁히거나 글자가 번져 있었다. 종이에 붙은 사진을 보니 미시마 씨의 기억이 되살아났다.

나에바 씨의 전속 카메라맨이었던 미시마 아이라는 이름의 프로 사진가. 어떤 경위로 나에바 씨와 만났는지 가르쳐 주지는 않았지만 내가 체육관에 들어갔을 때는 이미 그녀가 있었다. 일부러 도쿄에서 차를 몰아 체육관에 카메라를 들고 와서, 남자들만 득실거리는 분위기 속에서 오로지 연습에 몰두하고 있는 나에바 씨만 촬영하는 그녀는 분야는 달라도 역시 격투가 같은 존재였다. 당시 미시마 씨는 서른다섯 살에 기혼으로, 아이가 있었는지는 모르겠다. 다만 집은 괜찮은지 걱정될 정도로 나에바 씨의 시합을 따라 전국을 돌았다.

나는 미시마 씨의 사진이 좋았다. 당시 초등학생이었던 나로서는 "그냥 좋아" 하고 모호한 감상밖에 말하지 못했지만 지금 생각하면 미시마 씨가 찍는 사진에는 흉포함과 고요함을 모순 없이 끌어안은 나에바 씨의 모습이 그대로 찍혀 있어서 좋아했던 것 같다. 불필요한 조작이나 겉치레는 느껴지지 않았다. 샌드백을 걷어차는 순간에 채찍처럼 휘는 나에바 씨의 오른발, 조각도로 새긴 것처럼 그 다리에 선명하게 그려진 근육의 그림자, 그리고 주위에서 모두가 사라진 듯한 정적이 한 장에 표현되어 있었다.

미시마 씨하고는 딴 한 번 말을 나누어보았다. 우연히 체육관에 나만 남아 있었던 바람에 사진을 정리하러 찾아온 미시마 씨와 둘만 있었던 적이 있었는데, 그때뿐이다. 그녀는 초등학생인 내게 관심이 생겼는지 체육관에 온 계기나 격투기의 매력에 관해 물어 왔다.

"하나만 묻고 싶은데요." 나는 마지막 순간에야 물어보았다. "어째서 나에바 씨의 KO 사진은 없는 거예요?"

"응?" 그녀는 조금 놀라더니 고개를 갸웃거렸다. "있잖아."

"아니, 쓰러진 사진 말고요, KO 펀치가 먹힌 순간을 찍은 사진 말이에요. 늘 그 사진이 없으니까." 연상의 여성과 이야기하는 게 익숙지 않아 우물거렸다. 그러자 미시마 씨는 쾌활하게 웃었다. "아, 그거 말이구나. 그건 말이지. 그건, 눈으로 봐서 그래."

"눈으로 봐서 없다고요?"

212

"KO 순간에는 파인더를 들여다볼 겨를이 없잖니. 그렇게 생각하지 않아? 그만 직접 보게 된다니까."

"그거." 나는 이상해서 거듭 물었다. "그래도 괜찮은 거예요?"

"괜찮지 않을까?" 미시마 씨는 유쾌하게 선뜻 대답했다. "일단 카메라는 쓰지 않지만, 내 안에서는 셔터를 누르고 있으니까."

"하지만 사진은 없는데요."

"현상하지 못할 뿐이야." 미시마 씨의 말투에 장난기는 없었지만 나는 그 무렵 갓 배운 어휘를 사용해 "궤변이에요"라고 말했다.

"소년이여, 이것이 궤변이란다." 미시마 씨는 오히려 당당하게 가슴을 폈다.

미시마 씨가 죽은 건 그로부터 한 달도 지나지 않았을 때였다. 잡지 촬영 때문에 밤에 차를 몰았다고 했다. 국도 교차점에서 길을 벗어나 블록에 충돌했다. 졸음운전이었다느니, 신호를 무시한 노파를 피하느라 그랬다느니, 기자재를 잊어 황급히 유턴하던 참이었다느니, 체육관 안에서 소문은 무성했지만 진상을 알 길은 없었다.

미시마 씨가 죽은 후에도 나에바 씨에게 변화는 없었다. 평소처럼 말이 없고, 평소처럼 금욕적이고, 매일 연습을 하고, 들리는 이야기로는 미시마 씨의 장례식에도 참석하지 않았다고 한다.

반년쯤 후에, 어느 사진가가 찾아와 전속 카메라맨이 되기를 자청한 적이 있었다. 나는 그때의 이야기를 나중에야 들었지만 나에바 씨는 그 자리에서 "아니, 모처럼 해 주신 말씀이지만" 하고 거절했다고 한다.

"지금은 전속 카메라맨이 없다고 들었어." 유명한 작가인지, 젊은 신진기예인지 잘 모르겠지만 그 사진가는 거절당할 줄은 꿈에도 몰랐던 듯 머뭇거렸다. 그랬다고 들었다. 그러자 나에바 씨는 예의 바르게 고개를 꾸벅 숙였다. "아뇨, 이미 있습니다."

"어, 하지만." 사진가가 허둥거리자 나에바 씨는 "있습니다" 하고 한 번 더 말하고 "항상"이라고 덧붙이며 깊게 머리를 숙였다. "항상 있었습니다. 죄송합니다."

나에바 씨는 그런 사람이다. 내게 그 이야기를 들려준 선배는 자랑스러운 기색이었다. 이상하게도 나에바 씨의 외모는 실로 강철처럼 단단한 인상이었고 늘 차분해서 차가운 철처럼 회색빛 기운마저 감돌았지만, 나에바 씨에게 얽힌 일화를 떠올릴 때마다 나는 부드러운 양털에 감싸인 것처럼 마음이 편했다.

7

주위는 점점 더 어두워졌다. 가로등도 켜져 있는 등과 꺼져 있는 등이 반반이라 길을 걷기가 불안했다. 극도로 예민해져서 집에 틀어박힌 아버지와 그런 아버지를 상대하느라 지쳐 불면증의 망령처럼 변한 어머니가 있는 집으로 돌아가는 불안감이 밤길을 걷는 공포와 막상막하로 느껴졌다.

비탈길을 올랐다. 그나저나 참 조용하다. 다투는 소리도 없고 자동차 엔진 소리도 없다. 지난달에 내가 사는 아파트에서 인질 농성 사건이 터졌다. 그때는 경찰이 나타나 제법 일이 커졌지만, 바꾸어 말하면 그 외에는 소란이라 할 만한 소란은 없었다는 뜻이다. 공포를 견디지 못하거나 난동을 피우던 사람들은 이미 이 세상에서 꽤 많이 사라졌으리라.

10분쯤 걸었을까, 웬 목소리가 들렸다. 힐즈 타운 바로 앞, 버려진 차를 피하며 구불구불한 길을 걸어가는데 오른쪽에서 사람 목소리가 들렸다. 남자들끼리 다투는 기척이 나서 처음에는 말다툼인 줄 알았는데 멈춰서 자세히 보니 한쪽 남자가 다른 쪽에게 애원하는 모습이 보였다. 도랑에 빠져 이미 대형 쓰레기로 변한 왜건 옆이었다.

"이타가키." 무심코 튀어나온 내 목소리에 두 사람의 그림자도 동작을 멈추었다. 뜻밖에도 나약한 태도로 애원하던 남자가 이타가키였다. 그는 초등학생 때와 변함없이 덩치가 크고 어깨가 떡 벌어져 마치 럭비 선수 같았다. 다만 그 몸을 푹 꺾고 앞에 있는 남자에게 매달려 있었다.

"넌 뭐야?" 이타가키가 아닌 쪽이 눈썹을 찌푸렸다. 비쩍 말라 턱이 비죽하고 커다란 안경을 쓰고 있었다. 이름은 모르지만 그 남자도 눈에 익어 황급히 기억을 더듬어 떠올렸다. 초등학생 때 이타가키가 괴롭혔던 남자다. 차이고, 맞고, 멸시당하고, 이타가키의 폭력에 시달리는 모습을 하급생인 우리에게 들켰던, 그 남자였다. 당시와는 전혀 다른 구도라 혼란스러웠다. 괴롭히는 쪽이었던 저 이타가키가, 그동안 자기가 괴롭혔던 남자에게 매달려 있다.

"너, 어디서 봤는데. 같은 동네 녀석이냐?" 안경 쓴 남자가 내게 턱짓을 했다. 박력은 없지만 업신여기는 말투다.

"네."

"그럼 알지도 모르겠군. 이타가키는 나를 끈질기게 괴롭혔어. 뭐, 나는 어른이라 그런 옛날 일은 개의치 않지만." 비아냥거리는 말투였다.

"어이, 부탁이야. 사과하잖아. 그러니 용서해 줘." 이타가키는 내 눈치를 볼 여유도 없는지 머리를 조아렸다. 여전히 치열은 들쭉날쭉했다.

"뭐가 어떻게 된 거죠?"

"너, 방주라고 들어 봤어?" 안경을 쓴 남자가 표정도 바꾸지 않고, 아니, 약간 신난 듯이 입가를 누그러뜨리며 말했다.

"방주?" 나는 순간 중얼거렸다가, 최근 어머니가 했던 말을 떠올렸다. "진짜인지 거짓말인지 모르겠지만 대피소 같은 게 있어서 거기에는 선택받은 사람만 들어갈 수 있다는구나" 하고 어머니가 맥없이 단조롭게 말하기에 눈뜨고 잠꼬대를 하는 줄 알았다. "누가 선택받는다는 거야?" 하고 내가 잠꼬대에 맞장구를 쳐주자 어머니는 불안한 시선으로 대답했다. "추첨이래."

"영화에 흔히 나오는 이야기지만 현실에는 그런 게 있을 리 없어."

"운석이 떨어지는 것도 영화에 흔히 나오는 이야기잖니. 별일이 다 있는걸." 어머니는 힘없이 한숨을 내쉬고, 아버지가 들어간 방의 문을 바라보았다.

"우리 아버지가 방주 추첨 담당자야." 안경 쓴 남자는 입을 비죽거리며 가슴을 폈다.

"그게 진짜예요?"

"의심하는 거야? 뭐, 그런 놈들은 믿지 말고 그냥 죽으면 그만이지."

"난 믿어." 이타가키의 모습은 애처로울 정도였다. 상대의 옷자락을 쭉쭉 잡아당긴다. "그러니 부탁이야, 나도 선택해 줘."

안경 쓴 남자는 이타가키를 떼어 내려 했지만 "부탁해 봤자 추첨이라니까. 어쩔 수 없어."

"어이, 부탁이야. 다 알아, 추첨이라고 하면서 결국 조작할 수 있다면서? 그렇지? 네 아버지 마음대로 할 수 있잖아."

"남들 듣기 안 좋은 소리 하지 마."

"뭐든 할 테니, 제발 나하고 여동생만이라도."

나는 그 두 사람의 대화를 들으면서 방주가 있을 리 없다고 생각했다. 소행성이 다가온다는 것을 안 후에 이런 소동은 몇 번이나 있었다. 방주나 대피소 이야기도 오늘 처음 나온 이야기가 아니다. 만일 그런 정책을 실시했다 해도 이런 센다이 동네 사람들까지 돌봐 줄 리는 없다. 게다가 일반인을 추첨인으로 정하다니 그런 식으로 관리할 리가 없다. 내가 권력을 휘두르는 사람이라면 일단 무조건 우수한 사람을 일방적으로 뽑아 비밀리에 대피소에 집어넣겠다. 물론 '우수성'을 판단할 기준이 없으니 그 부분은 자의적이고 의리나 인정을 바닥에 깔고 심사할지도 모르지만, 그렇다고 해도 대대적인 추첨 시스템을 채택한다는 건 생각하기 어렵다.

아마도. 이 안경 쓴 남자도, 그 아버지도, 그리고 이타가키를 비롯한 모두가 대피소 이야기에 취해 있을 뿐이다. 소문을 믿고, 거짓을 진실로 받아들이고, 거기에 매달리려 한다. 대피소에 대한 소문 자체가 정신적인 대피소였다. 분명 그랬다.

"어쩔 테야? 너, 방주에 관심이 있으면 얘기해 봐, 들어 줄게." 안경 쓴 남자가 내게 말했다.

"그럴 순 없어, 부탁하는 건 나잖아!"

"아뇨." 나는 고개를 저었다. "아뇨, 전 됐습니다."

"뭐야, 너 안 믿는 거냐?"

"전 됐습니다." 그렇게 말하고 재빨리 그 자리에서 떠났다. 불쾌하고 서글픈 마음, 공포가 가슴속에 가득했다. 모두가 이성을 잃고 혼자만이라도 살려고 지푸라기를 붙잡는 광경이, 앞다투어 배에 올라타려는 모습이, 머리에 떠올랐다. 무섭다. 소행성이 떨어질 때까지 앞으로 3년, 지금은 평화롭지만 '종말'이 다가오면 분명 세상은 다시 혼란에 빠질 것이다. 평정을 유지하던 나도 지푸라기에 달려들어 수상한 소문에 매달릴지 모른다. 살려주세요, 죽기 싫어요, 하고 허둥댈 게 뻔했다. 그것이 너무나 두려웠다. 걸음이 점점 빨라졌다. 나는 어떻게 될까, 울부짖고 싶은 마음도 있었다. 격렬한 구토감이 밀려들어 몸을 숙였다. 황급히 나에바 씨의 뒷모습을 떠올렸다. 탄탄한 몸으로 주먹을 치켜든, 아름다운 강철이 서 있다. 그 대쪽 같은 강인함이 나를 조금 편안하게 해 주었다.

8

힐즈 타운으로 돌아와 아파트 6층에 도착한 후에도 마음은 무거웠다. 문을 열자 습한 냄새가 기다리고 있었다. 우리 집은 어째서인지 아파트 안에서도 채광이 나빠 1년 내내 눅눅했다. 물론 소행성으로 인한 이상 기후와는 전혀 상관없다.

신발을 벗고 거실로 갔다. 얼마 전까지는 문 안쪽에 각목을 빗장처럼 질러 폭도들이 들어오지 못하도록 경계했지만 그것도 최근에는 하지 않게 되었다. 마음이 해이해졌다고 할 수도 있고, 평화로워진 증거라고 할 수도 있다. "다녀왔어요." 주방에서 냄비를 지켜보고 있던 어머니가 "어서 오렴" 하고 감정이 깃들지 않은 목소리로 대답했다. "오늘 우동 가게 아저씨한테 들었는데, 낚시하러 가면 생선을 잡을 수 있대. 서로 차지하려고 싸우겠지만. 다음에 다녀올까?"

"그러니." 어머니의 대답은 그뿐이다.

"응, 그렇대." 혼잣말을 하는 기분이었다.

빈말로도 호화롭다고는 할 수 없지만, 어머니가 만든 무와 토란 조림은 맛있었다. 젓가락이 쑥 들어갈 정도로 부드럽고 단맛과 매운맛이 잘 어우러져 있다. 우동을 먹었어도 얼마든지 들어갔다. 질리지 않는다. 어머니와 식탁에 마주 앉아 묵묵히 손과 입을 움직였다. 아버지는 늘 그렇듯 방에 틀어박혀 있었다. 언제나 우리가 식사를 마친 후에 어머니가 음식을 방으로 들고 간다. 이따금 아버지가 힘없이 식탁에 앉을 때도 있지만 결국에는 그릇을 들고 방으로 물러난다.

대화도 없고 표정도 없이, 그저 식사만 하는 게 너무 고통스러웠다. 무미건조하다는 말이 머릿속에 떠오른다.

오늘이 특별히 불쾌했던 것은 아니다. 최근의 생활과 다를 바도 없다. 그런데 평소 이상으로 짜증스러워, 이미 옛날에 고친 줄 알았는데 다시 다리를 떨기 시작했다. 달달 떠는 오른쪽 다리를 어머니가 흘깃 쳐다보았다. 그러더니 곧 관심 없다는 듯이 시선을 돌린다. 조금 전 집으로 돌아오는 길에 미시마 씨를 생각했기 때문일까? 죽음에 대해 오랜만에 고민했기 때문일까? 아니면 이타가키를 봤기 때문일까? 종말을 앞두고 자존심을 잃은 그가 내 미래의 모습으로 보였기 때문일까? 짜증이 발끝부터 몸을 타고 올라온다. 입안이 시큼했다.

균열에서 새는 빗방울이 내 안에 한 방울씩 쌓여, 마침내 넘쳐 버렸는지도 모른다. 계기는 바닥에 떨어진 토란이었다. 젓가락에서 미끄러져 가슴께를 때린 토란은 고개를 숙였을 때 이미 발밑에 떨어져 있었다. 나는 의자를 빼고 몸을 숙여 토란을 주우려다가, 그 순간 폭발했다. "이제 지긋지긋해!" 벌떡 일어나 식탁에 젓가락을 내동댕이쳤다. 그릇이 요란하게 튀어 올랐다. 어머니는 눈을 휘둥그레 뜨고 놀란 눈치였지만 큰 반응은 보이지 않았다.

나는 몸을 돌려 거실에서 나가 복도를 성큼성큼 걸었다. 아버지의 방 앞에 섰다. 문을 두드렸다. "나와!" 소리를 질렀다. 아버지에게 그런 식으로 난폭하게 말한 것은 처음이었다. "숨지 말고 나와!"

대답은 없다. 나는 몇 번이고, 몇 번이고 문을 두드렸다. "나와! 도망치지 말고, 나오란 말이야!"

포기하고 거실로 돌아온 후였다. 정신을 차리고 보니 등 뒤에 아버지가 서 있어, 나는 화들짝 놀라 뒤를 돌아보았다. 시뻘건 눈에 희끗희끗한 머리를 길게 늘어뜨린 아버지는 한층 더 말라비틀어진 것 같았다. 입가의 수염에도 때인지 음식 찌꺼기인지 모를 오물이 묻어 지저분했다.

"이 녀석, 아버지한테 그게 무슨 말버릇이냐!" 아버지는 눈을 부릅뜨고 고함을 질렀다. 입에서 침이 튀고 비릿한 입 냄새가 나를 찔렀다. "잘난 척 지껄이지 마라!"

"나올 수 있잖아."

"그 말버릇이 대체 뭐야!"

"방에 틀어박혀서 뭔가 변했어? 운석이 사라져? 도망치지 마!"

"네가 내 마음을 알기나 해?" 아버지는 흔해 빠진 소리를 지껄였다. 어머니는 어떤가 하니, 식탁에 앉아 우리를 쳐다보고 있었다. 말릴 기색은 없고 그저 지친 기운을 발산하고 있었다.

"앞으로 3년이잖아." 나는 손가락을 세 개 세웠다. "어차피 3년이야. 최대한 평화롭게 살고 싶지 않아?"

"세상의 종말이 어떻게 평화롭단 말이야?"

"세상을 어떻게 하라는 게 아니잖아. 이 집안을 말하는 거야. 세상은 불가능하더라도, 이 집 정도는, 우리는 평화롭게 살 수 있잖아. 아니야? 아버지는 그래야겠다는 생각이 안 들어?"

"아무것도 모르는 녀석이 건방진 소리나 하고."

아버지는 주먹을 쥐더니 팔을 휘둘렀다. 나는 두 팔꿈치를 구부려 방어 태세를 갖추었다. 아래팔 바깥쪽으로 아버지의 펀치를 막았다. 가벼운 펀치였다. 하나도 아프지 않다. 소리조차 나지 않았다. 나는 머리를 숙이고 팔로 계속 방어했다.

5년 전까지 양복을 입고, 머리를 싹 빗어 넘기고, 해외 출장 때 샀다는 좋은 가방을 들고 출근하던 아버지의 모습이 떠올랐다. 아버지, 그 남자는 어디로 갔어? 착란에 빠져 내게 덤벼드는 눈앞의 남자와는 조금도 닮지 않았다. 아버지, 그 남자를 돌려줘. 분했다.

"그만들 해." 어머니가 그제야 자리에서 일어섰지만 나와 아버지 중 누구에게 한 말인지는 알 수 없었다.

아버지는 숨을 헐떡이며 움직임을 멈추었다. 나는 그것으로 끝난 줄 알았는데, 아버지는 곧바로 짐승 같은 괴성을 지르며 탁상시계를 집어 던졌다.

반사적이었다. 나는 몸을 쓱 옆으로 피한 다음, 왼발에 체중을 싣고 오른쪽 다리를 들어 아버지의 정강이를 찍었다. 아버지의 왼쪽 정강이에 부딪친 발등에 충격이 느껴졌다. 동시에 아버지가 꼴사나운 비명을 질렀다. 몸이 기우뚱하게 꺾였다.

나는 생각할 겨를도 없이 이어서 이번에는 하이킥을 날렸다. 연습 때 몇 번이나 반복했던 동작이었다. 훅, 콧김을 내쉬며 몸을 꺾었다. 아버지의 얼굴을 노려 오른발을 움직였다.

하지만 바로 그 순간, 어째서인지 나에바 씨의 말이 머릿속을 스쳤다. '어이, 나. 나는 이런 나를 용서할 건가?'

아버지의 머리에 부딪히기 직전에, 아슬아슬하게 킥을 멈췄다.

224

9

집에서 뛰쳐나가려는 나를 어머니가 불러 세웠다. 아니, 목소리는 조금밖에 들리지 않았으니 불러 세운 건지 야단을 친 건지 구별도 되지 않았다. 희망적으로 추측해 본다면 그것은 "이렇게 늦은 밤에 위험하잖니, 그러지 마"라는 목소리였을 것이다. 나는 뒤도 돌아보지 않고 엘리베이터로 향했다.

밤길을 걷는 공포와, 갑갑한 분노와 초조 때문에 쉬지 않고 하염없이 달렸다. 숨이 가빠지고 다리가 무거웠다. 한 번 멈춰서서 길 한복판에서 울컥 토악질을 하고 다시 한참을 달렸다. 정신을 차리고 보니 체육관 앞으로 돌아와 있었다. 어깨로 숨을 몰아쉬며 소매로 입을 훔치고 입구 앞에 섰다. 불이 꺼진 건물은 벌써 잠든 것처럼 보였다.

체육관에 들어가려고 문으로 손을 뻗었지만 자물쇠가 잠겨 있었다. 어쩔 수 없이 뒤쪽으로 돌아갔다. 원래 뒷문은 늘 닫혀 있지만, 옛날부터 밤에 그곳으로 침입하는 연습생들이 있다는 소문은 익히 들었다. 물론 당당하지 못한 짓을 싫어하는 회장님은 뒷문으로 들어온 사람이 있으면 매섭게 야단을 쳤지만 이제 와서 나를 쫓아낼 리는 없으니 처음이었지만 뒷문으로 갔다. 문 앞에 놓여 있는 낡은 냉장고와 운동기구를 차례로 옆으로 밀었다. 곰팡이가 슨 채로 일그러진 문은 억지로 당기면 손잡이가 빠지지 않을까 걱정도 됐지만 쉽게 열렸다. 신발을 든 채로 안에 들어가 입구로 향했다. 신발을 선반에 내려놓고 평소처럼 체육관을 향해 "잘 부탁드립니다" 하고 고개를 숙였다. 불을 켰다. 거울에 내 모습이 번뜩 비쳐 조금 놀랐다.

지독한 몰골이다.

눈에는 핏발이 섰고, 여드름은 벌겋게 부어올랐고, 머리카락은 봉두난발에 가깝다. 무엇보다, 어두웠다. 스스로도 그렇게 느꼈다. 어둡고 증오에 찬 얼굴이다. 무엇을 증오하는지는 모르겠지만 무언가를 증오하고 있다는 것쯤은 나도 알 수 있다.

유연 체조를 하고 줄넘기를 뛰었다. 내게 달려든 아버지의 주먹과 내가 휘두른 다리를 잊으려고 필사적으로 뛰었다. 하지만 초조함은 가라앉지 않는다. 줄넘기를 뛸 때마다 불쾌한 기억이 흩어졌지만 바닥에 착지하면 다시 원래대로 돌아왔다. 샌드백을 쳤다. 숨을 멈추고 연타했다. 주먹이 부딪치는 소리, 샌드백이 흔들리는 소리, 피부에 맺힌 땀, 확실히 그것들이 나를 조금씩 편안하게 해 주었다. 다만 동작을 멈추면 바로 머릿속에 검붉은 생각이 되살아났다. 상처에서 배어 나오는 피와 같았다. 닦아도 얼마 지나면 슬그머니 피가 흘러넘친다. 닦아도, 닦아도, 집요하게 나온다.

30분쯤 그러다가 대자로 뻗었다. 그런 행동을 하는 건 처음이었다. 천장이 보인다. 먼지가 묻은 커다란 파이프가 잔뜩 뻗어 있었다. 환기팬도 보였다. 내 호흡에 맞추어 몸이 들썩였다.

나에바 씨는 어째서 그렇게 침착할까?

한참 후에 문득 그런 생각이 들었다. 세상의 종말이 다가오는 판국에, 5년 전과 하나도 다름없이 태연한 기색으로 연습에 매진하고 있다. 시합이 있는 것도 아닌데 회장님과 함께 대책을 연구해 가며 진지하게 임하고 있다. 그건 대체 뭘까. 이상했다. 그리고 이건 정말 실례지만 나에바 씨는 바보가 아닐까 싶었다. 아니, 정말 실례지만.

체육관 안쪽에 있는 탈의실로 갔다. 먼지와 땀이 밴 독특한 냄새가 난다. 5년 전은 말 그대로 나에바 씨를 동경해 찾아온 연습생이 많아서 이 방에도 사람들이 바글바글했다. 사람 수대로 사물함이 있는 것도 아니라서 목욕탕 탈의실보다 더했다. 선반이 몇 개 있어 다들 그 빈자리에 바구니를 놓고 가방과 옷을 쑤셔 담곤 했다. 지금은 텅 비었지만 그래도 연습생이 두고 간 운동복과 글로브, 수건이 굴러다녔다.

딱히 뭘 하려고 한 건 아니지만 들어가서 입구 선반으로 다가 갔다. 나를 잘 챙겨 주었던 그 선배가 자주 사용했던 자리다. 꾸깃꾸깃한 종이봉투가 놓여 있다는 것을 이제야 알아차렸다. 지저분하고 너덜너덜하게 변한 봉투는 쓰레기로밖에 보이지 않아 안을 들여다볼 생각조차 못 했지만, 어째서인지 갑자기 신경이 쓰여 봉투를 뒤집었다. 종이가 부스럭거리며 바닥에 떨어졌다.

아아. 맥이 빠지면서도 어찌 보면 당연하다는 생각이 들었다. 이것도, 저것도, 나에바 씨의 기사 스크랩이었다. 잡지와 신문에서 선배가 찾아낸 기사이리라. 황급히 몸을 웅크려 스크랩을 그러모았다.

사진 속 나에바 씨는 어느 사진을 보나 눈매가 날카로웠다. 연기가 아니라 내면의 신념이 눈에서 흘러넘치는 것 같았다. 그것을 한 장 한 장 포개어 다시 봉투에 넣으려는데 그중 한 장이 눈에 들어왔다. 어느 영화배우와 나눈 대담이었다. 달변가로 알려진 화려한 그 배우와 말 없고 무뚝뚝한 나에바 씨의 대화는 다소 초점이 어긋나 교묘한 희극 만담처럼 우스웠다. 바닥에 웅크린 채로 기사를 전부 읽었다. "나에바 군은 내일 죽는다고 하면 어쩔 겁니까?" 배우는 뜬금없이 그런 질문을 했다.

"똑같습니다." 나에바 씨의 대답은 쌀쌀맞았다.

"똑같다니, 뭘 할 건데요?"

"제가 할 줄 아는 건 로킥과 레프트훅뿐이니까요."

"그건 연습 얘기잖아요? 아니, 내일 죽는다는데 그런 짓을 하겠다고?" 재미있네, 하고 배우는 웃었다고 한다.

"내일 죽는다면 인생이 바뀝니까?" 글자라서 상상할 수밖에 없지만, 나에바 씨의 말투는 분명 정중했을 것이다. "지금 당신의 인생은 몇 년짜리 인생입니까?"

나는 눈을 지그시 감고 잠시 마음을 가라앉혔다. 가시라도 돋칠 듯이 높게 휘몰아쳤던 마음의 파도가 천천히 고요하게 가라앉는다. 그리고 대담 끝에 "할 수 있는 일을 하는 수밖에 없으니까요"라고 한 나에바 씨의 말을 되뇌며 힘차게 고개를 끄덕였다.

선배의 봉투에서 튀어나온 물건 중에는 기사 말고 사진도 있었다. 커다란 흑백 사진이었는데 빛 사용과 분위기로 보아 미시마 씨가 찍은 사진이 분명했다.

러닝을 하는 나에바 씨의 사진이다. 심야의 공원을 혼자서 묵묵히 달리는 모습으로, 평범하고 정적인 구도였지만 그 고요함과 나에바 씨로부터 솟아오르는 훈김 같은 열기가 아름답게 담겨 있었다. 멋지다. 그런 생각과 동시에 '할 수 있는 일을 한다'는 말이 또 되살아났다. 묵묵히, 서툴게, 하지만 할 일을 한다. 그것 말고 뭐가 있어. 나에바 씨가 달리고 있다. 달리 어쩌란 거야.

저도 모르게 눈물을 흘리며, 사진을 끌어안은 채로 천천히 바닥에 누워 그대로 잠들었다.

10

잠에서 깨니 소리가 들렸다. 어쩌면 반사적으로 소리를 듣고 깼는지도 모른다. 어쨌든 공이 울려 벌떡 일어났다. 누가 두고 간 슈즈를 베고 있었다. 정신이 번쩍 들었다. 더러워. 냅다 집어 던졌다. 사진과 기사는 사라지고 없었다. 일어나서 선반을 보니 종이봉투는 원래 위치에 돌아가 있었다. 혹시 어제 종이봉투를 뒤졌던 건 꿈이었는지도 모른다. 하지만 다시 봉투 안을 확인할 마음은 들지 않았다.

탈의실에서 나가니 링 옆에서 나에바 씨가 줄넘기를 하고 있었다. 시계를 보니 오후 2시가 넘었다. 늦잠을 자다니 몹시 한심스러웠지만 머리는 상쾌했다. 아주 맑지는 않지만 아프거나 무겁지는 않았다. 아버지와 어머니의 얼굴도 차분하게 떠올릴 수 있었다. 그리고 갑자기 생기를 잃은 그 부모를 용서해야 하나 고민해 보았지만 곧바로 지워 버렸다.

해야 할 일을 할 뿐이다.

공이 울리자 나에바 씨가 줄넘기를 멈췄다. 입구 근처에 있던 회장님이 꾸물꾸물 일어나 몸을 움직이기 시작했다.

"안녕하십니까!" 하고 다가가자 "오냐" 하고 짧게 고개를 끄덕인다. 어제 마음대로 체육관에 들어와 잠까지 잤는데도 회장님은 아무 말씀이 없었다.

회장님은 미트를 두 손에 끼고 자신의 움직임을 점검하듯 거울을 보았다. 공이 울리자, 나는 줄넘기를 시작했다.

퍽. 가죽을 파고드는 거친 소리가 뒤에서 들렸다. 퍽, 퍽. 나에바 씨가 회장님을 상대로 미트 훈련을 하고 있다. 마음 든든한 소리였다. 다음 공이 울렸다. 이번에는 거울을 보고 주먹을 쥐어 보았다.

"어이, 너 나에바하고 붙어 볼 테냐?" 그때 뒤에서 회장님이 부르는 소리에 나는 움찔 놀라 뒤를 돌아보았다. "예?"

허리춤에 손을 짚은 나에바 씨가 날카로운 눈으로 회장님을, 그리고 나를 번갈아 보았다.

"스파링 해 볼 테냐?" 회장님이 신난다는 듯이 약 올리는 목소리로 말했다.

"예?"

"난 강해." 나에바 씨가 나를 똑바로 바라보며 불쑥 중얼거렸다. 탄탄한 근육이 호흡에 맞춰 움직인다. 고요하지만 박력이 있었다. 체격은 나하고 비슷할 텐데 훨씬 커 보였다.

"저도 안 져요." 침을 꿀꺽 삼키고 대답했다. 처음으로 나에바 씨와 나눈 대화였다.

"못 이겨." 나에바 씨가 짤막하게 말했다. 하지만 언젠가. 나는 작은 목소리로 외쳤다.

천체의 돛배

YAWL

GOODBYE EARTH

1

눈앞에 니노미야의 얼굴이 있었다. 대학교를 졸업한 후로 만나지 못했으니 당연히 그것은 대학교 시절, 즉 20년은 더 젊은 니노미야일 수밖에 없다. 피부가 매끈하고 하얘서 어려 보이기도 하고 중년처럼 보이기도 한다. 나는 늘 그렇게 부루퉁한 표정을 짓고 있어 남들이 멀리하는 거라고 자주 잔소리를 했다. 그러면 니노미야는 안경을 만지며 "그렇게 남이 고민하는 문제를 노골적으로 말하는 야베 너야말로 미움받는 성격 아니야?"라고 대답했다. "혼자 점심 먹는 네가 불쌍해서 같이 어울려주는 거잖아" 하고 내가 되받아쳐도 귓등으로 들었다.

"제일 먼저 닥치는 건 홍수냐?" 내가 물었다. 대학 구내식당이다. 한 10년 전에 재개장했다고 들었는데, 눈앞에는 물론 옛날과 똑같은 식당이 펼쳐져 있다.

"아니야, 충격파라니까." 니노미야는 안경 코 받침을 손가락으로 밀어 올렸다. "핵실험 영상 같은 거에 자주 나오잖아. 폭풍爆風이라고 하나? 그게 먼저 주위를 파괴하는 거야. 거대한 물질이 고속으로 부딪치면 엄청난 에너지로 변하니까 상상을 초월하는 대지진이 나겠지. 흔들흔들."

같은 이학부이긴 하지만 내게 천문 분야는 아득히 먼 세상 이야기다.

"직경은 얼마나 된댔지?"

"직경 10킬로미터짜리 소행성. 초속은 어떨까, 20킬로미터쯤 되려나?"

직경 10킬로미터에 초속 20킬로미터, 그렇게 말해도 상상하기 어려웠다. 그야 그만한 크기의 바위가 떨어지면 당연히 끔찍하겠지만, 그렇다고 세계가 괴멸 상태에 빠질 것 같지는 않았다. 콰쾅, 하고 떨어지면 그 일대는 찌부러지겠지만 그걸로 끝 아닐까, 그런 생각도 들었다.

"폭풍 후에는 홍수야. 지구의 절반이 바다니까 십중팔구 바다에 떨어져. 그래서 쓰나미가 사람들을 덮치는 거야."

"떨어진 소행성은 어떻게 되고?"

"박살 나겠지. 이번에는 그 파편이 또 공중으로 튀어 올라 산탄총처럼 떨어져 내리거나 공중을 떠돌며 태양 광선을 가리는 거야."

"그거네, 충돌의 겨울." 그 정도는 안다.

"그래서 기온이 떨어지고 식물이 죽고, 동물도 하나씩 쓰러지는 거지."

"그래서 공룡이 멸종한 거구나."

그렇다, 그때 나는 니노미야에게 공룡에 관해 물었다.

"하지만 그렇다는 증거가 있어? 그럴싸하게 소행성이 충돌했다고 해도 거짓말 같잖아."

"1978년에 멕시코 유카탄반도에서 직경 180킬로미터, 깊이 900미터짜리 분화구가 발견되었어."

"엄청나게 크네." 센다이에서 후쿠시마현 남쪽 끝까지 닿을 거리 아닌가?

"그런데 그 주변에서 이리듐이 잔뜩 검출되었고, 지층에도 홍수 흔적이 있었다는 거야."

"이리듐이 뭔데?"

"흔히 운석에 함유된 물질이라고 하는데, 다시 말해 6500만 년 전에 공룡을 전멸시킨 원인이 된 소행성이 거기에 떨어진 것 같다 이 말씀이야. 상황증거로 볼 때."

"상황증거로 볼 때 그렇다?" 나는 왠지 실감이 나지 않아 시큰둥하게 대답하고는 반쯤 의례적으로 물었다. "그런데 우리는 괜찮을까? 그런 소행성이 또 떨어질 가능성도 있잖아."

"1억 년에 한 번 정도 아니겠어?"

"그래? 소행성이라는 게 몇 개 안 되나 보지?"

"몇만 개나 있어. 하지만 지금은 거의 궤도가 밝혀졌어. 앞으로 몇천 년이 지나도 지구에 접근할 만한 건 없어."

그것도 또 시시하네, 하고 배부른 생각을 하면서도 나는 당시 금방 읽었던 신문 기사를 떠올리며 끈질기게 굴었다. "얼마 전에 30년 이내에 300분의 1 확률로 충돌한다는 기사가 있던데" 라고.

"그런 건 말이야." 니노미야는 귀찮다는 듯이 입을 열었다. 직후에 그의 얼굴이 비스듬히 툭 떨어지는 바람에 깜짝 놀랐다. 서서히 윤곽이 뭉개지더니, 눈앞에 있는 니노미야가 흔들리는 물웅덩이로 변했다. 고개를 세차게 저었다. 역시 이건 현실이 아니라, 흘러넘친 기억에 지나지 않는다고 생각한 순간 낙하했다. 내장이 위로 쑥 밀리는 느낌이 들면서 몸이 흔들렸다. 머릿속이 묵직하게 울렸다. 엉덩방아를 찧었다는 것을 깨닫는 데 시간이 걸렸다.

지금 내가 있는 곳이 아파트 거실이라는 것을 한참 후에야 알아차렸다. 디딤판으로 쓴 의자가 쓰러졌고, 머리 위에는 천장에 단 밧줄이 끊겨 흔들리고 있었다. 밧줄이 걸려 있던 목둘레가 아팠다.

2

한 번 더 밧줄을 묶으려고 일어섰다. 그때 몇 년 전에 내가 직원에게 했던 말이 불현듯 머릿속을 스쳤다. "몇 안 되는 기회를 붙잡지 않으면 어쩌려고 그래. 죽자 살자, 기회에 달려들어."

어떤 상황에서 그런 말을 했는지 잊었지만 아마 영업사원을 꾸짖을 때였으리라. 우리 회사는 작아서 나는 다소 무리한 방식이라도 써야 한다고 늘 고함을 질러댔다.

"사장이 화만 내면 다들 도망가." 5년 전에 죽은 아내의 밝은 목소리가 들렸다. 눈앞의 식탁에 한쪽 팔꿈치를 괴고 눈웃음을 짓는, 그녀의 그런 모습까지 눈에 보일 듯했다.

"내가 화를 내든 말든 소행성이 떨어진다니까 직원들은 다들 도망갔어." 나는 마음속으로 대답했다. 지즈루의 모습은 사라졌다.

발밑에 안경이 굴러다니고 있었다. 노안경이다. 내가 마흔을 넘긴 했어도 노안경을 쓸 나이는 아니다. 옛날에 돌아가신 아버지의 유품이었다. 선반에 넣어 둔 줄 알았는데 지금 내가 엉덩방아를 찧은 바람에 흔들려서 어디서 떨어진 모양이다.

전화가 울려 움찔했다. 아직 전화를 쓸 수 있다는 사실 자체가 놀라웠다. 예전에 수화기를 귀에 대 보았을 때는 통화음만 계속 반복될 뿐이었다. 그렇다, 5년 전 아내가 죽었을 때는 소리조차 울리지 않았다. 복구된 걸까?

"야베 씨 댁입니까?" 전화 목소리는 남자였다. 남의 목소리를 듣기는 오랜만이었다. 5년 전에, 앞으로 8년 후면 세상이 끝난다는 사실을 안 이후로 귀에 들어오는 소리는 달아나는 사람들의 비명과 욕설, 울음소리와 다투는 소리, 혹은 내가 토해 내는 오열뿐이었던 터라 그 느긋한 말투가 신선했다. 무릎을 꿇고 앉은 채로 전화기 쪽으로 몸을 돌렸다. 뭐라 대답해야 할지 고민하고 있는데 "야베?" 하고 말이 이어졌다.

"어?"

"아아, 다행이다. 동창회 명단을 꺼내서 전화번호를 찾아냈는데 연결 안 될까 봐 걱정했어."

살가운 건지 아닌지 모를 그 덤벙거리는 말투에 처음에는 당황했지만, 곧 "야베, 나 찾아낸 것 같아" 하고 이어지는 허물없는 목소리를 듣고 눈치챘다.

"니노미야냐?"

"그래, 그렇다니까. 그래서 말인데 나, 새로운 소행성을 찾아낸 것 같아."

"아직 살아 있었어?"

"말버릇 한번 고약하네." 니노미야는 그렇게 말했지만 나는 농담으로 물은 게 아니었다. 이런 세상에 살아 있다는 것만으로도 충분히 귀중한 일이다. 내 손을 쳐다보았다. 다시 자살을 시도하기 전에 니노미야를 만나 볼까.

3

니노미야는 센다이 서쪽 외곽, 노선 전철로 몇 정거장 거리에 있는 마을에 살고 있어 나는 차를 끌고 그곳으로 향했다. 이렇게 별 탈 없이 차를 몰 수 있다니 얼마 전까지는 상상도 못 할 일이었다. 이유는 모르겠지만 치안이 제법 회복되었다.

찾아간 곳은 주택가라고 해도 집은 몇 채 없는 지역이었다.

니노미야는 국도변에서 기다리고 있었다. 오래전에 문을 닫은 주유소 부지다. 조수석에 태우고 시키는 대로 그의 자택으로 향했다. 20년 만의 재회는 몹시 담백했다.

"오늘은 계속 놀라기만 하네." 나는 옆에 앉은 니노미야에게 말했다.

"그래?"

"일단 자동차가 굴러간다는 사실에 놀랐어. 주차장에 처박아 놨었는데 보닛만 조금 찌그러졌지, 키를 돌리니 시동이 걸리더군. 누가 기름을 빼 가지 않은 것도 놀라웠고, 운전할 수 있다는 것도 놀라웠어. 5년 만에 운전하는데, 의외로 안 잊었더라."

"운전은 절차기억으로 분류되니까." 니노미야는 당연하다는 식으로 말했다.

"옛날 생각 나네." 나는 웃었다.

"뭐가?"

"그 말투 말이야." 억양 없이 지식을 늘어놓는 니노미야의 말투는 주위에 평판이 나빴다. 업신여기는 것 같다고 내 친구들은 자주 불쾌해했다.

"그래?" 니노미야는 무뚝뚝하게 대꾸했다. "5년 전에 운전했다는 건 종말이 시작되었을 때를 말하는 거야?"

"아아, 그랬지." 나는 고개를 끄덕였다. "어디 안전한 곳으로 달아나려고, 지즈루하고 함께 차를 탔어."

"안전한 곳이 어딘데?" 바보 취급하는 눈으로 그가 이쪽을 쳐다보았다. "그러고 보니 지즈루는 잘 지내?"

나는 두 번째 질문에는 대답하기 싫어서 "그때 아파트에서 나온 것까진 좋았는데 길이 꽉 막혀서 결국 전진도 후진도 못 하고 이틀 만에 겨우 아파트로 돌아왔어. 그 사람들, 다들 어디로 갈 작정이었을까" 하고 대답했다.

"그것 말고도 놀란 일은 또 없어?"

"그야 그거지." 나는 핸들을 돌리며 니노미야를 흘깃 쳐다보았다. "네가 하나도 변하지 않았다는 사실이 놀라워. 20년이 지났는데도 겉모습이 옛날하고 하나도 변하지 않았으니."

"야베는 늙었네."

나는 갑자기 배를 얻어맞은 기분으로 쓴웃음을 지었다. "20년이나 지났는데 너처럼 변하지 않은 게 이상한 거야."

"미간에는 주름이 생겼지, 눈 밑은 시커멓지, 야베도 고생했구나 싶어서. 살인자의 눈이야."

"살인자를 보기나 했어?" 나는 그렇게 말하려다 말았다. 본 적이 있어도 이상할 것 없다. "네 말투는 여전히 상대를 열받게 하네."

"이런 식으로밖에 말할 줄 몰라." 사과하는 그의 목소리에는 '죄송하지만 처음부터 다시 조작해 주십시오'라고 말하는 현금 인출기 음성처럼 감정이 깃들어 있지 않았고, 그 점도 옛날과 똑같았다.

저기서 왼쪽, 막다른 곳에서 오른쪽, 하고 시키는 대로 차를 몰았다. 커다란 건물이 없어서 그런지 전망이 좋다. 핸들을 돌리는 건 그럭저럭 해도 브레이크를 밟는 힘을 조절하기가 어려워 몇 번 앞으로 쏠렸다.

"이 주변 동네도 사람이 꽤 줄었지?" 나는 주위를 둘러보며 물었다. 단독주택이 듬성듬성 서 있어 틈이 많은 단지였다. 사람이 사는 기척은 별로 없다. 유리가 깨지고 주차장 지붕이 무너져 내린 집도 있다.

"줄었을 거야. 나는 별로 관심이 없어서 잘 모르지만."

"옛날처럼 사람보다 별에 더 관심이 있는 거야?"

"그렇지."

"천체 오타쿠네." 내가 그렇게 말하자 니노미야가 가만히 웃었다. 그 모습을 보고 깨달았다. 나는 20년 전에도 똑같은 소리를 했겠지. 기억은 나지 않지만, 아마 그랬을 것이다.

4

니노미야의 집은 상당히 조용했다. 보일러를 켰을 텐데도 싸늘한 인상이다. 적적함이 감돌고 있는 것이다. 다다미방으로 들어가 바닥을 파서 앉을 수 있게 만든 고타쓰*에 다리를 집어넣고 앉자 구석 협탁에 놓여 있는 노부부의 사진이 눈에 들어왔다. 니노미야의 부모님이 분명했다. 아마도 안 계실 거라 생각

* 작은 탁자 밑에 화로나 전열기를 넣고 이불을 덮어쓰는 난방 기구.

했다. 내 아내가 없는 것과 똑같은 의미로, 없는 것이리라.

"이거야." 니노미야는 안쪽 방에서 들고 온 사진을 탁상에 내려놓으며 찻잔도 함께 내밀었다. 안에는 녹차가 담겨 있어 따스하고 짙은 향이 코를 간질였다. "그저께 찍었는데."

밤하늘에 빛나는 별의 사진이었다. A4 정도 되는 크기로 검은 배경에 하얀 점이 잔뜩 박혀 있다.

"아름답다고 말하면 되는 거야?"

"그게 아니라, 여기." 니노미야는 퉁명스럽게 손가락질을 했다. 사진 중심에 있는 하얀 점이었다. 두 개의 별이 조금 떨어진 자리에 나란히 있었다.

"이게 뭐?"

"설마 잊은 거야? 학창 시절에 내가 소행성을 발견하는 방법을 알려 줬잖아. 천문대에 다녀와서."

"네가? 나한테?" 기억이 나지 않았다.

"역시 흘려들었구나. 학생 식당에서 필사적으로 설명했는데. 수제 망원경 제작법도 가르쳐 줬는데 잊어버렸지? 그때는 감탄하는 시늉을 했으면서."

그랬을지도 모르지만 기억해 내려 애쓰지는 않았다. 학창 시절의 나는 친구가 없는 니노미야에게 자주 말을 걸었다. 하지만 그 동기의 절반은 심심했기 때문이었고, 나머지 절반은 봉사하는 기분이었으니 내용은 기억나지 않았다.

"니노미야는 딱히 친구가 필요 없는 것 아닐까?" 당시 지즈루가 그렇게 말했다. "친구가 되어 주겠다니, 얕보는 것 같아 별로야."

"하지만 니노미야를 보고 있으면 내가 승리자로 보이는 건 사실이야. 쟤보다는 멀쩡하다는 생각이 드니."

"그 우월하다느니 하는 표현도 품위가 없어서 별로야." 그때 지즈루는 타이르듯 말했던 것 같다.

"어쩔 수 없군." 니노미야는 중얼거리더니 사진에 관해 설명했다. 듣자 하니 그 별 사진은 일정한 시간을 두고 두 번 촬영한 것이라고 했다. 듣고 보니 별이 이중으로 찍혀 있다. "세로로 어긋나 있네." 나는 깨달았다. 별은 모두 세로로 어긋하게 찍혀 있었다.

"바로 그거야. 두 번째 촬영할 때 망원경을 조금 세로로 움직였어." 니노미야는 그러는 편이 이동하는 천체를 발견하는 데 적합하다고 술술 설명했지만 잘 이해는 되지 않았다. 자기 관심 분야가 되면 유독 혀가 술술 굴러가는 점도 변함없다니 감탄스러웠다.

"자, 여길 봐, 이 별만 가로로 어긋나 있잖아."

손가락이 가리키는 끝에 눈을 바짝 댔다. 그러네, 하고 나도 끄덕였다. 다른 별은 모두 세로로만 어긋하게 찍혀 있는데 그 하얀 점만은 비스듬히 어긋나 있었다. "즉 이건 이동하는 별이란 뜻이야. 소행성이지."

"그래서?"

"그래서라니, 야베는 정말 둔하네."

학창 시절 둔해 빠진 뚱보라고 뒤에서 험담이나 듣던 니노미야한테 그런 말을 듣고 싶지는 않았지만 사진을 들여다보았다. "하지만 이게 이동하는 소행성이라는 건 알아냈다 쳐도 새로운 별이라는 건 어떻게 알아?"

"감이지." 니노미야가 당연하다는 듯이 대답했다.

"그게 뭐야."

"사실은 대충 알 수 있어. 여기에 이런 밝기의 소행성은 없었는데, 하고 말이야."

"그래도 새로운 발견이라고 인정해 주냐?"

"물론 아니지. 일단 이 좌표하고 대강의 밝기와 크기를 기준으로 스미스소니언에 문의해서 이미 발견된 행성인지 아닌지 확인하는 거야."

"스미스소니언이 뭐더라?" 그렇게 말하면서 그러고 보니 그런 이름의 천문대가 있었다는 것을 깨달았다. "지금도 돌아가?"

"돌아가다니, 뭐가?"

"그런 천문대라고 해야 하나, 천문학 전반 말이야. 소행성이 떨어지면 가장 강하게 책임을 추궁당하는 게 그런 곳 아닌가?"

지금까지 생각해 본 적도 없었지만 가만히 생각해 보면 그럴 것 같았다. 세상이 소행성의 충돌에 겁을 먹고 있는 지금, 가장 필요한 동시에 미움을 받는 것도 천문학 분야가 아닐까?

"앞으로 3년이면 소행성이 지구에 충돌해. 다들 어째서 지금까지 발견하지 못 했냐고 생각할 거 아니야? 나도 네가 떨어지지 않는다고 해서 안심하고 있었는데. 그래, 그러고 보니." 한 시간 전에 집에서 밧줄에 목을 건 직후에 떠올랐던 기억을 끄집어냈다. "옛날 신문 기사에 30년 이내에 300분의 1 확률로 충돌하는 소행성에 관한 얘기가 있었지. 그때 넌 충돌할 리가 없다고 했잖아."

"응, 그랬지."

"3년 후에 충돌하는 건 그때 그 소행성 아니야?"

"아니라니까. 그건 완전히 달라." 니노미야는 전문가인 척 차분하게 말했다. "애초에 그때도 설명했잖아. 300분의 1 확률이라는 게 대체 뭘 말하는 거지? 뭐가 300분의 1이란 말이야? 어떤 확률인지 아무도 몰라. 그런 건 의미 없는 숫자야."

"그야 그거 아니야? 그 소행성이 300개 움직이면 하나는 충돌한다던가."

"야베, 제정신으로 하는 소리야? 300개가 있으면 하나는 충돌한다니, 무슨 뜻이야?"

"뉴스에서 그랬잖아."

"뉴스에서 하는 말이 전부 사실이라면 고생할 사람 하나 없겠다." 니노미야의 목소리는 20년 전과 정말 똑같았다. 그리고 "그때도 설명했는데"라고 타박하는 목소리를 들은 순간, 나는 다시 20년 전의 학생 식당으로 날아간 기분이었다. 조악한 쟁반에 얹힌 연어구이와 된장국을 사이에 두고 니노미야와 마주 앉는다. 그래, 그는 분명 그때도 설명했었다.

"소행성 충돌이니 하는 그런 뉴스는 말이지." 그는 언성을 높였다. 마흔이 넘은 지금의 니노미야인지 아니면 학창 시절의 그인지 판단이 서지 않는다. "그런 건 그냥 부추기는 거야."

"부추기다니, 누굴?"

"우리 모두를. 과학자들은 예산을 원해. 그렇잖아? 누구든 자기 연구에 예산을 받고 싶은 거야. 그렇다면 어떤 연구에 돈을 내줄 것 같아?"

"의미 있는 연구겠지."

"야베, 제정신으로 하는 소리야?"

"그럼."

"의미 있는 연구일수록 지루하고 재미없다니까."

"그런가?"

"돈이라는 건 의미 있는 연구가 아니라 재미있어 보이는 연구나 도움이 될 만한 연구에 집중돼."

"'도움이 될 만한 연구'하고 '의미 있는 연구'는 같은 뜻이잖
아."

　"야삐, 제정신으로 하는 소리야?" 그는 또 그렇게 말했다. "완
전히 달라. 도움이 되는 거랑 도움이 될 만한 건 완전히 다른 거
야. 잘난 사람하고 잘난 척하는 사람이 완전히 다른 거랑 똑같
아. 도움이 될 것처럼 보이기만 하면 되는 거야. 그러니 과학자
는 늘 위험을 부추기지. 미래에 지구가 멸망할지도 모른다고 하
면 계속 연구해 달라고 부탁하고 싶을 거 아냐. 예산을 결정할
시기가 되면 사방에서 소행성 충돌 뉴스가 튀어나오는 이유가
바로 그거야. 늘 그래. 300분의 1이라는 근거 없는 숫자를 내밀
어 겁을 주고 돈을 모으는 거지."

　"그런 거야?"

　"군대나 첩보기관이 위험하다, 위험하다, 하고 외치는 거랑
똑같아. 위험을 부추겨 예산을 따내는 거야."

　"하지만 3년 후에 실제로 충돌하잖아." 현재의 나는 현재의
니노미야에게 따졌다. "나는 5년 전에 소동이 벌어졌을 때도
'괜찮다니까, 니노미야가 소행성은 떨어지지 않는다고 그랬어'
하고 당황하는 지즈루를 달랬어. 직원들한테도 소행성은 충돌
하지 않는다고 단언했어. 정말 그런 바보가 없었지. 결국 충돌
하잖아."

"그러고 보니 지즈루는 잘 지내?"

"말 좀 해 봐. 니노미야 천문박사, 넌 지금도 설마 충돌하지 않는다고 생각해?"

"반신반의해." 니노미야는 고개를 돌렸다. "소행성이 다가오는 건 사실이라고 생각하지만."

"옛날에 넌 소행성은 보통 궤도가 확정되어 있다고 했잖아. 충돌할 만한 소행성은 없다고." 말하면 할수록 니노미야에게 속았다는 기분이 들어 목소리가 조금 떨렸다.

"궤도가 변했거나 혹은 궤도를 계산하는 수식 자체에 오류가 있었는지도 몰라."

"어이, 진짜냐."

"아니, 나도 믿을 순 없지만 컴퓨터의 궤도 계산을 지나치게 과신했을 가능성은 있지. 전부 데이터와 계산으로 처리하니까, 점점 관측을 경시하게 됐어. 몇 번만 관측하고 나머지는 계산으로 궤도를 구할 뿐이야. 그러니 실제 궤도의 변화를 알아차리는 게 늦었는지도 몰라. 그런 가능성이라면 생각해 볼 수 있지만. 다만 내가 볼 때는 8년 전에 충돌을 단언한다는 건 불가능해. 소행성의 움직임은 사소한 이유로도 변하니까 몇 년 뒤를 단언할 수 없어."

"하지만 5년 전에 발표된 건 사실이야."

"내 생각은 이래." 니노미야는 안경테를 만지작거렸다. "소행성 충돌이라는 건 분명 처음에는 앞서 나간 보도였거나 과장된 발표에 지나지 않았을 거야. 고의인지 과실인지 모르겠지만 누가 사람들을 부추겼고, 선동에 넘어간 세상 사람들이 어째선지 모두 진심으로 받아들였고."

"진심으로 받아들여서 뭐가 어쨌다는 거야."

"모두가 진심으로 받아들였기 때문에 떨어지게 된 것 아닐까?"

"바보 같은 소리 마." 나는 웃어넘겼다. "사람들 마음으로 소행성의 궤도가 바뀌겠어? 니노미야, 진심으로 하는 소리야?"

"난 그렇다고밖에 생각할 수 없어."

니노미야는 그 이상 의견을 말하지 않았다. 대신 자기 집 마당을 바라보고 있었다. 나도 덩달아 시선을 밖으로 던졌지만 아무것도 없었다. 어쩌면 마당에서 무슨 일이 있었던 게 아닐까 싶었다.

니노미야는 여전히 무뚝뚝한 표정으로 말했다. "저기에 망원경이 두 개 있지?"

"있네." 마당 울타리 근처에 대형 천체망원경이 두 개 설치되어 있었다. 니노미야는 저 망원경을 들여다보며 이번 소행성을 발견한 것이리라.

"커다란 쪽은 구경 26센티미터, 작은 쪽은 구경 15센티미터짜리 반사망원경이야." 입에 달고 사는지 그는 익숙한 투로 말했다. "4년 전이었나. 저 망원경을 들여다보고 있던 부모님을 누가 다짜고짜 야구방망이로 때려죽였어."

"어째서."

이유가 있을 리 없잖아, 하고 니노미야는 차갑게 식은 눈으로 말했다. 나도 그렇다고 대답할 뻔했다. "소행성 때문에 지구가 멸망하는 판국에 태평하게 별을 바라보고 있었던 게 마음에 들지 않았을지도 몰라." 그는 중얼거렸다. "어쨌든 눈 깜짝할 사이에 부모님의 인생은 끝나 버렸어."

"범인은 죽었어?" 머릿속에 가장 먼저 떠오른 건 그런 질문이었다. 복수해, 그쪽이 먼저 죽였으니 똑같이 갚아 줘야지, 하고 지껄일 뻔한 자신을 깨닫고 가까스로 입을 다물었다.

"글쎄. 내가 얼이 빠져 있는 사이에 떠났어. 나는 부모님을 마당에 묻었지."

현관 초인종이 울렸다. 우리는 얼굴을 마주 보았다. "종말의 손님?" 니노미야는 고개를 갸웃거리며 잠깐 기다리라고 하고는 현관으로 향했다. 다만 중간에 뭔가 생각난 듯 멈춰 서더니 "소행성이 떨어지든 말든 세상은 끝나"라고 어깨를 으쓱했다. "모두가 진심으로 받아들여서 그렇다고밖에 생각할 수 없어."

5

고타쓰에 혼자 남아 별 사진을 바라보고 있으려니 그것이 기억을 해방하는 열쇠가 되었는지, 나는 어느새 어둡고 차갑고 그저 넓기만 한 주차장에 앉아 있었다. 즉 또다시 옛날의 기억으로 거슬러 올라간 것이다. 장소는 야마가타의 자오산 기슭에 있는 술집 주차장이었다. 돗자리를 깔고 앉은 내 옆에는 지즈루가 있었다. 망원경을 만지작거리는 게 니노미야이고 그 옆에 지루한 기색의 여자가 한 명 있다. 얼굴도 이름도 기억나지 않지만 분명 내가 들어가 있던 테니스 동아리 후배였다.

그렇다, 그것은 몇만 년에 한 번, 지구에 바짝 접근한다는 혜성을 관측하러 갔을 때였다. 누가 말을 꺼냈더라?

니노미야에게 이야기를 들은 지즈루가 "좋아, 보러 가자" 하고 나섰던 것도 같고 드물게 니노미야가 "함께 보지 않을래?" 하고 나를 불렀던 기억도 있다. 아니, 그게 아니라 시간이 남아돌던 내가 캠퍼스 안을 혼자 걷고 있던 니노미야를 발견하고 으레 그랬듯 교만한 봉사 정신으로 말을 걸었을 가능성도 있다. 어이, 나한테도 별 좀 보여 줘, 하고 관심도 없는 주제에 말이

254

다.

"그래도 관측하는 사람이 꽤 있네." 지즈루가 두리번거렸다. 그녀의 말대로 우리가 찾아간 저녁 5시에도 이미 망원경을 준비해 텐트를 친 사람들이 몇 그룹 있었는데 밤이 깊어질수록 수도 늘어났다.

"당연하지. 2만 년에 한 번 다가오는 혜성에 관심이 없는 사람이 더 이상해." 니노미야가 들여다보던 렌즈에서 고개를 들었다.

"나는 평일 밤에 굳이 이렇게 추운 곳에 찾아오는 사람들이 더 이상해 보인다."

"나도 그래요." 이름이 기억나지 않는 후배가 짜증스러운 얼굴로 말했다. 역시 돌아가자고 말하고 싶은 눈치가 역력했다. 가벼운 마음으로 따라온 건 좋았는데, 내 친구라고 소개한 니노미야는 조금도 멋지지 않은 무뚝뚝한 남자인데다 가을이라고는 해도 밤은 제법 추웠고 지루하기도 했으니 그때는 이미 고통스럽기만 했으리라.

"그래, 그러고 보니 에로스라는 거 알아, 니노미야?" 내가 뜬금없이 떠들어 댄 건 그 후배의 기분을 조금이라도 풀어 줄 생각에서였는지도 모른다.

"에로스라니 그게 뭐예요!" 후배는 웃었다. 또 바보 같은 소리한다, 하고 지즈루가 눈썹을 찌푸렸다.

"알아." 당연히 안다는 표정으로 니노미야가 고개를 까딱 숙였다. "직경 22킬로미터짜리 소행성. 1990년대에 140만 년 후에 지구에 충돌할지도 모른다는 얘기가 있었지."

"어머, 무서워." 후배는 불만스럽다는 듯이 말했다.

"하지만 실제로는 충돌하지 않을 거야."

그런가, 그때도 소행성 충돌이 화제였다.

"충돌하지 않겠지. 우주가 얼마나 넓은데." 니노미야는 우리의 무지함에 화가 난 듯했다.

"그러고 보니 니노미야, 소행성 이름은 어떻게 짓는 거야?" 그때 지즈루가 물었다.

니노미야는 약간 자랑스러운 기색으로 대답했다.

"발견자에게 이름을 붙일 권리가 있어. 처음에는 그리스 신화의 신 이름을 붙였지만, 그러다가 신이 부족해지자 그다음부터는 발견자가 마음대로 붙이게 됐어."

"그럼 헤일-밥(Hael-Bopp) 혜성도 그런 거야?"

"혜성하고 소행성은 다르다니까 그러네. 혜성은 단순히 발견자의 이름이 자동으로 붙는 거야. 헤일 씨하고 밥 씨가 발견했던 거지."

"하지만 에로스라는 이름을 붙인 센스를 이해 못 하겠어." 내가 그렇게 말하자 후배도 그렇다고 동의했지만 지즈루는 냉정하게 "에로스는 신의 이름이야" 하고 어이없다는 표정으로 고개를 저었다.

"그보다 별 안 볼 거야?" 니노미야가 망원경을 가리키자 지즈
루가 볼래 볼래, 하며 가장 먼저 손을 들었다. 에로스가 인류를
멸망시킨다! 나는 장난스럽게 큰 소리로 말했지만 후배 말고는
아무도 웃어 주지 않았다.

"뭔가 묘한 장사꾼이었어." 현관에서 돌아온 니노미야는 고타
쓰에 앉더니 이상하다는 듯 입을 비죽거렸다.

나는 추억에서 현재로 의식을 되돌렸다. "묘한 장사꾼?"

"방주에 타지 않겠냐고 하던데."

"방주라." 그 말만 듣고도 대강 그 내용을 상상할 수 있었다.
"대피소인가 뭔가로 도망칠 사람들을 선발하고 있다는 그건가."
아파트 근처에서 한 번 붙잡혀서 들은 적이 있었다. "꽤 말이 많
던데. 입소문으로 퍼지고 있나. 우리 집 근처에서는 그것 때문
에 싸움이 나서 사건까지 터졌어."

"사건?"

"그 방주에 태워 주느니 마느니 하는 문제로 싸움이 나서 젊
은 놈이 칼에 찔렸어."

"방주는 사람을 구해 주지 않는 거네." 니노미야는 아랫입술
을 비죽 내밀고 "관심 없다고 했더니 화가 나서 돌아가던데. 결
국 다들 도피하고 싶은 거야. 효험을 따지는 게 아니라 방주가

있다고 믿고 그 인원을 선발하는 데 열중해서 소행성을 잊으려고 하는 거야. 그렇잖아, 어디로 피난했다 쳐도 그 후에 어떻게할지는 아무도 고민하지 않았을 게 뻔해. 임시방편으로밖에 안보여. 노아의 방주 때는 홍수였지만 이번에는 규모가 달라. 공룡이 멸종할 수준이야. 몇 년이나 지하에 틀어박혀 있을 셈일까?"

"그러고 보니." 나는 다시 옛날 기억을 파냈다. "옛날에 화성인가 어디에 사람이 살 수 있는 환경을 만들려는 계획이 있지않았어?"

"아아, 있었지."

"그건 지금 어떻게 됐을까?"

"글쎄." 니노미야는 관심 없다는 듯이 말했다. "그렇게 누가봐도 재미있을 것 같은, 도움이 될 만한 연구는 주목을 받지."

"또 그런 소리야? 하지만 나쁜 연구는 아니잖아." 나는 솔직한 감상을 말했다. "지구 환경이 위태로워지면 화성에 가면 되니까. 어쩌면 지금도 소행성에서 달아나려고 화성으로 이주하는 사람들이 있을지도 몰라."

니노미야는 맥이 풀린 표정을 지었다.

"야, 지구의 환경도 제어 못 하는 인간이 어떻게 화성의 환경을 유지할 수 있겠어?" 그러더니 씁쓸한 음식이라도 삼킨 것처럼 혀를 쑥 내밀었다. "그런 짓까지 해 가며 살아남은들 뭘 어쩌

258

겠어?"

그래. 나도 고개를 끄덕였다. 그래, 맞는 말이다. 찻잔의 차를 들이켰다. "넌 오늘 나를 왜 부른 거야?"

"설명했잖아." 니노미야가 울컥 화를 내며 사진을 가리켰다. "소행성을 발견해서 너한테 자랑하려고 한 거야."

"정말 그것뿐이야?"

"그것뿐이라니, 무슨 말이야? 소행성을 발견하는 게 얼마나 대단한 일인지 몰라?"

"알겠어, 축하해. 그래, 이게 새로 발견한 소행성이라는 건 어떻게 증명할 수 있는데?"

"엄밀히 말하면 한 번 관측한 것으로는 어림없어." 니노미야가 머리를 긁적였다. 억울한 기색이 묻어나왔다. "스미스소니언문의 절차도 지금은 엉망이라 정식으로 인정받기는 꽤 어려울지도 몰라."

그럼 의미가 없잖아, 라고 말하려 했지만 그보다 먼저 그가 "하지만" 하고 입을 열었다. "이건 새로운 발견이야. 증명은 할 수 없지만 나는 확신해. 새로운 소행성이야."

"아, 그래." 생각하는 거야 자유지.

"일부러 그 발견을 야베에게 가르쳐 줬으니 좀 더 고마워해도 돼."

"일부러 그 발견을 들으러 와 준 내게도 좀 더 고마워해라."

그런 소릴 들을 이유가 없다며 니노미야는 불만스러운 기색이었지만 한참 있다가 뭔가 생각난 듯 "모처럼 왔으니 대학교에가 볼까?"라고 말했다.

6

차를 몰아 대학으로 향했다. 니노미야가 사는 동네에서 센다이 시가지로 국도를 따라가다 보면 커다란 터널이 나오고, 그 터널을 지나 구불구불 굽은 길을 지나가면 아오바산을 만난다. 편도 30분 거리다. 그 산속에 우리가 다녔던 캠퍼스가 있다.

"몇 년 전에는 터널 안이 굉장했었다더라." 지금 막 지나친 터널을 엄지손가락으로 가리키며 니노미야가 말했다.

"굉장하다니?"

"차가 꽉 막혀서 전진도 후진도 못 하고 갇힌 사람들이 가득했대. 게다가 걸을 틈도 없어서."

"말다툼하고 싸우고, 약탈하고?"

"알아?"

"어디나 그랬잖아. 하지만 그러고 보니 요즘엔 갑자기 잠잠해졌어. 그런 기분 안 들어? 지금 터널도 그래, 차도 없었고 습격도 당하지 않았어." 버려진 차가 전부 길가로 치워져 있어 통행도 가능했다.

"그러고 보니 살인이나 강도 사건도 요즘엔 별로 못 들어 봤어." 니노미야가 아무렇지 않게 한 말이 내게는 칼날처럼 느껴졌지만 태연한 척했다. "하지만 분명 잠깐일 거야. 다들 패닉을 일으키는 데 지쳤을 뿐이지, 그러다 또 소란을 피우겠지. 지금은 귀중한 소강상태야."

나는 천천히 핸들을 돌렸다. "그 귀중한 시간에 옛날이 그립다고 대학에 가는 게 현명한 짓일까?"

"달리 의미 있는 일이 있다면 말해 봐, 야베."

당장 아파트로 돌아가 밧줄을 묶고 다시 자살해야 하지 않을까? 하마터면 그렇게 말할 뻔했다.

대학 캠퍼스는 기억보다 훨씬 작아 보였다. 아오바산 중턱, 울창한 나무들 속에 몸을 숨기듯 칙칙한 잿빛 건물이 늘어서 있다. '이학부'라고 새겨진 문은 누가 어떤 도구로 망가뜨렸는지 산산조각 나 있었다. "그립다."

우리는 터덜터덜 구내를 돌아다니다가 강의실로 들어갔다. 학생 식당 통로와 이어진 입구 문은 기울어 있었고 자물쇠가 망가져 억지로 문을 비틀어 열었다. 먼지와 곰팡이가 뒤섞인 냄새가 코를 찔렀다.

"나는 늘 이 근처에 앉아 있었지." 니노미야는 단상에서 가장 가까운 맨 앞줄에 앉았다. 그랬지, 하고 대답하자 니노미야가 "야베는 거의 수업에 안 나왔고"라고 했다. "그랬지." 나는 강의실을 둘러보며 한 바퀴 돌았다. 생각보다는 멀쩡한 편이었다. 책상이 불에 타다 만 흔적이나 의자를 떼어 낸 자리, 혹은 누가 기거했는지 지저분한 흔적이 있었지만 아직 원형을 유지하고 있다. 시험 삼아 맨 뒷줄에 앉아 보았다.

그러자 놀랍게도 주위의 풍경이 일렁거리면서 현기증이 밀려들었다. 강의식 벽 색깔이 갑자기 바뀌더니 책상에 적힌 낙서와 의자의 흠집이 수차례 늘었다 줄었다 하며 낮과 밤이 몇십 번씩 되감기는 감각에 휩싸였다. 또 옛날을 떠올리고 있는 것이다. 옆자리에 지즈루가 앉아 있었다. 화장을 하지 않은 학창 시절의 지즈루는 목덜미가 파인 원피스를 입고 당시에 좋아하던 가죽 가방을 옆에 툭 내려놓더니 내게 말을 걸었다. "야베가 웬일이야? 이 수업에 다 나오고."

"심심해서."

"수업료를 내놓고 심심풀이로 나오다니, 아주 배가 불렀구나."

그때 우리는 아직 단순한 친구였을 뿐 연인은 아니었다. 나는 한동안 강의 풍경을 머릿속에서 재현하고 체감했다. 오랜만에 수업에 들어간 나는 당연히 강의 내용을 따라가지 못했고, 어차피 시험 전에 지즈루한테 노트를 빌릴 셈이었기 때문에 필기도구도 꺼내지 않고 교수의 이야기를 멍하니 듣고 있었다.

수업이 절반쯤 지났을 때 나는 신경이 쓰여 옆자리의 지즈루를 쿡쿡 찔렀다. "야, 지금 말한 부분 필기 안 해도 돼?" 중요한 내용 같았다.

"기가 막혀." 지즈루는 불쾌한 표정을 지었다. "나한테 말해서 어쩌려고? 직접 필기해."

"아니, 지즈루의 노트가 곧 내 노트이기도 하니까. 중요한 부분은 적어 놨으면 하는데."

"남한테 떠넘기지 마."

지즈루하고 언제부터 사귀기 시작했을까. 대학교 2학년 여름이었지. 계기가 뭐였더라? 기억을 더듬어 갔다. 아아. 나는 자리에서 일어났다. 그것은, 니노미야가 발단이었다.

"야." 맨 앞줄에 앉아 한쪽 팔꿈치를 괴고 멍하니 있는 니노미야의 옆에 앉았다. "옛날에 네가 나한테 했던 말 있지."

"뭐?"

"그러니까 역시 학생 식당이었나. 마주 앉아 있었을 때."

"꽁치 먹었을 때?"

"그러고 보니 넌 늘 꽁치를 먹었지."

야베 너 그거지, 족집게 도사가 맞혀보마, 지즈루를 좋아하지?

그때 니노미야는 그전까지 내 시시한 이야기, 가령 심야 텔레비전의 내용이나 근처 음식점에서 들은 이상한 사투리나 이학부 교수의 소문 따위를 지루하다는 듯이 듣고 있었던 주제에 갑자기 "그런 것보다" 하고 말을 꺼냈다.

"그야 그 무렵 야베 넌 늘 지즈루 눈치를 봤잖아."

"그렇다고 굳이 지적할 필요가 있었어? 게다가 족집게 도사란 말을 이해할 수 없어." 그렇게 말하면서 눈앞의 칠판을 바라보았다. 분필 낙서가 지저분했다. 여러 글자가 늘어서 있었다. '소행성 환영!'이라는 낙서도 있고, '나는 돌아온다'라는 힘찬 글귀도 있었다. 저런 것들은 아직 여유가 있던 시기의 낙서일까. '말하면 알아듣는다'라고 비스듬히 적인 낙서에 의미를 알 수 없는 계산식이 줄줄이 적혀 있기도 했다. '이학부는 별을 멈출 수 있는가?'라는 글자도 있었다. 그리고 개중에서도 작은 글자였음에도 가장 절실하게 가슴에 울린 건 왼쪽 윗부분에 적힌 '죽고 싶지 않아'라는 글이었다. 한참 그 글자를 뚫어져라 쳐다보았다.

"실은 말이야." 니노미야와 나는 둘이서 나란히, 있지도 않은 교수를 보고 있었다. "그때 지즈루도 야베한테 마음이 있는 것처럼 보였어."

마음이 있다는 표현이 우스웠다. "무슨 소리야?"

"둘 다 호의를 품고 있는데 좀처럼 거리가 줄어들지 않으니, 보는 사람은 꽤 짜증 난다고."

"네가 뭐라도 되냐? 그래서 내 등을 떠민 거야?"

"궤도를 바꿨지." 니노미야는 농담하는 투가 아니라 기어들어 가는 목소리로 말했다. "그대로 관측하기는 고통스러웠고."

그런가. 지금에야 니노미야의 비밀을 깨달은 기분이었다.

"넌 우리를 관측했던 거야?"

"너희 진심은 별을 보듯 뻔했어."

"별이 아니라 불이겠지. 불을 보듯 뻔했다고 해야지."

"아, 그래. 그래서 지즈루하고 결혼해서 어땠어?" 니노미야는 거듭 질문했다.

어땠을까, 지즈루는 실패했다고 생각하지 않았을까. 나는 솔직하게 대답했다.

"싸우기라도 했어?"

"하루가 멀다 하고. 집에 돌아갔더니 책상에 편지를 두고 사라진 적도 있었어. '지긋지긋해, 안녕'이라고 말이야. 오래 참았을 거야."

"그랬겠지."

"하지만 갑자기 안녕은 너무하지?"

"어지간히 화나게 했나 보네."

7

식당에도 들렀지만 이쪽은 상당히 황폐했다. 10년 전에 손을 보았을 텐데 20년 전보다 심각했다. 입구 문은 떨어져 나갔고 테이블은 여기저기에 뒤집혀 있었으며, 심지어 주방 근처에는 사람도 쓰러져 있었다. 식량을 두고 싸움이라도 났는지 시체는 몇 구나 되었다. 다들 꽤 오래전에 죽었는지 이미 바짝 말라서 냄새도 나지 않았다.

"최근 학생 식당에는 시체가 있군. 시대가 변했어." 니노미야는 농담을 한 거겠지만 말투도 표정도 진지하기 짝이 없어 나도 "변했네"라고 성실하게 대꾸했다. "하지만 변한 걸로 따지면 사람이 죽은 걸 보고도 놀라지 않는 우리가 훨씬 많이 변했어."

처음에는 시체를 볼 때마다 토악질을 했지만 지금은 완전히 익숙해졌다. 머리의 어느 부분이 마비되었다.

"지난 5년 동안 끔찍했으니까."

"앞으로 더 끔찍해지지 않을까?" 남 일처럼 말했다. 그때까지 살아 있을 것 같지도 않다.

대학 구내를 한 차례 둘러본 뒤에 우리는 차로 돌아가 니노미야의 집으로 돌아가기로 했다. 돌아가는 차 안에서 니노미야가 "어쩌면 공룡도 사람 같았을지 몰라" 하고 바보 같은 이야기를 시작했다.

"사람 같다니 뭐가?"

창밖을 지나가는 산의 풍경은 옛날 그대로였다. 태연자약해 보이기도 하고 모든 것을 체념한 것처럼 보이기도 했다. 단풍이 끝나기 전에 보러 왔으면 좋았을 텐데. 두 번 다시 단풍을 볼 수 없다고 생각하니 섭섭한 것도 사실이었다.

"공룡도 사람처럼 말을 하거나 도구를 쓰거나, 건물을 지었던 거야. 문화도 있지 않았을까?"

"공룡이면 도마뱀이잖아? 어떻게 말을 한다는 거야?"

"하지만 화석밖에 없으니 모를 일이야. 실제로는 털이 있었을 지도 모르고 근육이 엄청났을지도 모르지. 말도 꼭 입으로 했을 거란 보장은 없고, 몸짓으로 의사소통을 꾀했을지도 몰라."

"분명 지능 낮은 도마뱀일 거야."

"그럼 만일 이대로 인류가 멸망한다면."

"멸망하겠지."

"수만 년이 흘러 다른 생물이 진화했다고 쳐."

"아, 그거 민달팽이지?"

"그런 만화가 있었지." 니노미야는 힘차게 고개를 끄덕였다. "그래서 그 민달팽이들이 우리 화석을 발견하면 기껏해야 지능

이 낮은 소형 포유류가 알몸으로 돌아다녔다고 볼 것 아냐. 인간의 문화는 몇만 년 후에는 전부 사라졌을 테고."

"그렇다면 어떤데?"

"게다가 그 민달팽이들이 자기를 '인간'이라고 부르기 시작할지도 몰라. 그리고 우리한테 공룡이라는 이름을 붙이는 거야."

"우리는 용이 아니잖아."

"옛날 공룡들도 똑같은 소리를 할지 몰라. 우리는 딱히 특별하지 않다는 소리야. 소행성 충돌도 특별한 일이 아니라는 거야. 매번 일어나는 일이야. 반복되는 거지."

"네가 하는 말은 하나도 위로가 안 돼. 애초에 넌 학생 때 소행성은 절대 충돌하지 않는다고 단언했잖아." 나는 터널을 향해 차선을 옮겼다.

"지즈루는 잘 지내?"

어두컴컴한 터널 안으로 들어가 헤드라이트 불빛에 의지해 가속 페달을 밟고 있는데 니노미야가 물었다. 아무래도 세 번째나 되니 무시하기가 미안해 솔직하게 대답했다. "죽었어." 니노미야는 놀라지 않고 "아아, 그래" 하고 작게 말했다.

"5년 전이었어. 그 난리가 터지고 얼마 후였지. 아파트에서 나가 식량을 사 모으려고 근처 파친코 가게에 갔었어. 거기에서 살해당했어."

살해당했다는 말에도 니노미야는 놀라지 않았다. "파친코?"

"주차장 안에 자동판매기가 있었거든." 그렇게 대답하니 나는 금세 5년 전 그때의 주차장으로 돌아간 기분이었다. 막이 낀 것처럼 흐릿한 광경이기는 했지만 기억이 되살아났다.

나는 자동판매기 앞에 생긴 50명 남짓한 행렬의 중간에 서 있었다. 모두 한 손에 지갑을 들고, 살기가 등등했다. 한 사람에 열 개까지잖아, 하고 뒤에서 누가 소리를 쳤지만 사는 사람들은 품에 들지 못할 때까지 캔 주스를 샀다. 그때는 아직 누구도 쓰레기 처리를 고민할 여유가 없었으므로 알루미늄 캔이든 페트병이든 기꺼이 사서 돌아갔다. 지즈루는 자동차 안에 남아 있었다. 조수석에서 자고 있었던 것이다.

"차 안에서 자고 있었는데 왜 죽은 거야?" 니노미야가 물었다.

"차에서 나왔으니까."

한 시간이나 기다려 자동판매기 앞에 도착한 나는 동전을 넣고 주스를 계속 뽑았다. 봉지와 주머니에 쑤셔 넣었다. 뒤에서는 "그 정도만 해. 품절되면 어쩔 거야!" 하고 누가 고함을 쳤지만 개의치 않았다. 다른 놈들도 규칙을 지키지 않았기 때문이다.

다만 스무 개가 넘자 역시 들 수가 없어 차를 돌아보았다. "작작 좀 해. 그만 사란 말이야!" 하고 뒤에서 욕설이 들렸지만 물러날 생각은 없었다. 차로 오는데 세 시간, 줄을 서서 한 시간 기다렸다. 억지로라도 살 수 있는 만큼은 사 갈 생각이었다. 몇 안 되는 기회는 죽자 살자 이용할 수밖에 없다고 생각했다.

자동차는 조금 떨어진 곳에 있어, 나는 지즈루를 부르려고 캔을 든 채로 손을 흔들었다. 때마침 깨어난 지즈루는 바로 문을 열고 밖으로 나왔다. 아직 잠이 덜 깼는지 "왜 그래?" 하고 내 곁으로 다가왔을 때도 눈을 비비고 있었다.

"이것 좀 들고 있어. 조금 더 사야겠어." 나는 그렇게 말하며 그녀에게 내가 들고 있던 캔을 건넸다. 주머니에서 꺼낸 캔도 역시 그녀의 두 손 위에 얹었다. 그리고 자동판매기로 몸을 돌려 동전을 넣으려는데, 그때 옆에 있던 지즈루의 몸이 휘청거렸다. 위험해, 하고 말하려다가 그녀의 등 뒤에 남자가 있다는 것을 깨달았다.

소리가 사라졌다. 지즈루가 바닥에 쓰러지는 소리도, 그녀의 몸에서 떨어진 캔이 굴러가는 소리도 들리지 않았다. 남자는 비쩍 마른 체형에 안경을 쓰고 있었다. 두 손에 쥐색 벽돌을 들고 있다. 그 벽돌로 지즈루의 머리를 내리쳤다는 것을 뒤늦게 깨달았다.

상황도 파악하지 못한 채로 바로 지즈루의 곁에 주저앉았다. 그녀의 의식은 이미 없었고 뒤통수에서 흘러넘친 피가 흥건했다. 내가 줄에서 벗어나자 뒤에 서 있던 누가 자동판매기에 동전을 넣기 시작했다.

"범인은?" 니노미야는 흐음, 하고 대꾸하며 그렇게 물었다.

"달아났어. 나도 경황이 없어 바로 쫓아가질 못했어. 다급하게 주스 캔을 던지긴 했지만 맞을 리가 없지."

"그래서, 최근이야?" 니노미야가 극히 평범하게, 태연하게 물었다.

"뭐가?"

"그 범인을 죽인 것 말이야."

처음에는 나도 무슨 뜻인지 알아듣지 못했다. 하지만 바로 "어떻게"라고 말해 버렸다. 어떻게 알았어?

"아까도 말했지만 네 얼굴, 굉장히 피곤해 보여. 우리 부모님이 돌아가신 이야기를 했을 때 범인은 죽었느냐고 무서운 얼굴로 묻기도 했고. 복수에 눈이 먼 남자 같았어. 야베는 분명 원수를 갚은 게 아닐까 싶었어. 게다가."

"게다가?"

"야베는 그런 걸 용서하지 않잖아, 옛날부터."

"용서하지 않다니?"

"옛날에 나를 불러서 자오산에 혜성을 보러 갔었잖아. 그때 네 후배라는 여자애가 나한테 험한 소리를 했어. 바보 취급했다고 해야 하나. 넌 그걸 계속 마음에 두고 있었어."

"그랬던가?" 그 부근의 기어이 쏙 빠져 있었다.

"그래서 나를 불쾌하게 만든 자신을 용서할 수 없다면서 사과할 셈이었는지 날 미팅에 데리고 갔지."

"기억은 안 나지만 그건 내가 미팅에 가고 싶어서 그랬던 것뿐일지도 몰라."

"민폐도 이만저만이 아니었어." 니노미야는 부루퉁하면서도 진지한 눈으로 계속 말했다. "그러니 이번에는 지즈루가 죽은 게 네 탓이라고 생각하는 거지? 분명 그럴 거야. 야베는 자신을 용서 못 하는 거야. 하다못해 복수라도 해야지."

"다 아는 척 말은 잘하네." 그렇게 말하면서도 사실이 그랬으니 놀랍기도 했다. 니노미야가 말해 주기 전까지 몰랐지만, 분명 나는 자신을 용서할 수 없었다. 어째서 자동판매기에서 빨리 떠나지 않았을까, 어째서 지즈루를 차에서 불러냈을까. 분명 후회하고 자책하느라 바로 지즈루의 뒤를 따라 죽지 않았던 것이다. 길게 한숨을 토해 냈다. 그러자 몸속에 있던 불안과 공포가 부르르 떨리며 밖으로 분출되는 것이 느껴졌다. 숨을 들이마시자 그 공기가 바람처럼 떨렸다. "바로 얼마 전이야. 그 파친코 가게 앞을 지나는데 그 남자가 있었어. 키가 크고 비쩍 마른 그놈이었어. 잊었을 리가 없지. 끈질기게 아직 살아 있었던 거야. 믿을 수 있어?"

그래서 나는 그 남자의 뒤를 쫓아갔다. 남자가 계단에서 내려

272

올 때 쫓아 올라가, 떨어져 있던 돌로 후려쳤다. "지즈루는 그걸로 날 용서해 줄까?"

"처음부터 용서했을 거야. 지즈루는 오히려 복수 같은 걸 하면 용서하지 않을 것 같은데."

"니노미야, 넌 예리해." 그렇게 대답하고 나서 나는 스스로 납득하고 싶어서 복수를 했고, 그것으로 만족한다고 생각했다.

"험한 세상이야." 니노미야는 농담처럼 말했다. "그래서 야베 넌 죽을 작정이야?"

깜짝 놀라 조수석을 쳐다보았다. 그는 자기 목에 오른손을 대더니 가로로 흔들었다. 목에 밧줄 자국이 남아 있다고 말하는 것이리라.

쓴웃음밖에 나오지 않았다. "니노미야, 너 정말 예리하구나."

"말했잖아, 야베 네 생각은 별을 보듯 뻔하다니까."

"별이 아니라 불이야."

8

니노미야의 집 앞에 차를 세운 우리는 집에는 들어가지 않고 마당의 망원경을 보기로 했다. 날은 이미 저물어 주위는 어두웠지만 하필 하늘이 흐렸다. 니노미야는 한참 렌즈를 들여다보다가 고개를 들더니 눈썹을 찌푸렸다. "역시 안 보이네."

나는 고개를 수직으로 들어 하늘을 가만히 바라보았다. "정말 이쪽으로 다가오는 별이 있는 거야? 아닌 것 같아."

3년 후, 이 지구에 거대한 별이 충돌한다니 상상할 수 없었다.

"글쎄, 나는 반신반의하고 있지만. 궤도가 바뀔 가능성도 있고."

"넌 침착하구나." 서서 그를 마주 보았다. 나보다 키도 작고 정말 볼품없는 외모인데 이제 와서 니노미야가 갑자기 믿음직한 남자로 보였다. 무심코 실실 웃음이 나왔다.

"왜 웃어?"

"아니, 학창 시절에는 설마 이렇게 될 줄은 꿈에도 몰랐으니까."

"이렇게라니 뭐가?"

274

나는 아니, 하고 말을 흐리는 대신 "하나 묻고 싶은데" 하고 팔짱을 꼈다. 순수하게 궁금했다. "너 같은 천체 팬한테는."

"천체 오타쿠라고 하지 그래."

"그건 조롱이야." 나는 웃었다. 그러자 니노미야는 손가락으로 안경을 추켜올리고 "뭔가에 열중하는 사람을 오타쿠라고 한다면 그건 칭찬이야"라고 진지한 얼굴로 말했다.

"아니, 난 그 단어를 칭찬으로는 쓰지 않아"라고 솔직하게 인정했다. "그건 그렇다 치고 넌 어떻게 생각해? 3년 후에 소행성이 떨어져. 모두 멸망해. 네가 좋아하는 별 때문에 죽게 된다는 건 어떤 기분이야?"

"어떤 기분이냐고 물어도."

"충돌할 때 넌 어쩔 거야?"

거기에서 니노미야가 뺨을 누그러뜨리고 평소의 긴장한 눈매에서 힘을 빼더니 나를 향해 웃었다. "당연히 망원경을 봐야지."

"당연한 거냐?"

"그야 지금까지 우리는 지구에서 몇십만 킬로미터 아니면 몇백만 킬로미터 떨어진 혜성을 보면서 기뻐했어. 그걸 훨씬 가까이서 볼 수 있는 거야. 게다가 스쳐 지나가는 게 아니라 이쪽으로 다가오는 거니까." 말할수록 흥분하는 그에게 나는 압도당했다. "굉장하지 않아? 진짜로, 만약에 정말로 떨어진다면 굉장한 일이야. 지금부터 잠이 안 올 정도야."

"거짓말이지?"

"거짓말일 리가 없지." 열띤 목소리에 기가 막혀, 잠시 후 웃음이 터져 나왔다. "굉장하네. 넌 정말 별을 좋아하는구나."

"그게 나빠?"

"부러워." 진심이었다. 남은 수명이 한정되어 있고, 모두가 절망에 빠져 있는데 눈앞에 선 니노미야는 의기양양했다.

"다만." 니노미야가 그때 갑자기 걱정거리를 털어놓았다.

"다만?"

"꼭 밤이어야 해. 낮이면 관측을 할 수 없으니까. 떨어질 때는 밤이어야 해."

"그게 뭐야." 나는 어깨에서 힘이 빠졌지만 곧바로 니노미야에게는 중요한 일일지도 모른다고 생각을 고쳤다. "그런가, 밤이 아니면 안 되는구나. 그렇다면 날도 맑아야겠네."

"맞아. 밤이어야 하고, 맑아야 해. 아니면 큰일 나." 니노미야는 진지하게 기도하듯 말했다. 그리고 "밤이야, 밤. 밤밤, 바암" 하고 밤을 불러댔다. 마치 어린애 같다.

나는 어깨를 으쓱하고 지금은 없는 지즈루에게 확실히 니노미야는 친구가 필요 없어, 하고 웃어 주고 싶은 기분이었다. 친구가 필요 없는, 그냥 이상한 사람이야.

"저기 말이야." 니노미야가 내게 말했다.

"왜?"

"소행성이 떨어지게 돼서 난 이렇게나 즐거워. 경망스럽다는 생각도 하고 미안한 마음도 들지만 난 내가 별을 좋아해서 운이 좋다고 생각해."

"그래, 나도 넌 운이 좋다고 생각해."

"승리자지." 니노미야가 웃기에 나는 "승리자라는 표현은 품위가 없어서 별로야"라고 대답했다.

9

'힐즈 타운'으로 차를 몰아 돌아오자 마음이 놓이면서도 우울하고 복잡한 기분이었다. 지즈루와의 추억처럼 이 동네에 대한 기억도 유쾌함과 불쾌함, 황금처럼 빛나는 것과 새까맣고 비참한 것이 온통 뒤섞여 있다.

주차장에 차를 세웠다. 차에서 내려 아파트 입구로 향했다. 캄캄하게 저문 하늘을 올려다보았다. 자연히 입이 떡 벌어졌다. 바람이 강한지 니노미야의 마당에서 보았을 때보다 구름이 줄어, 구름이 사라진 공간에 별이 찬란하게 빛나고 있다. 한참 그 자세로 가만히 하늘을 바라보았다. 니노미야가 발견한 소행성은 어느 것인지 찾아보고 싶기도 했다.

"돌아가면 죽을 작정이야?" 헤어질 때, 니노미야는 차에 탄 내게 창을 내리라고 하더니 그렇게 물었다.

"아마도." 모호하게 대답했지만 마음은 이미 정했다. "마음이 바뀌기 전에. 기회는 놓치면 안 되니까."

"그래." 니노미야는 입을 비죽거렸다. "말리지 않을 거야?" 내가 그렇게 웃자 "야베가 내 말을 들을 것 같지는 않으니까"라고 했다.

"맞는 말이야."

"게다가 이런 세상에 목숨이 있는 것만으로도 감지덕지한 데 굳이 제 손으로 죽겠다니 멋대로 하라지." 니노미야의 표정은 평소처럼 무뚝뚝했다. 나는 어째선지 그게 기뻤다. "역시 승리자가 하는 말은 다르구나"라고 손을 흔들고 니노미야의 집을 뒤로했다.

안녕하세요, 하고 누가 말을 걸기에 나는 앞을 보았다. 입을 쩍 벌리고 밤하늘을 올려다보는 멍청한 얼굴을 들키고 말았다는 게 부끄러웠지만 인사를 했다.

젊은 여자였다. 아파트에서 막 나온 것 같았다. 깜찍한 양모 코트를 입고 있다. 이름은 기억나지 않지만 같은 층에 사는 아가씨라는 건 생각났다. 부모님을 여읜, 스무 살쯤 되는 아가씨다. 오랜만에 본다. 아직 살아 있었구나, 멍하니 생각했다.

"이렇게 늦은 밤에 나가는 거니?" 평소 같으면 말을 걸지 않았을 텐데 무심코 말을 걸었다.

"데이트하러 가요." 그녀는 쑥스러워하면서도 자랑하듯 고개를 끄덕였다.

"그건." 이런 상황에서도 젊은이들은 연애하느라 바쁘다니 감탄스러웠다. "굉장하구나."

"운명을 만났어요"라는 말을 남기고, 그녀는 종종걸음으로 떠났다. 그 뒷모습을 바라보면서 지즈루와 함께 걸었던 지금까지의 시간을 회상했다.

집으로 돌아와 당장 밧줄을 다시 묶으려고 했지만 그 전에 떨어져 있던 노안경이 눈에 들어왔다. 정확히는 노안경을 써먹을 방법이 떠오른 것이다. 오래전, 학창 시절 니노미야에게 배운 원시적인 망원경 제작법이 기억났다.

방의 장롱과 서랍장을 샅샅이 뒤져 20분 만에 돋보기를 찾았다. 두꺼운 판지도 찾아냈다.

공작 수업 같아 그립다. 쓴웃음을 지으며 손을 놀렸다. 예전 직원이 이 광경을 본다면 깜짝 놀라겠지. 잔소리 많은 사장이 초등학생처럼 뭘 만들고 있다니 무슨 일이 있었던 건가 하고. 원통으로 만 판지 아래쪽에 노안경 렌즈를, 위쪽에는 돋보기 렌즈를 끼우고 박스 테이프로 붙였다. 꽤 조잡했지만 가까스로 고정했다. "길이나 이것저것 조정해야 잘 보이지만, 그래도 제대로 초점만 맞으면 달의 분화구 정도는 보여." 니노미야는 예전에 그렇게 말했다. "옛날에는 다들 이런 망원경을 썼어."

"이런 걸로?" 나는 지금 만든 보잘것없는 망원경을 바라보면서 아무도 없는 실내에서 혼잣말을 중얼거렸다. 느릿느릿 창가로 향했다. 커튼을 열자 옅은 흑색에 감싸인 밤하늘이 보였다. 바람이 강해졌는지 구름이 제법 걷혔다. 별이 보인다. 오른쪽으로 고개를 돌리자 달도 있었다.

달이 보이면. 달이 보이면, 그다음에 밧줄을 묶자. 그리고 목을 매면 지즈루가 없는 이런 세상과는 안녕이다.

연극의 노

OAR

GOODBYE EARTH

1

10대 후반, 나는 우연히 튼 텔레비전 방송에 나온 인도 출신 배우의 대사에 감명을 받아 인생의 방향을 정했다.

가무잡잡한 피부에 얼굴에 깊은 주름이 파인 그 배우는 당시 화제의 서스펜스 영화를 선전하려고 일본에 와 있었다. 영화 속에서 네 명의 인물을 연기했으며 예전부터 카멜레온 배우로 불린 그는 인터뷰 기자가 "연달아 여러 연기를 해야 하다니 힘들진 않으십니까?"라는 시시한 질문을 하자 곤혹스러운 표정을 지었다. 그리고 "한 사람은 하나의 인생만 체험할 수 있지만, 연기자는 여러 인생을 맛볼 수 있지. 그렇다면 보통은 최대한 많은 인생을 살아 보고 싶지 않겠소?"라고 했다.

지금이라면 분명 "일이니까 어쩔 수 없다고 솔직하게 말하면 될 걸 가지고"라고 싸늘하게 비판할 수 있겠지만 10년 전 여고

생이었던 나는 "멋지다"라고 감동했다.

이어서 그 인도 출신 베테랑 배우는 "연극이란 인생을 젓는 노 같다오"라는 말도 했는데, 그 말은 무슨 뜻인지 전혀 이해가 가지 않아 통역이 실수한 걸 거라고 믿고 있다.

쉽게 감화되는 건 아마 10대의 특권이 분명하다. 나는 연기자가 되겠다고 결심했다. 연기자가 되려면 극단에 들어가야 하고, 그러려면 우선 상경해야 한다. 오로지 상경할 목적으로 대학에 가는 것이니 어떤 대학이든 상관없다고 안일하게 진로를 결정했다. 예상과 달리 부모님은 반대하지 않았다.

대학 공부도 하는 둥 마는 둥, 나는 도쿄의 작은 극단에 들어가 연기자가 되기 위해 연습에 열중했다. 무명 극단에서 유명 연기자가 될 계획이었다. 그렇지만 팔방미인처럼 대활약할 기회는 좀처럼 없었고 오히려 칠전팔기의 나날이랄까, 홧술이 오장육부에 스며든달까, 그런 처지였다.

내게는 재능이 없다는 사실을 인정하고 센다이의 고향 집으로 돌아온 게 7년 전, 소행성 뉴스로 엄청난 혼란이 터진 게 6년 전 여름이다.

아파트로 다시 돌아왔을 때, 부모님은 실망하지도 화내지도 않고 그저 담담했다. "이런 딸을 용서해 주세요" 하고 고개를 숙이자 아버지와 어머니는 유쾌하다는 듯 얼굴을 마주 보더니 "대신 너도 언젠가 누군가를 용서해주렴"이라고 했다.

"내가 상경했을 때도 전혀 당황하지 않았죠."

"그야 배우를 꿈꾼다고 죽는 건 아니니까." 어머니는 대수롭지 않게 대답했다.

2

오늘 가장 먼저 찾은 곳은 할머니가 사는 집이었다. 사오토메 할머니의 단독 주택이다. 툇마루에서 전병이 담긴 쟁반을 사이에 두고 사오토메 할머니 곁에 앉았다.

"저기에 원래 고양이 인형이 있었던가요?" 나는 툇마루 끝을 가리켰다. 낡아 빠진 고양이 도자기가 놓여 있다. 드러누워 몸을 말고 있는 모습이 햇빛에 반사되어 빛나고 있었다.

"바로 그저께였나, 벽장을 정리하는데 나와서 한 번 장식해 봤지." 사오토메 할머니가 쪼글쪼글한 얼굴에 한층 깊은 주름을 더하며 웃었다. "옛날엔 저기에 고양이들이 여럿 찾아와서 낮잠을 자곤 했어." 추억이 묻어나는 목소리다. "몸을 둥그렇게 말고 자는 고양이를 보는 게 즐거웠는데, 요즘엔 오지를 않네."

남쪽으로 난 툇마루의 앞에는 마당이 펼쳐져 있다. 나무와 잔디는 꼼꼼히 손질되어 있었다. 일흔 중반이 넘은 사오토메 할머니는 몸집은 작지만 등이 꼿꼿하고 다리와 허리도 튼튼해서 틈만 나면 정원을 가꾼다.

"아마 잡아먹혔겠지."

"그럴지도요." 나도 대답했다.

6년 전, 소행성이 지구에 충돌한다는 사실을 알게 된 후로 식량 확보는 중요한 문제였다. 최근에야 겨우 쌀 공급이 안정되었지만 그 이외의 음식에 대해서는 자력으로 구할 수밖에 없는 게 현실이다. 이미 오래전에 유통기한이 지난 전병을 먹을 수 있다는 것만으로도 행운이니, 눈앞을 지나가는 고양이나 개를 음식으로 보는 사람이 있어도 이상하지 않다. 나는 반사적으로 술집 창고 옆에 묶여 있는 잡종 개를 떠올리고, 그 개가 지금까지 살아 있는 건 맛이 없어 보여서 그렇다는 경망스러운 생각을 했다. 하지만 아마 그게 사실일 것이다.

"그래서 고양이가 오지 않는 것도 섭섭하니 인형이라도 둘까 했지." 사오토메 할머니는 태평하게 말하더니 눈을 가늘게 떴다. "대용품이라도 좋으니까."

대용품이라. 나는 기지개를 켜면서 내심 생각했다. 내 얘기인 줄 알았네.

사오토메 할머니는 이 2층 단독주택, 50평 면적의 방 네 개짜리 집에서 50대 아들 부부와 20대 손녀와 함께 살고 있었다. 하지만 3년 전에 그 가족을 잃었다. 아들 부부와 손녀는 사오토메 할머니를 두고 아오바산 속의 다리에서 뛰어내렸다. 세상을 한탄해 죽는 기분은 이해하지만 어째서 사오토메 할머니를 데려가지 않았는지는 모르겠다. "거치적거렸던 게 아닐까?" 사오토메 할머니는 그렇게 말하며 우후후 하고 웃었다.

나는 이 집과 같은 동네에 있는 방 세 개짜리 아파트에서 부모님과 살다가, 역시 3년 전에 부모님을 잃었다. 우리 부모님의 경우는 사고인지 자발적인 죽음인지, 묘한 약을 먹고 입에 거품을 문 채 거실에서 죽어 있었다. "배우를 꿈꾼다고 죽는 건 아니니까"라고 너그럽게 미소 짓던 어머니도 소행성이 충돌한다고 죽는 건 아니라고 생각할 수는 없었던 걸까.

그리고 나는 이따금 사오토메 할머니 댁에 와서 손녀를 연기한다. 연기하겠다고 선언한 기억도 없고 약속한 것도 아니지만 멋대로 그러고 있다. 대용품이라고 생각하면서도 그 인도 출신 배우를 또 떠올린다.

그는 7년 전 영화계에서 조용히 은퇴했다. 이후 모든 일을 취소하고, 계약이 걸려 있던 일에는 거액의 위약금을 내고 미국 전원 지방에 은거했다.

미스터 카멜레온은 말했다. 그 시골 마을에는 말기 암 진단을 받은 어머니가 있어, 이번 생이 끝날 때까지 함께 살고 싶다고. 다만 그의 친어머니는 이미 사반세기 전에 돌아가신 터라 그 여성은 그의 친어머니가 아니었다. "그녀는 어찌 된 영문인지 날 아들로 믿고 있어. 그렇다면 그러라고 해야지. 아들 연기로 어머니를 속이다니, 배우로서 이보다 더한 보람이 또 있겠나?" 그는 마지막으로 그렇게 위악적으로도, 위선적으로도 들리는 말을 남겼다.

동아시아의 작은 마을에서 나도 그와 비슷한 일을 하고 있다고 생각하면 배우가 되지 못하고 좌절한 주제에 어딘가 뿌듯한 기분도 들었다.

툇마루에서 일어나 거실로 돌아갔다. 사오토메 할머니는 요즘 다시 등이 아프다며 작은 목소리로 한탄했다. 나는 마사지를 해 드리겠다고 등을 주물러 주었다. "이쯤?" 나는 키 하나는 170센티미터쯤 돼서 남자와 비교해도 손색이 없지만 힘은 하나도 없다. 허리 부근을 눌렀지만 아무래도 어설펐다. 그러다가 팔이 아파 팔꿈치로 허리를 꾹꾹 눌러 보았지만 효과는 없는 것 같았다.

이윽고 고맙구나, 많이 좋아졌어, 하고 사오토메 할머니가 일어났다. 방석에 다시 앉을 때 직접 어깨를 주무르는 게 보였다.

3

사오토메 할머니 댁에서 나온 나는 아파트로 돌아와 이번에는 여동생이 기다리는 집으로 향했다. 물론 내게는 호적상 혈연 관계의 여동생은 없다. 요컨대 내가 '언니'를 연기해야 할 상대인 셈이다. 성질이 드세고 입도 험하고 뻔뻔한 데다 어딘가 위태로운, 두 살 어린 그녀 아미는 나한테 여동생이 있다면 저렇지 않을까 싶은 여자애였다.

초인종을 누르자 아미가 눈을 비비며 나왔다. "지금 일어났어. 들어와." 저혈압에 시달리는 힘없는 목소리로 말하더니 집 안으로 들어갔다. 나도 사양하지 않고 뒤를 따랐다.

우리 집 바로 밑에 있는 이 집은 구조가 거의 똑같지만 가구 배치나 바닥에 깔린 카펫의 색이 달라서 분위기가 판이했다. 복도 끝 바로 오른쪽이 아미의 침실이었다. 잠옷을 벗고 속옷 차림으로 옷을 갈아입고 있다. 조심성이 없다고 해야 하나, 참 태평도 하다. 여동생 대하듯 아미를 보며 한숨을 쉬었다.

거실로 들어가 소파에 앉았다. 아무도 앉지 않는 널찍한 4인용 소파가 몹시도 적적하다. 아미는 어머니와 언니, 오빠와 넷이서 살고 있었다. 소행성 소동이 터지고 얼마간은 넷이서 집에 틀어박혀 있었다고 했다. 하지만 몇 달이 지나 간토 지방에서 지하 대피소를 개발했다는 정보를 듣고는 대형 밴을 타고 도쿄로 향하기로 했다. 출발한 건 좋은데, 차를 몬 지 30분도 지나지 않아 강도단의 습격을 받고 화염에 휩싸였다. "나는 줄행랑이 특기거든." 아미는 웃으며 그렇게 말했지만 어쨌든 그녀는 이 아파트로 돌아와 혼자서 살고 있다. 물론 간토에 생긴 지하 대피소 어쩌고 하는 것은 허풍이었다. 그 후에도 그런 거짓말은 죽도록 판을 쳤다. 죽도록, 이라는 건 비유가 아니다. 그런 유언비어 때문에 많은 사람이 죽었다.

"있지, 최근에 야베 씨가 안 보이던데 언니는 봤어?" 셔츠를 입으며 거실로 돌아온 아미는 그런 말을 했다. 파란 물이 쏙 빠진 청바지와 긴소매 티셔츠를 걸친 그 모습은 머리가 짧은 그녀에게 잘 어울렸다.

"그러고 보니 요새 안 보이네." 같은 아파트에 사는 사람이다. 나와 아미가 함께 다닐 때 몇 번 마주친 적이 있다. 생활 리듬이 서로 비슷한 걸까. 표정은 어두웠지만 농담을 하며 인사도 나누고 자주 잡담을 나누었다.

"이 아파트에서 나간 걸까?"

"뭐랬더라, 사람을 찾는다고 했지?"

그것으로 야베 씨의 이야기는 끝났다. 그리고 옷을 다 갈아입은 아미는 "캐치볼 하러 가자, 언니"라고 말했다.

"나한테 이길 수 있겠어?" 하고 일어나자 아미가 쓴웃음을 지었다. "캐치볼은 이기고 지는 게임이 아니야."

아파트 1층 입구, 각 세대 우편함 위에 글로브가 두 개 놓여 있었다. 아미는 그것을 쥐었다. "이거, 옛날에 오빠하고 썼던 거야"라며 먼지를 털더니 한쪽을 내게 건넸다. 그녀와 친해진 것은 약 석 달 전, 우연히 우리 집에서 아래층으로 물이 새서 사과하러 간 게 계기였다. 그녀는 내게 "정직하네. 요즘 세상에 남의 집에 갔다간 다짜고짜 살해당하는 경우도 있는데"라고 충고해주었다.

공원에 도착해 공을 주고받았다. 나는 어렸을 때부터 운동을 잘 못해서 구기 종목은 영 어설펐지만 '운동을 잘하는 언니'를 연기하려고 작정하니 그럭저럭할 수 있었다. 힘차게 던지진 못했지만 어찌어찌 아미가 서 있는 자리까지 닿았다. 글러브가 후련한 소리를 냈다.

아미의 공은 날카로웠다. 내 가슴을 향해 공이 똑바로 날아온다. 눈을 질끈 감고 글로브를 앞으로 내밀자 우연히 공이 잡혔다. "잘한다, 잘해!"라고 아미가 말했다.

기분이 좋아진 나는 점점 자신감이 붙어 공을 더 세게 던졌다. 내가 생각해도 기분파다. "아미는 회사에 다녔어?" 몸을 흥하게 흔들어 공을 던지며 물었다.

그녀가 공을 받은 팔을 살짝 흔들었다. "회사라고 해야 하나, 응, 일했어."

공이 내 가슴으로 날아와서 허둥지둥 글로브를 내밀었다. 퍽, 소리가 났다. 공은 일단 글로브 안에 들어왔지만 땅에 툭 떨어졌다. 몸을 굽혀 주웠다. "무슨 일을 했어?"

"음, 잊어버렸어."

잊을 수 있을 리가 없으니 떠올리기 싫다는 의미이리라.

"아미는 애인 있어?" 한참 말없이 공을 주고받은 뒤에 다른 질문을 던져 보았다. 캐치볼을 하면서 물으면 어떤 질문도 공원의 공기 속에 퍼져 나가 사라질 것 같았다.

"있었는데." 아미는 공을 잡더니 "죽었어"라며 되던졌다. 나는 고개를 돌리고 싶었지만 꾹 참고 공을 잡았다. 이번에는 무사히 받아낼 수 있었다.

"언니는?"

"나도 있었지만 소행성보다 먼저 박살 났어."

"누구 때문에 헤어진 거야?" 관심이 있었는지, 아니면 관심 있는 척하고 싶었는지, 아미는 캐치볼을 중단하고 달려왔다. 우리는 자연히 글로브를 벗고 공원에서 나왔다. 의논한 것도 아닌데 아파트로 돌아가고 있었다.

"그 사람이 먼저 헤어지자고 했어. 결국 가까이 있었던 게 나였으니까 그냥 나하고 사귀었던 모양이야."

같은 극단 단원으로 나이도 같았던 그는 겉모습은 번지르르
했지만 연기 재능은 없었다. 개성을 드러내려고 애쓴 나머지 작
위적인 어색함이 눈에 띄는 흉한 배우였다.

"너무한다." 아미가 말했다.

"뭐, 요컨대 날 만나도 가슴이 두근거리지 않더래."

"어떤 사람하고 사귀어도 영원히 가슴이 두근거릴 순 없는
데." 아미가 화난 목소리로 말했다. "가슴 두근거리지 않기론 그
쪽이 훨씬 더하네요."

나는 그 기세등등한 말에 웃었다. 정말 여동생을 지원군으로
얻은 것처럼 든든했다.

"나도 분해서 그 남자 머리 위에 운석이 뚝 떨어졌으면 좋겠
다고 빌었어. 진심으로."

"실제로 소행성 뉴스가 나오기 전에?"

"그 뉴스를 본 후였으면 그런 생각은 못 하지."

"그럼 이번 충돌은 언니 기도가 통해서 그런 거네. 언니 때문
이야."

"그 남자 머리 위라고 빌었는데."

둘이서 웃으며 완만한 비탈길을 걸었다. 진심에서 우러난 것
과는 다르다. 나는 억지로 웃었다. 아미도 그렇지 않을까? 점점
좁아지는 세상을 헤쳐 나가고 있는 지금, 억지로라도 웃지 않으

면 당장 핏기를 잃고 쓰러질 것 같다. 길 양옆에는 사람들이 버리고 간 자동차가 몇 대 있었다. 전봇대에 충돌한 채로 방치된 차도 있다.

"요즘 조금씩 잠잠해지는 것 같아." 아미가 말했다.

"소행성 정보가 거짓말이었을까?"

"단순히 다들 지친 것 아닐까?" 예전 같으면 남자든 여자든 길에 돌아다니기만 하면 자포자기한 사람이나 흉기를 든 괴한이 달려들었다. 나는 운 좋게 달아날 수 있었지만 그런 현장을 몇 번이나 목격했다. 지금은 영 딴판으로 거리가 조용해졌다. 많은 사람이 남을 습격해 봤자 상황은 무엇 하나 개선되지 않는다는 것을 깨닫기 시작한 결과 같기도 했다.

"있지, 언니는 말이야." 아파트 입구가 보이기 시작했을 때 아미가 말했다. "지금은 그 옛날 애인을 용서했어?"

"용서해?" 나는 되물었다가 곧바로 "용서하고 자시고, 처음부터 그리 미워하지 않았어"라고 대답했다.

"그래?"

"아미는 누구 용서할 수 없는 사람이라도 있어?"

"나는…… 그래, 나 자신을 용서할 수 없어." 아미는 진지한 표정으로 말했다.

4

일단 집으로 돌아와 거실에 있는 시계를 확인했다. 오후 3시가 넘었다. 부엌 선반을 열어 비닐봉지에 넣어 둔 말린 고구마를 꺼냈다. 적당한 양을 다른 봉지에 넣어 가방에 담은 뒤 다시 집을 나섰다. 신고 있는 스니커의 천이 꽤 얇아진 것을 깨닫고 언제까지 버텨 줄지 걱정이 되었다. 근처에도 다시 장사를 시작한 가게가 몇 군데 있지만 신발 가게는 본 기억이 없다.

5분쯤 걸어 슈퍼마켓 근처에서 오른쪽으로 꺾어 자그마한 단층 주택에 도착했다. 함석지붕을 얹은 비슷한 형태의 집들이 나란히 열몇 채나 있다. 작은 마당이 있긴 했지만 어딘가 구조도 허술한 데다 유리가 깨지고 울타리가 망가진 곳도 많았다.

명패가 붙어 있는 집의 현관으로 가서 초인종을 누르자 들어오세요, 하고 어린아이가 어른 흉내를 내는 듯한 목소리가 들렸다. 현관문을 열고 안으로 들어갔다. 나는 "문단속 잘하라고 그렇게 말하는데도" 하고 화를 내면서 장지문을 열었다.

안에서 뒹굴고 있던 두 아이 중 남자아이가 높은 목소리를 냈다. "문을 잠가 봤자 열려고 마음먹으면 얼마든지 열 수 있잖아." 열한 살짜리 남자아이와 아홉 살짜리 여자아이가 있다. 남매였다. 오빠 이름이 유야고, 여동생이 유키다. 쌍둥이로 착각할 정도로 비슷하게 생겼다. 다다미 여덟 장짜리 방에 드러누워 만화 단행본을 읽고 있었다.

이 아이들과 알게 된 건 바로 일주일 전이었다. 저녁때 이 부근을 걷고 있는데 아이들이 어슬렁거리기에 "아이들끼리만 돌아다니면 위험해"라고 말을 건 것이 계기였다. 풀숲에서 뽑아 왔는지 강아지풀을 휘두르던 유야가 "하지만 우린 둘밖에 없으니까 아이들끼리 다닐 수밖에 없단 말이야"라며 토라졌다. 바로 옆에 있던 유키도 "하지만 우린 둘뿐이니까 아이들끼리 다닐 수밖에 없단 말이야"라고 비슷한 소리를 했다. 그거 아니? 그 강아지풀은 사실 이런 계절엔 나지 않아, 이상 기후라서 그래, 하고 가르쳐 줬더니 아이들은 "그래?" 하고 관심을 보였다.

"어머니는?"

"안 돌아와. 한참 됐어."

나는 반강제로 아이들의 집을 찾아갔다. 아이들만 사는 게 걱정된다고 하면 듣기에는 좋지만 사실은 아이들에게 부족한 부모의 역할을 연기해 보고 싶었던 것인지도 모른다.

집은 살풍경할 정도로 깔끔했다. 가구도 거의 없었다. 텔레비전과 비디오가 덩그러니 놓여 있는 정도였다. 이 아이들 집에서는 6년 전에 이사 준비를 앞두고 가구를 거의 처분해 버린 찰나에 소행성 소동이 터졌다고 했다.

"엄마는 너무 놀라서 이사할 정신도 없었고 완전히 의욕을 잃었어." "모처럼 아파트를 샀는데." "헌 집이지만." "35년 대출로." "셋이서 가구 배치도 정했는데." "방에 바를 벽지 색도 정했는데."

6년 가까운 지난 세월 동안 부조리한 비극이나 안타까운 광경을 많이 봐서 나도 어지간히 익숙해졌달까, 포화 상태라고 할까, 감각이 무뎌지긴 했지만 기대하고 있던 아파트 이사가 뜻하지 않게 중단되고, 어머니를 잃고, 그것을 담담히 말하는 두 아이를 보자 오랜만에 눈물이 났다.

"왜 울어?" 유야가 차가운 눈으로 나를 보았다. "다 함께 끝나는데." 유키가 입을 비죽거렸다.

"그런 건 나도 알아"라고 대꾸하자 유야는 "아줌마도 죽잖아"라고 했다. 스스로 확인하듯 말하는 그 목소리는 불안하게 떨렸지만 나는 일단 "아줌마라니 나 말이야? 말도 안 돼"라고 판에 박힌 듯이 화를 낸 다음 엄마라고 부르도록 시켰다.

두 사람은 나를 '가짜 엄마'라고 부른다. 가짜 울트라맨하고 같은 취급이다. 최근에는 거의 매일 이 집을 찾고 있다. 아이 둘만 있으면 걱정되니 아파트에서 함께 살지 않겠냐고 물어보았지만 아이들은 거부했다. 이유는 두 가지.

"엄마가 돌아올지도 모르니까."

"다마가 돌아올지도 모르니까."

아이들의 어머니는 1년 전, 음식을 구해 오겠다며 나간 뒤로 돌아오지 않았다고 한다. 이름으로 추측건대 아마 고양이일 듯한 다마도 반년 전부터 돌아오지 않고 있다.

텔레비전 위에는 어머니의 사진이 놓여 있다. 유야와 유키 사이에서 검은 원피스를 입고 분홍색 머플러를 감고 서 있는 그녀는 젊었다.

그녀는 어디서 험한 일에 휘말린 게 아닐까, 다마는 어디서 잡아먹힌 게 아닐까. 나는 그렇게 상상했지만 아이들에게 그런 말을 할 정도로 오만하지는 않다. "쪽지를 남겨두면 어때? 그러면 집을 비워도 어머니가 돌아오면 알 수 있잖아." 그렇게 말했다가 "다마는 글자를 못 읽어. 바보 아냐?"라는 소리만 들었다.

유일하게 다행한 일은 식사에 관해서는 곤란하지 않았다는 점이다. 아이들의 어머니가 캔과 채소 주스를 잔뜩 쌓아 두었다.

"엄마는 속았던 거야." 유야가 알려 주었다.

편하고 벌이가 좋은 일이 있다는 광고에 속아 캔을 파는 일을 했다고 한다. "아파트 대출도 있는데 해고당해서, 엄마는 불안해했어."

아이들의 어머니가 그 판매원으로 등록하자 본부에서는 이렇게 가르쳤다. 먼저 자기가 팔 상품을 대량 구매할 것. 일단 사라, 속는 셈 치고. 곧 집에 다 들어가지도 않을 만큼 많은 캔이 박스째 배달되었다. 상품을 비싼 값으로 팔면 차액이 당신 수입이 되는 겁니다, 이렇게 많이 버는 일은 또 없어요, 운이 좋네요. 어머니가 문의해 본 본부의 대답은 이런 식이었다.

당연히 캔은 팔리지 않았다. "속았어." 어머니는 한탄하며 떼어 온 캔 값을 어떻게 갚을지 막막해했다. 그때 소행성 뉴스가 나왔다.

"그래서 캔값도 안 갚아도 된대." 유야가 말했다. "떼어먹으면 된다고 했어. 엄마가." 유키가 신난다는 듯이 말했다. "그래서 대출도 어떻게 됐는지 잘 모르겠고, 캔만 남은 거야." 유야가 뒷말을 이었다. 당시 이 아이들이 그렇게까지 상세히 이해했을 리가 없다. 아마도 그 후에 자기들끼리 대충 상상한 것이겠지만 아이들은 어쨌든 그렇게 말했다.

어머니가 현명했던 점은 캔을 전부 마룻바닥 밑에 숨겨 놓았다는 사실이다. 음식을 차지하려고 싸움이 날 것을 예상했던 걸까? 지금도 유야와 유키가 무사한 건 이 집이 텅텅 비어 훔쳐 갈 물건이 하나도 없기 때문이지, 만약 집에 캔이 쌓여 있었다면 한참 전에 약탈자들이 침입했을 터였다.

나는 어머니가 똑똑하시네, 라고 말했다.

"하지만 가짜 엄마도 똑똑하잖아." 빈말을 할 이유도 없는데 유야가 그렇게 말했다. "다우트도 잘하고."

"난 거짓말을 잘하니까."

이 아이들과 만난 뒤로 어쩐지 트럼프를 할 때가 잦았다. 특히 다우트를 많이 했다. 이 집에서는 그게 인기 종목이었는지 "뭘 하고 놀까?"라고 물으면 "다우트!"라고 대답한다.

나는 트럼프로 노는 것 자체가 오랜만이었고 하물며 '다우트'는 졸업한 지 오래된 놀이라 고향의 작은 상점이 아직도 장사를 하고 있다는 소식을 들은 것처럼 반갑고 신선하게 느껴졌다. 게다가 그 게임 방식이 전혀 변하지 않았다는 사실이 우스웠다. 카드를 세 사람에게 돌린다. 첫 번째 사람이 "일"이라고 말하며 자기 카드를 뒤집어 앞으로 내민다. 그 카드가 정말 '1' 카드인지 아닌지는 모른다. 거짓말이라고 생각하면 "다우트!"라고 외친다. 거짓말이 맞다면 판에 나온 카드를 들킨 사람이 전부 가져가고, 헛다리라면 외친 사람이 그 책임을 지고 카드를 전부 가져간다. 가장 먼저 손에 든 카드를 없앤 사람이 이긴다. 그저 그뿐인 게임이지만 진지하게 싸우면 재미있다. 남을 의심하는 법을 배우기에는 안성맞춤인 놀이였다.

두 시간 가까이 다우트에 집중한 후에 나는 주방으로 갔다. 복도를 겸한 주방에서 캔을 데워 저녁을 만들었다. 내가 가져온 말린 고구마도 다 함께 먹었다. 저녁 식사는 밋밋하고 순식간에 끝났지만 유야와 유키의 표정은 만족스러워 보여 내 마음도 푸근했다.

그리고 욕조에 뜨거운 물을 받았다. 얼마 전부터 가스 공급이 재개된 덕에 간단한 조리도 가능하고 목욕물을 데울 수도 있지만, 어째서 가스가 통하게 되었는지는 모른다. 치안이 좋아졌기 때문일까? 그렇다고 해도 누가 어떤 사명감으로 가스를 보내 주는지 상상이 가지 않았다. 그래서 최근에는 어쩌면 소행성 충돌은 거짓말이었던 게 아닐까, 이 가스는 진짜 가스가 맞나, 그런 의심도 품게 되었다. 이 거리나 도시 밖에서 가스나 전기를 공급하며 우리를 관찰하는 누군가가 있어서 "저놈들, 정말로 세상이 끝난다고 믿고 있나 봐"라고 실실거리는 게 아닐까, 그런 기분이 든다. 욕실 욕조에 받은 물 온도를 확인하며 "다우트"라고 손가락질했다.

목욕탕에서 나온 아이들은 수건으로 머리카락을 박박 문지르며 텔레비전 앞에 앉아 비디오를 틀었다. 벌써 몇 번이나 본, 아동용 히어로 드라마를 녹화한 것이다. 어머니가 사라진 뒤로 아이들은 틈만 나면 이 비디오를 본다고 했다. "하지만 마지막 회만 못 봤어." "엄마가 녹화를 못 했어." "마지막에 어떻게 됐을까?"

나는 그 이야기를 듣고 혹시나 하는 마음에 근처 비디오 대여점에 들렀다. 나하고 같은 아파트에 사는 와타베 씨라는 남자가 일하는 작은 가게다. 이런 상황에도 아직 장사를 하고 있다.

상대방도 내 얼굴을 본 적이 있었는지 가게에 발을 들여놓자 나를 알아보는 눈치로 웃었다. 물어보니 바로 아동용 코너로 안내해 주었다.

즐비한 비디오테이프 속에서 유야 남매가 보던 시리즈를 찾으니 기뻤다. "발견!" 아이들이 기뻐할 모습을 상상하니 나도 행복해졌다. 어머니란 이런 것일까?

"마지막 회는 이건가요?" 맨 끝에 있던 케이스를 뽑자 와타베 씨가 "아" 하고 비명 같은 소리를 질렀다. "이건 대여 중이네요."

"어, 그럴 수가." 한탄하며 좀 알아봐 달라고 했더니 벌써 몇 년 전부터 대여 중으로 되어 있는 듯했다. "연체 요금이 상당하겠네요?"

이런 연체 요금은 아무리 연체해도 본체 가격 이상은 청구하지 않는 가게도 있는 모양이지만 와타베 씨 가게는 단순히 일수로 계산하기 때문에 제대로 따지면 금액이 상당하다고 했다. 그는 "기대되네요"라며 웃었다.

"내일 엄마네 집에 가 볼까?" 유야가 텔레비전 화면을 바라보면서 느릿하게 말했다. "가짜 엄마네."

"그래, 좋지." 너무 티 나게 환영하면 아이들이 부담을 느껴 물러나지 않을까 경계한 나는 그 질문에 신중하게, 극히 자연스러운 말투로 대답했다.

　주방 서랍에 있던 오래된 잡지를 꺼내, 백지에 가까운 페이지를 잘라 내서 아파트까지 오는 약도를 그렸다. 분명 처음에 만났을 때도 알려 줬는데 잊어버린 모양이다.

　그럼 내일 오후 3시에 보자, 하고 현관에서 인사를 했다. 그때 문득 깨달았다. '내가 여기 살면 해결되는 것 아냐?'

5

　밤이 되자 나는 같은 아파트에 사는 이치로의 집을 찾아갔다. 같은 3층에 사는 이웃이지만 반년 전까지는 거의 얼굴도 마주친 적이 없다가 우연한 계기에 친해졌다.

　이 아파트에서 인질 농성 사건이 터져 경찰이 주민들을 밖으로 대피시킨 적이 있었다. 물론 나도 비상계단으로 밖으로 나가 아파트를 에워싼 구경꾼 틈에 꼈는데 그때 옆에 있던 게 이치로였다. "이제 곧 운석이 떨어지는데 농성할 이유가 있을까?" 비슷한 또래라고 생각해 별생각 없이 말을 걸었다. 실제로는 나보다 다섯 살 많았지만 동안이라 또래 친구를 대하는 기분이었다.

그것을 계기로 어느새 집을 오가며 잠자리를 함께하는 사이가 되었다.

"그때 그 범인 아직 안 잡혔겠지?" 침대에 누워 문득 그때 일을 떠올린 내가 말했다.

"그때? 아아, 농성했던 사람들?" 그는 베개가 불편한지 꼼지락거렸다.

"그보다 과연 경찰이 지금도 제대로 돌아갈까?"

"하지만 요전에 뒷골목을 지나가다 칼을 든 사람을 체포하는 걸 봤어. 붙들어서 막 때리기도 하고."

"그건 아마 정의감이라기보다 당당하게 스트레스를 풀기 위해 경찰 일을 계속하는 것 아닐까?"

"만일 그렇다면 끔찍하네."

"그게 아니라면 이런 세상에 누가 경찰관을 하겠어."

머리맡 시계를 보니 새벽 1시였다. 오후 9시에 이 집에 와서 함께 목욕을 하고 침대에 들어가 알몸으로 어영부영 뒹군 후였다. 땀이 식은 우리는 각자 잠옷을 입고 연인들처럼 잡담을 나누고 있다.

"이치로는 평소 낮에는 뭘 해?"

그는 이따금 이웃들과 축구를 하며 놀기는 하지만 나머지는 책상에 앉아 일기 같은 글을 쓸 때가 많았다.

"자서전을 쓰고 있어. 자서전."

"자서전?" 나는 쉿소리를 내고 말았다. "이치로 당신 걸? 파브르 같은 게 아니라?"

"내가 왜 파브르 자서전을 써? 내 거야, 내 거."

"하지만 이치로는 딱히 대단한 일을 한 게 없잖아."

"대단한 일을 한 게 없다니 그런 섭섭한 말 하지 마. 뭐, 맞는 말이지만." 실내는 이미 어두웠지만 이치로의 쓴웃음에 맞추어 공기에 표정이 깃드는 것 같았다.

"애초에 옛날엔 무슨 일을 했어?" 전에도 물어봤지만 그때는 얼렁뚱땅 넘어갔다.

그는 가쁘게 콧숨을 쉬었다. 그것은 민망한 웃음 같았다. "그걸 가르쳐 주면 리리코가 이거 해 줘, 저거 해 줘, 하고 조를 것 같아서."

"그게 뭐야." 나는 그렇게 말하며 성인 비디오에 출연했던 건 아닐 테고, 하고 놀렸다.

"그건 아니지만 비슷할지도." 그는 웃음을 터뜨렸다.

만일 이런 상황이 아니었다면, 극히 평범한 일상과 생활이 이어졌다면, 나는 그의 연인이 되고 싶었을까? 문득 그런 생각이 머릿속에 떠올랐다. 모르겠다는 말밖에 할 수 없다.

이치로에게는 연인이 있었다. 입 밖에 자주 내지는 않지만 그 연인과 찍은 스냅사진이 책상 위 일기장에 껴 있는 것을 본 적이 있다. 그렇다고 불쾌해지는 건 아니다. 나는 연기를 하고 있다. 애인을 얻은 여자가 되고 싶을 뿐, 그것은 이치로도 마찬가지 아닐까?

"우리가 죽어도 언젠가 누군가가 내 자서전을 발견하고 감탄할지도 모르잖아."

"그걸 위해서 쓰는 거야?"

"그래."

"저기, 알고 있겠지만 소행성이 떨어지면 그런 일기 같은 건 전부 사라질 거야."

"거짓말, 진짜로?" 이치로가 진심으로 놀라는 눈치여서 나는 웃음을 터뜨리고 말았다. "진짜지 그럼."

6

아침에 일어나 재빨리 샤워를 하고 옷을 입고 이치로의 집을 뒤로했다. 나가면서 "그럼" 하고 침대를 향해 인사를 하자 그는 "아아, 미안. 나 저혈압이라"라고 웅얼거리더니 내 이름과는 비슷하지도 않은 다른 여성의 이름을 불렀다. 아마도 그 사진 속 여성의 이름이리라. 나는 스스로도 놀랄 정도로 그 사실에 아무

충격도 받지 않고, 그냥 그러려니 했다. 애인 역할을 연기하는 배우가 어느 찰나에 실제 애인의 이름을 부르는 것과 비슷하다. 실수이긴 하지만 죄는 아니다.

다만 그대로 흘려 넘기기도 싫어 현관에서 나갈 때 "다우트"라고 말하고 "그럼 안녕, 무네아키"라고 전에 사귀었던 연인의 이름을 불러 보았다.

집으로는 돌아가지 않고 바로 계단을 내려가 밖으로 나갔다. 손목시계를 보니 아침 7시, 하얀 구름이 드문드문 떠 있는 상쾌한 푸른 하늘에 괜히 발걸음도 가벼워졌다.

'힐즈 타운' 북쪽으로 갔다.

도중에 지나가는 경트럭과 마주쳤다. 정면에서 다가오는 그 하얀 트럭 짐칸에는 배추와 양배추가 산더미처럼 쌓여 있었다. 운전석에 앉아 있는 사람은 슈퍼마켓 사장이었다. 튀어나온 턱이 특징적이다. 조수석에는 엽총이 놓여 있다. 노면이 울퉁불퉁한 길을 속도를 높여 바람처럼 달려가는 경트럭은 시원스러웠다. 조수석에 카세트라디오라도 있는지 열린 창문으로 요란한 록 음악이 흘러나왔다. 달려가는 뒷모습을 한참이나 바라보고 있으려니 뒤늦게 피어오른 먼지가 내 눈 앞을 가렸다. 어디에서 구한 채소인지는 모르겠지만 요즘 세상에 가게를 유지하고 식량을 공급하는 사장은 한없이 영웅에 가깝다.

한참 걸어갔더니 이번에는 폐가로 변한 아담한 술집이 나왔

다. 유리는 깨졌고 가게 안 진열대는 옆으로 넘어갔다. 바닥에
는 말라붙은 피 같은 색이 보이는 무참한 모습이었지만 더 이상
빼앗길 물건이 없는 술집은 지금은 분명 안전한 장소일 것이다.
그 가게의 창고 옆에 개가 묶여 있었다.

물론 내 개는 아니다. 언제 누가 묶었는지, 알아차렸을 때는
이미 그곳에 있었다. 갈색에 검은색이 섞인 평범한 털을 가진
귀가 쫑긋한 잡종견이었다. 가까이 다가가자 날 알아보고 꼬리
를 흔든다. 어째서인지 짖지 않는 개였다. 옛날부터 그랬는지,
짖다가 호된 꼴을 당하고 학습한 건지. 네 발로 굳건히 서서 나
를 바라본다. 숨을 할딱거리는 모습이 귀엽다.

"넌 맛없게 생겨서 다행이다." 주머니에서 어제 남은 말린 고
구마를 꺼내 개 앞에 놓았다. 순식간이었다. 고개를 숙이나 싶
더니 한입에 꿀꺽 삼켰다. 입을 우물거리더니 또 달라는 눈으로
쳐다본다. 오늘 몫은 이제 끝이야, 하고 나는 마술을 부리듯 손
을 흔들었다.

창고에서 꺼낸 밧줄을 개 목걸이에 달린 사슬과 바꾸어 산책
에 나섰다.

개의 이름도 몰랐고, 애초에 이름이 있는지도 확실치 않아 부
를 때는 '개'라고 불렀다. 물론 개도 '개'라는 보통명사를 알아
들을 리 없는지 대개 어리둥절한 표정이다. 산책할 때도 코를

바닥에 대고 열심히 걷다가 이따금 움찔 멈춰 서서 줄을 쥔 나를 돌아본다. 어라, 네가 주인이었나? 하는 의아한 눈으로 콧구멍을 벌름거린다. 나는 미안하네요, 주인이 아니랍니다, 하고 사과한다.

이상하게도 개의 산책 경로는 늘 달랐다. 영역을 확인하고 순찰하는 게 목적인 줄 알았는데 매번 다른 방향으로 발길을 돌렸고, 나도 막을 필요가 없어 개를 따라갔다. 영역을 확장하고 싶은 건지, 아니면 동료를 찾고 있는 건지조차 알 수 없었다. 북동쪽으로 걸어가기 시작했을 때 정면에서 걸어오는 중년 남성과 스쳐 지나갔다. 키가 작고 배가 나온 그 남자는 낯선 얼굴이었다. 수염은 덥수룩하지 눈 밑은 시커멓지, 안색도 나쁘다. 청결하다고는 하기 어려워 나는 그가 갑자기 달려들지나 않을까 순간 위기를 느끼고 개 목걸이의 밧줄을 꽉 움켜쥐고 되돌아갈까 하는 생각도 했다. 하지만 그것도 실례인 것 같아 마음을 바꾸었다. 게다가 그의 오른손에는 밧줄이 있고, 그 끝에는 작은 불도그가 묶여 있어 '개를 좋아하는 사람 중에 악인은 없다'라는 편견에 가득한 격언을 떠올리며 "안녕하세요" 하고 인사를 했다. 나의 개와 불도그가 경계심과 친밀함을 내보이며 서로의 냄새를 맡았다.

"아아, 안녕하신가." 남자가 고개를 숙였다. 생기는 없지만 정신 나간 사람 같지도 않았다. "서로 무사해서 다행이군." 처음

만나는데도 동지에게 말을 거는 투이기도 했다.

"그럭저럭요." 나는 대답했다. "얼마 전까지 개도 고양이도 잡아가는 일이 많아서 큰일이었죠." 불도그를 쳐다보았다.

"다 잡아먹어 버리겠지." 그는 무서운 얼굴로 중얼거렸다. 화내는 기색은 아니었으니 원래 그렇게 생긴 얼굴이리라. 그 말에 맞추어 불도그도 침울해하는 것처럼 보였다. 그렇다니까, 잡아먹으려고 해, 난처해, 라고. "나는 어차피 그럴 바에야."

"어차피 그럴 바에야, 뭔가요?"

"내가 먼저 죽으면 이 녀석이 먹어 줬으면 하지만."

"그건." 나는 예상치 못한 대답에 흠칫 놀랐다. "그건 또 대담한 말씀이네요."

"지금 당장 죽어서 먹이가 되어 줄 정도의 용기는 없지만."

"그런 짓을 하면 불도그가 울 거예요."

"그럴까?" 그는 지나가려다가 내 밧줄 끝에 묶인 개를 흘깃 보고는 "피부병인가?"라고 중얼거렸다.

"네?"

"그 개, 목이랑 배에 부스럼이 있군. 빨갛게. 가려워하잖나?"

그러고 보니 개는 다리를 용케 써서 목과 배를 긁는 경우가 많았다. 나는 그 자리에 주저앉아 목걸이 옆의 털을 갈라 보았다. 확실히 볼록하고 빨간 부스럼이 잔뜩 나 있었다. "이건 어떻게 해야 하죠?" 나는 고개를 들어 물었지만 남자와 불도그의 모습은 이미 없었다. 홀연히 바람에 날린 흙먼지 속으로 사라진 것처럼 너무 황망했다. 나는 일어나서 좌우 양쪽 길을 번갈아 둘러보았지만 그림자조차 찾을 수 없었다.

어느새 목걸이에서 밧줄이 풀려 있었다.

고리가 헐거웠던 걸까. 아차 싶었을 때는 이미 늦어, 개는 그 자리에서 힘차게 달려 나갔다. 밧줄에서 풀려난 자유를 만끽하고 싶었던 걸까, 아니면 내게서 어지간히 달아나고 싶었던 걸까, 개는 길을 똑바로 달려가 눈 깜짝할 새에 멀어졌다.

이제 어쩌지 싶어 멍하니 서 있는 내게는 두 가지 선택지가 있었다. 뒤를 쫓거나. 개는 잊어버리고 돌아가거나.

길 앞에는 괴괴한 분위기로 가득한 삼나무 숲이 있어 발을 들여놓기가 꺼려졌다. 하지만 앞뒤 생각하지 않고 들어갔다. 지나다니는 사람들이 밟아서 낸 오솔길이 있었다. 이른 아침의 햇살이 나무들에 가려 어둑했다. 키가 큰 삼나무가 흔들려 바닥에 얽힌 그림자가 바르르 떨렸다. 머리 위에서 우는 나뭇잎 소리는 물론, 주위 전체가 내게 경고하는 것 같아 다리가 움츠러들었지만 필사적으로 달렸다. 주위를 정신없이 둘러보며 "개야, 개야!" 하고 불렀다.

군데군데 가방과 륙색, 쓰레기봉투와 박스가 굴러다녔다. 시선을 피했다. 아무리 안정을 되찾았다지만 종말을 향해 가는 세상이 정돈되어 있을 리가 없다는 사실을 다시금 실감했다. 치안은 엉망이고, 쓰레기는 넘쳐난다. 틈새는 막히지 않는다.

조금 아래쪽, 갈색으로 더러워진 연못 근처에서 개를 찾았다. 우연히 내려다본 시선 끝에 개가 있었다.

달려가니 개는 코를 바닥에 들이대고 어슬렁거리고 있었다. 연못 주변에는 원형을 알아볼 수 없는 음식쓰레기와 썩은 나무들이 굴러다니고 있었다. 그 냄새에 관심을 보인 것인지도 모른다. 나한테는 구역질 나는 썩은 내일 뿐이다. 개 옆에 주저앉아 목걸이에 줄을 걸었다. 그때 왼쪽에 떨어져 있는 헝겊이 눈에 들어왔다.

짐작 가는 바가 있었던 건 아니었다. 생각보다 먼저 왼손으로 그 헝겊을 집어 들었다. 바닥의 진흙이 잔뜩 묻은 헝겊이 진득하니 끈적거리는 소리와 함께 모습을 드러냈다.

분홍색 머플러였다. 군데군데 찢어졌지만 머플러라는 것은 겨우 알아볼 수 있었다.

"머플러." 나는 중얼거렸다. 개가 꼼지락거리더니 내 옆구리 밑에 고개를 들이밀었다. 뇌리에 되살아난 것은 유야와 유키의 집에 있는, 아이들 어머니의 사진이었다. 이것은 그녀가 목에 감고 있던 머플러와 흡사했다. 기분 탓이라고 생각하면 기분 탓이지만 기분 탓이 아니라고 생각할 수도 있다.

개를 데리고 포장도로로 돌아왔다. 미끈거리는 바닥을 걸었다는 이유 이상으로 몸이 무거웠다. 빈혈을 느끼고 몇 번 쉬었다. 삼나무 숲에 햇빛이 그물처럼 비쳤지만 캄캄한 어둠 속을 걷는 기분이었다.

발로 목을 긁는 개를 보니 더 우울해졌다.

머플러를 발견했지만 유야 남매에게 그 사실을 알려야 할지 판단이 서지 않았다. 가려움에 시달리는 개를 도와줄 수도 없다. 불가능한 일뿐이다. 어머니인 척, 주인인 척하지만 결국 그것은 소꿉놀이에 지나지 않는다. 중요한 역할은 전혀 못 하고 있지 않나. 쓸모없는 나 자신이 절망스러워, 그 자리에 무릎을 꿇고 싶었다. 용서해 달라고 누군가에게 매달리고 싶었지만 용서를 구할 상대조차 떠오르지 않는다.

7

"가령." 나는 사오토메 할머니 댁 툇마루에 또 멍하니 앉아 있었다. 정원수를 다듬는 사오토메 할머니의 뒷모습에 대고 말을 걸었다. "괴로운 진실은 본인에게 알려 줘야 할까요, 침묵해야 할까요? 어느 쪽이 정답일까요?"

갑자기 그런 질문을 했는데도 사오토메 할머니는 화를 내지 않았다. 전지가위를 든 채로 천천히 내 쪽으로 고개를 돌려 "무슨 일이 있었니?" 하고 미소를 지었다.

"그냥 가정이에요." 실화라는 말은 차마 못 하고 "기르던 고양이가 사라졌는데, 찾다가 근처 길에서 차에 치인 걸 발견한 거죠. 그럴 때 아이들에게 그 사실을 가르쳐 주는 게 나을까요?" 정확히는 고양이가 아니라, 어머니다.

"아이가 있었니?" 사오토메 할머니가 웃었다. "그래, 난 잘 모르겠지만 둘 다 상관없지 않을까?"

"둘 다?" 무책임하다.

"둘 다 정답." 사오토메 할머니는 내 옆에 앉았다. 영차, 하고 기합을 넣더니 천천히 앉는다. "어떻게 하는 게 아이를 위한 일일지 열심히 고민해서 결정했다면, 난 그것만으로도 옳다고 생각해. 옆에서 보는 사람은 별소리를 다 할 수 있지만 고민해서 결정한 사람이 가장 훌륭하니까."

"그럴까요?"

사오토메 할머니는 눈을 가늘게 뜨고 나도 정원 손질은 아마추어라 어떻게 하면 좋을지 모르지만 진심을 담아서 하고 있거든, 제대로 되지 않아서 말라 죽어도 후회하지 않기로 했어, 라며 웃었다. 자기만족이라고 할 수도 있지만, 하고 단서를 달고 "그러니까 우리 아들이 손주를 데리고 사라진 것도 필사적으로 고민한 결과였다고 이해하려는 게지. 이 할머니는 말이야"라는 말도 했다.

"그렇구나." 나는 그렇게 대꾸하고 사오토메 할머니에게서 나오는 안도감 같은 기운에 깜빡 잠이 들 뻔했다. 사오토메 할머니의 아들 내외가 사오토메 할머니를 데리고 가지 않은 이유는 막상 아오바산 속 다리에서 뛰어내릴 때 사오토메 할머니의 따뜻한 기운을 느끼면 결심이 무너질까 봐 두려워서 그랬던 게 아닐까?

"할머니는 아드님 가족을 용서한 거예요?" 나는 무심코 그렇게 물었지만 그때 이미 사오토메 할머니의 모습은 사라지고 없었다. "할머니?" 작은 목소리로 불러 보았다. 방에서 들려오는 대답은 없었다. 그 실내의 고요함에 공포를 느꼈다.

무대에서 차례로 사라진다.

최근에 그런 꿈을 자주 꾼다. 깨어 있을 때도 그런 공포에 시달리니 꿈이라기보다 공상일지도 모른다. 무대에서 연기를 계속하는 나를 두고 차례로 배우들이 사라진다. 조명은 차츰 어두워진다. 객석으로 굴러떨어지는 사람도 있거니와 무대 옆으로 조용히 떠나는 사람도 있다. 나 혼자만 우왕좌왕 무대에서 내려갈 기회를 못 찾고 있다. 나를 남겨 두고 다른 배우들은 재빨리 다른 장소로 이동해 뒤풀이라도 하면서 신나게 노는 게 아닐까 의심스러워지기까지 한다. "용서해 줘!" 그렇게 외치자 무대가 캄캄해지면서 내 모습은 사라졌다.

커다란 소리와 함께 땅이 쿵 하고 울리더니 집 전체가 흔들렸다. 장지문이 삐걱거린다.

무슨 일인가 당황해 거실로 돌아갔다. 할머니? 하고 불러보았지만 대답은 없다. 2층이다. 사오토메 할머니가 2층에 있는 경우는 지금까지 한 번도 본 적이 없어서 뜻밖이었다. 계단을 성큼성큼 올라가자 정면의 방에 쓰러져 있는 사오토메 할머니가 보였다. "무슨 일이에요?"

사오토메 할머니는 카펫 위에 허리를 웅크린 채 쓰러져 있었다. 옆에는 작은 사다리가 굴러다니고 있었다. 위를 보니 높이 달린 벽장의 문이 열려 있었다. 물건을 꺼내려다가 그만 굴러떨어진 모양이다. 급히 다가가자 의식은 있는지 사오토메 할머니가 "아야야" 하고 얼굴을 찌푸리다가 나를 알아보고는 "미안하구나" 하고 사과했다.

괜찮은지 물으면서 끌어안아 몸을 일으켜 세웠다.

"나도 이제 늙었네." 할머니는 쓴웃음을 지으며 윗몸을 꼿꼿이 세웠지만 바로 등을 누르면서 신음했다. 고통스러운 기색으로 근육이 뒤틀린 것 같다고 말했다.

나는 "천천히, 천천히" 하고 말을 걸며 할머니의 자세를 바꾸어 벽에 기대게 했다.

"대체 뭘 하려고 했던 거예요? 말씀하시면 제가 꺼내 드렸을 텐데." 나는 벽장을 올려다보았다.

"리리코가 항상 찾아와 주는데 미안해서. 나하고 있어 봤자 심심할 테니 비디오나 트럼프라도 없나 싶어서 말이야." 사오토메 할머니가 민망한 듯 입술을 일그러뜨렸다.

"심심할 리가 없잖아요." 나는 그렇게 말하며 사오토메 할머니의 어깨를 살짝 쳤다. 웃고는 있었지만 마음속으로는 역시 안 되는 걸까, 하는 마음이 컸다. 손녀인 척 굴며 가깝게 지내도 결국 서로 무리하고 있다는 것을 통감했다. "진짜 가족이었다면 심심할지 모른다고 괜히 마음 쓰지 않아도 될 텐데 말이에요."

그러자 사오토메 할머니는 "그렇지 않아. 아들한테도 손자한테도 마음을 쓰느라 내가 얼마나 힘들었는데"라며 싱글거렸다.

초인종 소리가 나서 사오토메 할머니의 얼굴을 보았다. "누굴까요?"

"글쎄다."

"전에도 왔던 그건가? 방주가 어쩌고저쩌고했던." 전에 젊은 남자 둘이 이 집을 찾아온 적이 있었다. "방주에 탈 사람을 모집하고 있습니다." 그런 기묘한 권유였다. 그들은 어두운 색조의 낡은 양복을 입고 사오토메 할머니를 상대로 청산유수로 설명하기 시작했다. 내 눈에는 그게 노인을 상대로 한 방문판매로 보여 황급히 끼어들었다. "돈이 목적인가요?"

"이런 종말에 돈을 목적으로 행동하는 사람이 있을 것 같습니까?"

"그럼 무엇을 위해서?"

"새로운 세상이지요."

"종교네요."

"그 말씀, 칭찬으로 받아들이겠습니다."

여유만만하게 대답하는 남자들에게서는 성의도 느껴졌지만 끝내 무슨 용건인지는 알 수 없었다. "어쩌면 이 소행성 소동 자체가 커다란 거짓말이고, 이런 상황을 만들어서 사람들을 불안에 빠뜨려 누가 돈을 끌어모으려고 하는 것 아닐까요?" 나는 나중에 상상의 나래를 펼쳐 보았다. "번거로운 사기로구나." 사오토메 할머니는 감탄하듯 말했다.

그래서 이번에도 나는 또 그때 왔던 남자들이 다시 찾아온 거라고 단정 짓고 "잠깐만 기다려요" 하고 사오토메 할머니를 그대로 두고 기세등등하게 1층으로 가서 현관을 열었다. 쫓아내 버려야지.

그런데 거기에 아미가 서 있었다. 깜짝 놀라 상황을 이해하지 못하고 앞에 서 있는 아미와 한참 말없이 마주 보고 있었다. 어서 오라고 인사를 할 뻔하다가 "어떻게 여길?" 하고 물었다.

"와 버렸어." 미안한 기색으로, 한편으로는 만족스럽게 웃고 있는 아미는 여동생의 모습 바로 그 자체였다.

8

"그야 언니는 늘 바빠 보이는 데다, 나하고 만나지 않을 때는 뭘 하는지 궁금했단 말이야." 아미가 빠르게 설명하기 시작했다. "뭘 하고 있어? 여긴 누구 집이야?" 아미는 기웃거리며 집 안을 들여다보려 했다. "실은 전에 언니가 이 집에 들어가는 모습을 우연히 봤거든. 그래서 이젠 가족도 친척도 없다고 했는데 어딜 돌아다니나 궁금해서. 혹시 애인일지도 모른다는 기대를 품고 이렇게 찾아온 거야."

"나 참." 쓴웃음밖에 나오지 않았다. "당당하게 정면 현관에서 초인종을 누르고 찾아오다니 대담하네."

"하지만 마당에서 몰래 훔쳐봤다가 언니가 애인하고 알몸으로 장난치고 있으면 그것도 나쁘잖아."

"애인하고 알몸으로 장난치고 있었다면 초인종 소리도 방해가 되는데." 나는 어깨를 으쓱하며 여기는 사오토메라는 할머니 댁이라고 말했다. 마음이 맞아 가끔 놀러 온다는 말도.

그러자 아미가 "그럼 나도 인사할래"라며 쾌활하게 말했다. "나도 마음이 맞을 거야."

"실은 지금 사오토메 할머니가 2층에서 넘어지는 바람에 정신이 없어."

"그거 큰일이네." 아미의 행동은 잽쌌다. 구두를 벗더니 곧장 집으로 들어가 계단을 거침없이 올라갔다. 나도 바로 따라갔다.

"어머나, 웬 젊은 아가씨가." 사오토메 할머니는 아미의 등장에도 너그럽게 대응했다. 나는 아미가 같은 아파트에 사는 여자애고, 잠깐 놀러 온 거라고 설명했다.

"일부러 와 주다니." 사오토메 할머니는 고개를 끄덕였다. 몸을 일으키려 했지만 아야야, 하고 다시 눈썹을 찌푸렸다. "요즘 계속 등이 아팠거든."

"내가 마사지를 해 드렸지만 소용이 없었어." 나는 말했다.

그러자 아미가 손뼉을 쳤다. "그러고 보니 우리 아파트에 마사지사가 있잖아?"

"있었나?"

"응, 있었을 거야. 그 사람을 불러올까, 언니?" 아미가 고개를 갸웃거렸다.

"와 줄까?"

"그보다 그 사람이 아직 살아 있는지도 잘 모르겠지만." 아미는 한 차례 웃고는 "얼른 불러올게"하고 뛰쳐나갔다.

그 재빠른 동작에 나는 말을 할 틈도 없었다. "언니라고 부르던데, 여동생이니?" 사오토메 할머니가 우아한 목소리로 물었다.

"사오토메 할머니가 제 할머니인 것처럼, 쟤는 제 여동생이에요."

어머나, 하고 사오토메 할머니가 즐거운 기색으로 대답했다.

30분쯤 지나 다시 초인종이 울렸다. 나는 사오토메 할머니를 부축해 겨우겨우 1층으로 내려왔다. 사오토메 할머니는 이 자세가 편하다며 방석을 베개 삼아 허리를 굽히고 옆으로 누워 있었다.

"아미가 왔네요." 나는 현관으로 향했다. "어때, 마사지사는 있었니?"

문을 열자 거기에는 아미 말고도 몇 사람이 더 있어서 나는 입을 쩍 벌리고 말았다. "어째서?"라고 말할 수 있었던 것도 한참 후였다.

"어라, 리리코잖아?" 아미 옆에 있던 이치로가 말했다.

"정말이네, 가짜 엄마다." 유야가 유키의 귓가에 그렇게 말했다.

"함께 산책했던 사람이다"라고 말하는 것처럼 개가 꼬리를 흔들었다.

9

"이게 대체 어떻게 된 일이야?" 나는 혼란스러운 마음으로 물었다. 아미는 "어라, 아는 사이야?" 하고 의아한 목소리로 물었다. "이 사람, 마사지사" 하고 이치로를 가리켰다.

"아는 사이랄까." 나는 우물거렸지만 이치로가 망설이지 않고 "이 사람은 지금 내 애인이야"라고 설명해서 깜짝 놀랐다. 가슴속에서 공이 튀어 오른 것처럼 들뜬 기분이었다. 이치로가 애인이라고 바로 답할 줄은 꿈에도 몰랐기 때문이다. 그 뜻밖의 환희에 조금 당황하면서도 "마사지를 해?"라고 이치로에게 물었다.

"평화로울 때는." 그가 쑥스러운 듯이 말했다. "그게 직업이었어."

"엄마, 다마가 돌아왔어." 유야가 옆에서 끼어들었다.

"다마?"

"봐." 유야가 개를 묶은 밧줄을 살짝 잡아당겼다. 나는 또 깜짝 놀랐다. "그 개가?"

"맞아, 얘가 다마야. 조금 전에 밖에서 걷고 있는데 어슬렁거리더라고. 그치?" 유야의 말에 유키도 "응, 그랬어"라고 고개를 까딱였다.

"아까 아파트에 돌아갔더니 이 애들이 있더라고." 아미가 상황을 설명해 주었다. 마사지사인 이치로의 집에 가려다가 우리 집 앞에 있는 유야 남매를 발견했다고 한다. 나는 황급히 개 목걸이를 보았다. 고리가 풀려 있었다. 그 술집 창고에서 나와 유야 남매와 재회한 걸까?

"개가 돌아와서 알려 주려고." 유야의 말을 들은 아미는 그렇다면 리리코가 있는 곳으로 데려다주겠다고 했다. 그 후에 이치로를 불러 다 함께 여기로 왔다는 것이었다.

"이게 뭐야." 여전히 혼란의 늪에서 빠져나올 수가 없었다. 머리가 좀처럼 돌아가지 않는다. 도르래고 톱니바퀴고, 하나부터 열까지 진흙투성이라 머리가 작동하지 않는 느낌이었다.

"북적거려서 좋구나." 뒤에서 사오토메 할머니의 밝은 목소리가 들렸다. "올라오라고 하지 그러니?"

내가 그러네요, 라고 대답하기도 전에 모두 신발을 벗기 시작했다.

10

이치로의 마사지는 본격적이라 꽤 효과가 있을 것 같았다. 사
오토메 할머니의 몸을 천천히 움직여 상태를 살피듯 등의 경혈
을 눌렀다. 엎드린 사오토메 할머니가 기분 좋은 소리를 냈다.

나는 의자에 앉아 그 광경을 바라보며 프로는 다르다고 감탄
하면서도 묘한 집단이라고 생각했다. 우연인 건 분명하지만 내
가 요새 관여한 사람들이 한자리에 모여 있다. 다음엔 나도 마
사지 좀 해 달라고 했더니 이치로가 "그래서 가르쳐 주기 싫었
다니까"라고 했다. 사오토메 할머니가 웃었다.

아미는 툇마루에 앉아 줄에 묶인 개를 보고 있었다. 그냥 귀
여워하는 건가 싶었는데 실상은 달랐다. 아미는 내 곁으로 오더
니 "언니, 저 개 피부에 부스럼이 나 있지?"라고 말했다.

"맞아." 나는 죄를 시인하는 기분이었다.

"부스럼 난 자리는 털을 깎고 약용 샴푸로 씻어 주면 낫기도
하는데, 한번 해볼까?"

"어?"

"나, 햇병아리 수의사 같은 거였거든."

324

"어? 그게 뭐야?"

"그게 뭐냐니, 수의사라니까." 아미는 자기를 가리키더니 똑똑하게 발음했다. 그리고 "집에도 약이 조금은 있으니까"라고 했다. 나는 이미 조금 전부터 계속 놀랄 일들뿐이라 뭐가 뭔지 잘 몰랐지만 "제발 고쳐 줘"라고 대답했다. 알겠다고 고개를 끄덕인 아미는 환하게 웃나 싶더니 조금 어두운 표정으로 세상에 난리가 났을 때, 참 많은 개와 고양이를 죽게 내버려 뒀다고 고백했다. "그랬구나." 그런 대답밖에 할 수 없었다.

"나, 스스로를 용서할 수가 없었어." 자기혐오가 번진 아미의 표정에 나도 가슴이 아팠다.

무슨 말을 해도 일시적인 위안일 뿐이라는 것을 알면서도 나는 말하기로 했다. "무책임하지만, 내가 아미를 용서해 줄게."

"무슨 말이야?"

"아미를 용서해 준다니까."

"아마 죽은 개와 고양이들이 지금 화를 내고 있을 거야. 멋대로 용서하지 말라고."

"대신 아미도 언젠가 누군가를 용서해 줘." 나는 무심코 그렇게 말했다. 그리고 "그나저나 개한테 다마라는 이름을 붙이는 센스를 이해할 수가 없어"라고 요란하게 한숨을 쉬었다.

그 직후, 계단에서 우당탕 내려오는 소리가 들렸다. 유야와 유키가 흥분한 얼굴로 달려왔다. 아이들은 내 앞에 서더니 "엄마, 이거 봐. 위에 있던 벽장에서 떨어졌어"하고 손에 든 상자를 내밀었다.

"남의 물건을 마음대로 들고 오면 안 된다고 했잖니." 나는 그렇게 말하면서도 그 상자를 보고 아, 하고 소리를 질렀다. 비디오 대여점 케이스에 든 비디오테이프였다. 제목을 보니 바로 그히어로 드라마의 마지막 회가 아닌가? "이건 또 무슨."

"잘됐다!" 유야와 유키는 의문도 느끼지 않고 활개를 쳤다. 날아오를 기세로 사오토메 할머니에게 가더니 "할머니, 비디오 봐도 돼요?"라고 부탁하고 있다.

"그럼, 그럼." 사오토메 할머니가 마사지를 받으며 대답하고는 고개를 살짝 들고 "아아, 그 비디오, 반납하는 걸 깜빡했네"라며 웃었다. 몇 년 전 조카네 아이들이 왔을 때 빌렸다가 잊었다고. "빨리 반납해야겠구나."

"아니, 이대로 시치미 떼죠. 반납하면 혼날 테니까." 이치로가등을 주무르면서 말했다. "못 본 척하자고요."

사오토메 할머니가 우후후, 하고 숨을 토했다.

어차피 이렇게 된 거. 나는 그때 마음대로 결정했다. 어차피이렇게 된 거, 차라리 다 함께 여기에서 살면 어떨까? 올스타 출연은 아니지만 남은 배우들이 모두 무대가 끝날 때까지 여기에서 가족을 연기하는 것도 호화롭지 않을까?

최근 나를 괴롭히던 악몽을 떠올렸다. 모두가 무대에서 사라지는 그 꿈 말이다. 그 고독에 비한다면 이 활기가 행복이 아니고 또 무엇일까?

이 제안을 어떻게 꺼낼지 고민하면서 유야가 튼 텔레비전을 보았다. 비디오를 넣고 재생하려는 찰나 그 화면이 눈에 들어와 그만 "잠깐만!"이라고 외쳤다. 이상하다는 듯이 돌아보는 유야와 유키에게 아랑곳없이 나는 텔레비전 앞으로 다가갔다. 화면에 방송이 나오고 있었다.

종말 소동의 혼란은 당연히 방송국도 덮쳤다. 그래서 6년 전부터 꽤 오랫동안 방송은 끊긴 상태였다. 다만 최근 들어 조금이지만 복구가 시작되고 있었다. 잡음과 노이즈 화면이 대부분이지만 변덕을 부리듯 뉴스 방송을 내보낼 때가 있다. 전파 상태가 이상한 건지 소행성의 접근이 위성에 영향을 주었는지, 드물기는 하지만 해외 텔레비전 방송 같은 영상이 흘러나올 때도 있었는데 지금 내 앞에 비친 방송도 그런 종류였다.

외국인 두 사람이 나란히 앉아 있고 오른쪽에 있는 수염 난 남자가 마이크를 들고 있다. 리포터인 것 같았다. 내 눈을 사로잡은 건 그 왼쪽에 앉은 남자였다.

가무잡잡하고 둥그런 얼굴, 눈이 푹 꺼진 그 모습은 주름이 더 늘긴 했지만 그 인도 출신 배우가 틀림없었다. "왜 그래, 엄마?" 유야가 물었다.

고등학생 때와는 달리 간단한 영어라면 알아들을 수 있으니 이번에는 자막에 의존하지 않아도 된다. 잡음이 섞인 음성에 필사적으로 귀를 기울였다. 옛날 영상이 아니라 지금 현재의 미스터 카멜레온을 인터뷰한 영상인 것 같아 더 놀랐다.

"배우에서 은퇴해 시골로 물러난 지 오래되었는데요." 요컨대 리포터인 그가 배우의 열렬한 팬으로 세상이 끝나 버리기 전에 꼭 한번 만나고 싶은 나머지 카메라를 들고 시골로 달려간 듯했다. 전파를 사적으로 남용했다고 생각하지만 탓할 기분도 들지 않았다.

"나는 지금 자급자족하며 느긋하게 생활하고 있소. 솔직히 이렇게 들이닥치다니 민폐요." 그 배우는 퉁명스럽게 대답했다. 그 나직한 말투는 내가 동경했던 시절과 변함이 없어 기뻤다.

리포터는 먼저 이렇게 물었다. "소행성이 떨어져 지구가 끝날 때까지 앞으로 2년 반밖에 안 남았는데요. 지금 심경이 어떻습니까?"

그때 그 배우는 믿을 수 없는 반응을 보였다. 믿을 수 없을 뿐만 아니라 너무 어처구니가 없어서 그는 정말 세상에서 떨어져 있었구나, 이 정도로 철저했다니 대단하다, 하고 감격했다. 감격스러운 나머지 그 배우의 말에 넘어가 인생의 길을 결정한 나는 물론이고 앞으로 충돌할 무례한 소행성까지도 용서하고 싶어졌다.

그 배우는 리포터에게 몹시 진지한 얼굴로 이렇게 대답했다.

"어, 거짓말이지? 소행성? 진짜로?"

　"몰랐단 말입니까?" 리포터가 놀라 몸을 벌렁 젖혔고, 화면 밖에 있던 나도 뒤로 자빠졌다.

심해의 지주

POLE

GOODBYE EARTH

1

재미있었어. 사쿠라바 씨가 말했다. 나는 계산대 안쪽에서 비디오테이프를 받아 바코드 인식기에 대면서 "다행이네요"라고 대답했다.

한 닷새 전에 뭐 재미있는 영화 없냐고 묻기에 추천해 준 영화였다. 영화 취향은 천차만별이라 '엄청난 걸작'이라고 믿는 작품을 추천했다가 "뭐가 재미있는지 모르겠어요"라고며 씁쓸한 감상이 돌아올 때도 적지 않다.

"정말 재미있었어. 아내도 기뻐했고."

"슬슬 태어날 때가 됐나요?"

"예정일은 지났으니 언제 와도 이상하지 않지."

온다는 표현이 재미있다. 쳐들어오는 것 같지 않은가. 그의 부인은 임신 중이었다. "아이는 생기지 않을 줄 알았는데." 사쿠라바 씨는 반년 전에 쑥스러운 기색으로 말했다. "솔직히 소행성 뉴스보다 더 놀랐어."

"산달에 에일리언하고 몸싸움을 벌이는 영화를 빌려 드려서 죄송해요." 이미 늦었지만 미안했다.

"아니, 정말 재미있었어. 아내는 내가 잘 때도 봐서 세 번이나 봤는걸."

"그렇게나?" 세 번이나 볼만한 영화는 아닐 텐데.

사쿠라바 씨는 그 후에도 한참 가게 안을 둘러보면서 비디오 케이스를 꺼내 줄거리를 읽기도 하고 최근 아내의 오셀로 실력이 늘었다며 웃기도 했다. 그 역시 시간이 남아도는 건지도 모른다. 앞으로 2년이면 소행성이 지구에 충돌하는 상황에서 '시간이 남아돈다'니 농담으로밖에 들리지 않겠지만, 종말을 앞두고 반드시 해야 할 일이 없는 것도 사실이다.

"다음 축구 시합엔 오실 건가요?" 나는 사쿠라바 씨에게 물었다.

"공 차는 사이에 진통이 오면 무서우니 못 갈 것 같아."

동안에 귀가 큰 그는 평소에는 무척 온화해서 연하인 내게도 여러모로 배려해 주는 사람이지만 축구 시합 때는 끈질긴 움직임을 보이며 적의 수비를 가뿐히 제치고 점수를 따내는 공격수로 변모한다.

"전부터 한번 묻고 싶었는데." 사쿠라바 씨가 다시 계산대로 다가왔다. "와타베 군은 이 가게 몇 살 때 시작했어?"

"스무 살 때 예전 점장에게 물려받았어요. 그러니까 7년 전이네요."

"스무 살에 점장이라니 대단해."

"아니에요, 열아홉 살 때 센다이에 왔는데 이 가게에서 처음으로 아르바이트를 했어요. 그때 점장님이 꽤 연로하셨는데 제가 마음에 들었는지 갖고 싶으면 주겠다고." 나는 웃었다. 농담 같은 이야기지만 사실이었다. "갖고 싶으면 주겠다니, 장난감도 아닌데 말이죠."

"그럴 때 좋다, 하자, 하고 결심할 수 있다는 게 부러워." 자기는 우유부단해서 큰일이라고 한탄하는 사쿠라바 씨는 진지하게 말했다.

"경솔한 거죠." 나는 고개를 숙였다. "금방 결정해 버리거든요. 비디오 가게를 해야지, 결혼해야지, 이런 식으로."

"부러워. 그러고 보니 딸이 태어난 게."

"마침 소행성 뉴스가 나온 직후였지요."

"실례되는 질문일지도 모르지만, 낳을지 말지 고민하진 않았어?"

"별로 고민하지 않았어요."

"부러워."

"솔직히 말하면 비디오도 이미 매체가 사라져 이용하는 사람도 꽤 줄었고, 설마 금방 세상이 끝날 줄은 꿈에도 몰랐으니 전부 빗나간 결정이었지만요."

2

"나왔다, 나왔다. 아, 아빠, 어서 오세요." 아파트 현관을 열자 딸 미라이가 아장아장 걸어오는 참이었다.

이제 곧 여섯 살이 되는 딸아이가 들고 있는 파리채가 꽤 커 보였다. 복도를 걸어 나오더니 현관 앞에서 방향을 틀어 화장실로 들어간다.

"아, 여보, 어서 와." 미라이의 뒤를 쫓아온 아내 하나코가 날 보았다. 그녀도 오른손에 스프레이를 들고 "미라이, 잠깐 기다려" 하고 외치면서 화장실로 들어갔다.

신발을 벗고 복도로 가서 화장실을 들여다보았다. "미라이, 스프레이로 잡자, 스프레이로." 하나코가 필사적으로 미라이를 설득하고 있었다.

그 벌레가 나왔구나. 나도 눈치챘다. 광택이 흐르는 납작하고 민첩한 그 벌레가 화장실에 나온 것이리라. 퇴치할 작정인 것이다.

때려잡으면 바닥이나 벽에 벌레가 짓이겨져 들러붙기 때문에 하나코는 가급적 물리적인 공격을 피하고 화학적인 스프레이 공격을 선택하려 한다. 파리채와 장난감을 구분하지 못하는 미라이는 도구를 휘두르는 게 가장 큰 즐거움인지 물리적 공격을 좋아했다.

"미라이, 야만스러우니까 이걸 쓰자." 하나코가 말했다.

살충제가 훨씬 더 야만스럽지 않나, 나는 의문을 느끼면서도 복도를 지나 거실로 들어갔다. 소파에서 뒹굴고 있는 아버지의 모습이 눈에 들어왔다. 남색 티셔츠에 하얀 반바지를 입고 칠칠치 못한 모습으로 드러누워 있는 아버지는 나를 흘깃 보고는 "여어" 하고 퉁명스럽게 인사했다. 뺨은 홀쭉하고 눈이 날카롭다. 일흔이 넘었는데 기력도 체력도 넘쳐서 나는 늘 아버지가 연상이라는 사실을 잊을 뻔한다.

"할아버지, 해치웠어." 미라이가 돌아왔다. 파리채를 붕붕 휘두르고 있다.

"그래, 해치웠냐?" 아버지가 소파에서 일어났다.

하나코도 다가왔다. "그 벌레는 정말 생명력이 끈질겨. 죽어도 죽은 게 아니라니까."

"죽어도 죽은 게 아냐! 죽어도 죽은 게 아냐!" 미라이가 뜻도 모르면서 파리채를 흔들며 옹알거렸다.

"아마 그럴 게야. 운석이 떨어져도 그놈들만은 살아남겠지. 아니, 그놈들이 일제히 모여 운석에 힘껏 부딪치면 밀어낼 수도 있지 않을까?" 아버지는 씨익 웃었다.

"그런 꼴을 볼 바에야 운석이 떨어지는 게 낫겠어요." 하나코가 쓴웃음을 지었다.

"미라이는 보고 싶어. 바퀴벌레가 잔뜩 모여 날아가는 모습 보고 싶어." 미라이가 소름 끼치는 소리를 했다.

"어른들 말 잘 들으면 볼 수 있지, 암." 아버지가 그런 소리까지 했다. 나와 하나코는 얼굴을 마주 보고 눈썹을 찌푸렸다.

저녁 식사는 연어 통조림과 양상추샐러드, 그리고 밥 한 그릇씩이었다. 식탁에 넷이 앉아 맛을 음미하듯 먹었다.

주방에서 식탁 앞까지 박스를 쌓아 놓았다. 통조림과 레토르트 식품을 쌓아 놓은 것이다. 6년 전에 나와 하나코가 슈퍼마켓에서 필사적으로 쓸어 담은 물건과, 작년에 아버지와 내가 센다이 항구 근처의 창고에 침입해 손에 넣은 물건들이었다. 물건을 훔쳐 놓고 이런 말을 하는 것도 이상하지만 작년부터 치안이 꽤 좋아졌다. 기분 나쁠 정도였다.

"아버님, 망루는 슬슬 완성되어 가나요?" 하나코가 아버지에게 물었다. "망루, 망루." 미라이가 기쁜 듯이 되풀이했다.

"곧 끝난다." 아버지는 희끗희끗한 수염에 뒤덮인 입으로 씩 웃었다. 콧구멍이 벌름거린다.

아버지는 2년 전까지 야마가타에 살았다. 어머니는 내가 고등학생 때 타계하셨으니 혼자 생활하는 것 자체는 아버지도 분명 익숙했을 것이다. 종말을 앞두고 세상이 소란스러워졌지만 아버지는 원래 문제가 있을수록 생기가 넘치는 성격이라 걱정하지 않았다. 다만 자포자기한 이웃이 자기 집에 불을 질렀는데, 글자 그대로 그 불똥이 튀어 아버지의 집이 타 버렸기 때문에 어쩔 수 없이 센다이로 불렀던 것이다.

처음에 나는 그렇게 민폐만 끼치는 사람하고는 함께 살기 싫다고 주장했다. 단지 아내 하나코가 줄기차게 "여보, 그러지 말고 오시라고 하자. 아버님도 분명 기뻐하실 거야"라고 말하기에 마지못해 승낙했다.

아내의 부모님은 소행성 소동의 혼란이 시작된 직후 백화점 앞에서 줄을 서 있다가 도미노처럼 쓰러지는 사람들에 휘말려 어이없이 돌아가셨다. 그 때문인지 "당신은 아직 부모님이 살아 계시니 효도할 의무가 있어"라는 아내의 말에는 설득력이 있었다.

"하나코는 우리 아버지를 한 번밖에 못 만나 봤으니 잘 모르겠지만."

아내가 아버지를 만난 건 가족끼리 치른 결혼식 때뿐이었다.

"아버지는 효도를 받고 기뻐할 만큼 기특한 사람이 아니야."

하나코는 당연히 내 말을 농담으로 흘려 넘겼지만 함께 산 지 한 달도 되지 않아 내가 옳았음을 인정했다. "당신 말이 맞았어. 저 사람, 이상해. 귀여운 구석도 없고."

아버지가 아파트 옥상에 망루를 짓기 시작한 것은 센다이의 이 '힐즈 타운'에 와서 얼마쯤 지났을 때였다. 내 가게에 있는 영화 비디오를 멋대로 보더니 "운석이 떨어지면 홍수가 온다는 구나"라고 했다.

"아아, 그런 영화가 있죠." 나도 그렇게 대답했다. "그래서 요?"

"센다이 시가지나 해변은 물론이고 이 야트막한 언덕 위에 있는 마을도, 이 아파트도 분명 커다란 해일에 잠길 게야. 여기도 바다에 잠겨 심해가 되겠지."

"그럴 가능성은 있겠죠." 그 영화라면 오래전에 본 적이 있었다. 스크린 너머였는데도 소행성 충돌 후에 찾아온 홍수의 파괴력은 소름 끼칠 정도로 강력했다.

"그래서 말인데, 역시 마지막까지 홍수에 휘말리기는 싫지 않으냐. 옥상에 망루라도 만들까 싶구나." 코를 문지르는 아버지는 이미 이야기는 끝났다는 표정이었다. "조금이라도 높은 곳에 앉아 사람들이 파도에 휩쓸리는 모습이나 구경하련다."

"굉장히 유익한 생각이네요." 나는 그렇게 비아냥거렸지만 아버지는 "그렇지? 너도 그렇게 생각하느냐?"라며 고개를 끄덕였다.

그 후로 아버지는 틈만 나면 옥상에 가서 망루를 짓고 있다. 어디선가 목재를 찾아내 실어 나르고 도끼와 밧줄을 써서 조립하고 있었다.

"원한다면 너희가 앉을 자리도 만들어 줄 수 있다." 아버지는 양상추를 씹어 먹고는 그렇게 말했다.

"사양할게요."

"그렇겠지."

"아빠, 오늘 엄마가 어디 가 버렸어." 미라이가 포크로 식탁을 치면서 이제야 생각났다는 듯이 말했다.

"어디 가 버렸어?" 무슨 뜻인지 몰라 나는 하나코를 쳐다보았다. 그러자 그녀는 조금 주눅 든 목소리로 "비밀이라고 했잖아"라며 미라이의 머리를 쓰다듬었다.

"맞아, 맞아, 비밀." 미라이가 소리를 높였다. "비밀로 어디로 가 버렸어."

"우연히 1층 후지모리 씨하고 외출하게 돼서."

"외출하다니, 어디에?" 후지모리 씨는 가족 넷이 아파트에 남아 있는 온화한 부인이었다.

"별로 대단한 곳은 아니라니까." 아내는 그렇게 말하면서 그이상 설명하려 들지 않았다. 그 자리에서 바로 어디에 뭘 하러 갔는지 끈질기게 따지는 게 좋을지도 모르지만 다그치는 게 미안해 마음을 쓰고 말았다. 이런 세상에서도 이해심 많은 여유 있는 태도를 보이고 싶었던 건지도 모른다. 나는 흐음, 하고 관심 없는 시늉을 했다.

3

비가 이틀 연달아 내려 미끈거리는 땅이 마음에 걸렸지만 하천 둔치에 있는 축구장은 물도 잘 빠져 평소처럼 시합할 수 있었다. 3점 선취한 팀이 우승이라는 규칙으로 두 시합을 뛰었다.

"다들 용케도 모이네." 운동장 끝 벤치에 앉아 있는데 옆에 앉은 쓰치야 씨가 그렇게 말했다.

"몸을 움직이면 생각을 할 필요가 없으니 딱 좋은 건지도 모르죠." 나는 대답했다. "달리 할 일도 없고."

"반년이 넘었는데도 머릿수가 줄지 않은 게 왠지 기뻐." 쓰치야 씨는 운동장 주변에서 휴식을 취하는 다른 멤버를 바라보았다.

작년 가을부터 정기적으로 하게 된 동네 축구였지만 처음 참

가한 멤버가 지금까지 계속하고 있다는 건 놀랍기도 했다. 열두 명이라서 6대 6으로 시합할 수 있다. 오늘은 사쿠라바 씨가 없어서 5대 5 시합에 한 명이 교대로 심판을 보기로 했다. 어쨌든 반년 넘게 이 멤버가 살아남았다는 사실은 틀림없다.

"쓰치야 씨, 고등학교 축구부에서 주장이었다면서요?" 나는 전에 사쿠라바 씨에게 들은 바가 있어 물어보았다.

"사쿠라바는 말이 많아." 쓰치야 씨는 웃었다. "뜻밖이지?"

"이해가 가던데요. 쓰치야 씨는 인망도 두터울 것 같고." 실제로 축구 시합을 할 때도 골키퍼인 쓰치야 씨에게는 안정감이 있었다. 기술적으로도 물론이고 시끄럽게 의견을 주장하는 것도 아닌데 정신적인 버팀목이 된다. "그 녀석이 있으면 마음이 놓여서, 이 세상에 질 시합은 없다는 생각이 들어." 사쿠라바 씨는 그렇게 말한 적이 있다. 정신적인 지주라고 하면서 '정신적 폴 pole'이라고 어중간한 영어를 썼다.

쓰치야 씨는 얼굴을 일그러뜨리더니 "인망이고 뭐고 없어. 게다가 누가 매달리는 건 불편해"라고 말하며 이마의 땀을 닦았다. "애초에 골키퍼라는 건 기본적으로 자기 팀이 점을 따지 않으면 빛도 못 보잖아. 그런 뜻에서는 매달리는 처지지. 페널티 구역 안쪽에서 어슬렁거리기만 하는 나는 아군이 점수를 따게 해 달라고 기도하는 수밖에 없어. 그래서 나는 그 말이 친근해."

"그 말?"

"진인사대천명."

"아군의 골은 천명이란 건가요?"

"진인사대운석이라고 해도 되려나." 쓰치야 씨의 말투는 어딘가 장난스럽다기보다 용감하게 맞서는 사람에 가까웠다.

"그런 마음이 들면 다행이죠." 나는 그렇게 말하며 쓰치야 씨의 옆얼굴을 바라보았다. 각진 윤곽에 이목구비가 뚜렷하고 시원한 눈매가 늠름했다.

"나는 죽는 건 그리 두렵지 않아." 쓰치야 씨가 불쑥 말했다. 허세는 전혀 느껴지지 않고, 운동장을 뚫어져라 바라보는 눈에는 열세인 시합을 즐기는 주장의 관록마저 감돌고 있었다. "죽는 것보다 무서운 일은 많지만."

"아아." 나는 그렇게 대꾸했지만 그 진의를 이해한 것은 아니었다. 다만 확실한 것은 쓰치야 씨의 시원스러운 말투에 조롱이나 허세는 전혀 없다는 사실이다.

"그러고 보니 와타베네 아버님, 특이하시다면서?" 쓰치야 씨는 문득 생각났다는 듯이 말했다. "후지오한테 들었는데." 후지오는 사쿠라바 씨의 이름이다.

"사쿠라바 씨, 말이 많네요. 난처한 아버지예요. 아파트 옥상에 망루를 짓고 있어요."

"망루?"

망루를 지어 누구보다 높은 곳에서 홍수를 구경할 셈이라고 설명했다. "어쨌든 이상한 사람이에요."

쓰치야 씨는 무척 유쾌한 표정으로 그 말을 듣더니 "이상한 사람이 키운 와타베는 평범한 청년인데"라고 말했다.

"그런 아버지처럼 되지 않겠다고 굳게 다짐했으니까요." 실제로 고등학교 졸업과 동시에 목적도 정처도 없이 센다이로 나와 자취를 시작한 것은 이대로 아버지와 함께 살다가는 그의 영향에서 벗어날 수 없다는 위기감을 느꼈기 때문이었다.

한 명, 또 한 명, 운동장으로 돌아가 공을 차기 시작했다. 패스를 보내고 슛을 쏜다.

시합이 끝나면 휴식을 취하고 체력이 회복된 사람부터 알아서 움직이기 시작한다. 그리고 슬슬 시작할까, 싶은 분위기가 되면 또 시합한다. 가위바위보로 팀을 바꿀 때도 있고 아까 시합의 복수전을 하고 싶다며 같은 멤버로 다시 할 때도 있다. 늘 그런 식이었다. 흘러가는 대로 기분에 따라, 경기 방식이 어설프기는 했지만 그런 방식이 마음 편했다.

"소행성이 떨어질 때, 죽을 때는 어떤 느낌일까요?" 나는 무심결에 물어보았다. 쓰치야 씨는 운동장에 핀 아지랑이라도 보는 표정으로 "눈 깜짝할 새 아닐까?"라고 말했다. "깜짝 놀라겠지만, 분명 눈 깜짝할 새에 의식이 사라질 테지. 아마 죽었다는 것도 모를 거야."

"그건 싫네요." 나는 진심으로 그렇게 대답했다.

"싫어?"

"아무 생각도 못 하게 되는 게 두려워요. 예를 들면 아, 죽었다, 이런 생각도 못 하게 되겠죠? 그건 무섭고 싫습니다."

"그런가." 쓰치야 씨는 골대를 책임지고 있을 때처럼 든든해 보였다. 그 때문은 아니지만 나는 정신을 차리고 보니 "그러고 보니 옛날에 죽고 싶었던 시기도 있었어요"라고 털어놓았다.

쓰치야 씨는 말없이 나를 바라보았다.

"흔한 이유였어요." 나는 묻지도 않았는데 떠들기 시작했다. "중학생 때였어요. 반 친구가 괴롭힘을 당하고 있었죠. 흔히 그러듯이."

"아아." 쓰치야 씨는 씁쓸하게 얼굴을 찌푸렸다. "아이도 어른도 괴롭히거나 괴롭힘을 당하거나, 그런 일들뿐이지."

"처음에는 못 본 척했어요. 괜히 끼어들면 저한테 불똥이 튀잖아요." 나는 관자놀이를 긁적였다. "하지만 어쩌다 변덕을 부렸는지, 죄책감에 시달린 건지 그 친구를 감쌌어요. 흥분해서 그만."

"불똥이 튀었구나." 쓰치야 씨는 실눈을 떴다.

"예상대로였죠. 요컨대 그런 건 아무나 상관없는 거예요."

"그래서 죽고 싶었던 건가."

"꽤 지독했거든요." 자세히 말할 생각은 없었고 굳이 떠올리기도 싫었다. 나는 혀를 쑥 내밀었다. "이렇게 괴로운 바에야 죽는 게 낫지 않나 싶어서."

"하지만 죽지 않았지."

"쓰치야 씨라면 뭐라고 대답하겠어요? 어째서 죽으면 안 되냐고 묻는다면."

"누가?"

"가령 아이가." 내가 그렇게 말하자 쓰치야 씨는 순간 곤혹스러운 표정을 보이더니 곧 어째서인지 기쁜 얼굴로 "우리 아들은 절대 그런 말은 하지 않을 거야"라고 눈웃음을 지었다.

나는 그 의미를 이해하지 못하고 어떻게 반응해야 하나 동요했다.

"뭐, 하지만 가령 그렇게 묻는다면 성가시겠지. 어째서 사람을 죽이면 안 되는가 하는 질문보다 성가셔. 자기 목숨은 자기 마음대로 해도 되는 것 아니냐고 주장할 테니까."

"성가시죠." 나도 동의했다. "그런데 바로 그 성가신 문제를 10대의 저는 부모님께 던졌던 거예요."

그 무렵은 아직 어머니도 건재했다. 어머니는 내 고백을 듣더니 펑펑 울면서 넌 훌륭해, 그야 당연히 괴롭히는 사람이 나쁜 거야, 하고 정론을 늘어놓더니 "내가 그 녀석들을 죽여 줄 테니 넌 죽으면 안 돼"라고 엉뚱한 호소까지 했다.

"그거 든든한 의견이네." 쓰치야 씨는 씩 웃으며 너그럽게 말했다. "감동적이야."

"뭐, 감동하기도 했지만 솔직히 '그럴 수는 없잖아' 하고 마음은 식어 있었어요."

"아버님은 뭐라고 하셨어?"

"그 사람은 정말 이상하거든요. 일단 다짜고짜 저를 팼어요. 그때까지 직접적인 폭력을 경험한 적은 없었는데 그때 처음으로 힘껏 얻어맞았죠."

다다미에 쓰러진 나를 굽어본 아버지는 "자살하면 안 되는 이유를 어떻게 알아, 멍청한 놈!" 하고 가슴을 펴고 내뱉었다. 그리고 "어쨌거나 절대 죽으면 안 돼"라고 말했다. "이놈아, 인생의 산을 겨우겨우 올라가고 있는데 괴롭고 무섭고 지쳤다고 한번 온 길을 되돌아갈 수 있을 줄 알았냐." 아버지는 입에 거품을 물고 말했다. "올라갈 수밖에 없단 말이다!"

"올라갈 의미가 없다니까."

"네가 뭐 그리 잘났냐. 나는 올라가 보라고 말하는 게 아니다. 올라갈 수 있는 한 올라가라고 명령하고 있는 거야. 게다가 끝까지 올라가면 산 정상에서 보는 경치는 분명 각별할 게다."

"인생을 산에 비유하는 건 진부한 소리예요."

아버지는 전혀 물러서지 않았다. "잘 들어, 나는 이유 같은 건 모르지만 어쨌거나 자살하면 죽여 버릴 테다." 이미 모순을 뛰어넘어 뒤죽박죽 엉망인 소리를 했다.

"역시 이상한 분이네." 쓰치야 씨가 기쁜 얼굴로 고개를 끄덕였다. "그래서 와타베는 죽지 않았던 거야?"

"부모님 말씀에 넘어간 게 아니라 단순히 죽을 용기가 없었던 거죠."

"나는 말이야." 쓰치야 씨는 그렇게 말하며 자리에서 일어났다. 모래를 털면서 "다른 사람들한테는 미안하지만 세상의 종말이 정말 고마워"라고 말했다.

물론 나는 무슨 뜻인지 이해하지 못했다.

"와타베네 아버님이 하신 말씀은 날카로워. 『빛이 있는 동안 빛 가운데로 걸으라』*라는 소설이 있잖아. 그걸 따라 하자면 '살 수 있는 길이 있는 한 살아라'라는 거지."

"무슨 뜻이에요?"

"필사적으로 사는 건 권리가 아니라 의무야."

"의무." 나는 그 말을 되뇌었다.

"그래. 그래서 모두 다른 사람을 죽여서라도 살아남으려 하지. 혼자만이라도 살려고. 추하게 사는 거야, 우리는."

"추하게……."

"남을 발로 차 떨어뜨리더라도 악착같이 살아가는 거야."

나는 얼굴을 찌푸렸다. "센스 있는 얘기인가 싶었더니 뭔가 불쾌하고 현실적인 얘기였네요."

---

* 톨스토이의 신앙고백을 기록한 자전적 소설.

"그야 그렇지. 이건 불쾌하고 현실적인 얘기야."

그러는 사이 시합이 재개되었다. 쓰치야 씨와 나는 같은 팀이었다. 킥오프로부터 10분쯤 지났을 때, 중앙선 부근에서 공을 받은 나는 드리블로 적을 두 사람 제치고 결승점을 따냈다. 어느 시합에서든 직접 찬 공이 골에 들어가는 광경을 보는 그 순간은 행복하다. 시간의 흐름이 느리게 바뀌어 궤도가 똑똑히 보였다.

승리에 취해 운동장에서 나올 때 쓰치야 씨가 다가와 "와타베가 중학생 때 죽었다면 지금 결승점은 없었을 거야"라고 기쁜 듯이 어깨를 두드렸다. "다행이네."

"그러네요." 나도 웃었다.

4

"이거 대단한데." 오랜만에 옥상에 올라가 아버지가 만든 망루를 보았다. 주위에는 나뭇조각과 못이 널브러져 있고 크기가다른 도끼가 세 개 있었다. 망루는 제법 컸다. 가로세로 2미터쯤 되는 부지에 세 개의 목재를 기둥으로 삼아 세웠다. 기둥 사이에는 비스듬하게 버팀목을 덧댔다.

올려다보니 아버지는 벌써 10미터는 됨직한 높이에서 기둥에 밧줄을 묶고 있었다.

아버지는 옛날부터 이런 작업에 재주가 있었다. 주말 목수가 취미라면서 평일에도 회사를 쉬고 집에서 목재를 자르고 못을 박았다. 평소에는 거칠고 추상적인 말을 많이 하는 아버지도 목공 작업에 관해서는 꼼꼼하게 계산했다. 나는 옛날부터 그 점을 이해할 수 없었다.

5분쯤 바라보고 있으려니 "오, 왔느냐" 하고 아버지가 내려왔다. 계단이 설치되어 있는 것도 아니어서 버팀목을 능숙하게 밟으며 경쾌하게 내려왔다.

"마지막으로 사다리를 달 테니 안심해라." 아버지는 엄지손가락으로 망루를 가리키며 씩 웃었다.

"안심이고 뭐고." 나는 어중간하게 대답했다. "아버지 좋을 대로 하세요."

"그렇지."

우리는 아버지가 옆에 쌓아 놓은 목재 위에 나란히 앉았다.

"어쩐 일이냐. 슈이치 네가 여길 다 오고."

"꾸준히 만들고 있다니 정말 대단해요."

"이것밖에 할 일이 없으니 어쩔 수 없잖느냐." 아버지는 겸손이라기보다 불평에 가깝게 말했다. 아파트 옥상은 펜스가 둘러

있어 목재에 앉은 우리 눈에는 그 철망 너머의 경치밖에 보이지 않는다.

"망루를 완성하면 전망이 좋을 게다." 아버지는 의기양양했다.

"하지만 정말 이렇게 높은 곳까지 홍수가 오겠어요?"

"여기는 심해야, 심해에 가라앉는다니까." 아버지는 코를 벌름거리며 단정했다. 펜스 위에 떠 있는 희미한 흰 구름을 보고 있다. "가게는 어쩌고?"

"이제 가서 열려고요. 방금 축구 하다 왔어요." 하천 둔치 운동장에서 옛날이야기를 했더니 왠지 그리워져서 추억 이야기라도 나눌까 싶었다는 말은 절대 하고 싶지 않았다. "그나저나 아버지는 두렵지 않나 보네요."

"뭐가 말이냐?"

"죽는 것 말이에요. 6년 전에 소행성이 충돌한다는 걸 알았을 때부터 일관되게 아버지는 두려워하지 않았잖아요."

"그렇지."

"제가 자살하고 싶다고 했을 땐 유별나게 화를 냈으면서 지금은 아무 말도 하지 않네요."

"지금은 도망칠 방도가 없으니 어쩔 수 없잖느냐."

"말이 되는 소린지 아닌지 모르겠어요." 나는 어깨를 으쓱했다. "아버지는 두려웠던 적 없어요?"

"있지." 대답이 너무 금방 돌아와 나는 고개를 옆으로 돌려 아버지의 눈을 바라보았다. "거짓말, 언제?"

"그야 그거지." 아버지치고는 드물게 조금 우물거리며 뒤통수를 긁적였다. 눈썹을 찌푸리고 괴로운 표정으로 "왜, 마사코가 이상한 모임에 참가했을 때 말이다"라고 말했다.

"그거, 두려웠어요?"

"당연한 소릴."

그때의 일은 나도 똑똑히 기억한다. 내가 고등학교 1학년 때였다. 내 자살 문제가 끝나고 어머니가 사고로 돌아가시기 전, 딱 그 중간 시기였다. 그러고 보니 우리 집에는 평온했던 시기가 거의 없었던 것 같다.

고향 집이 있던 야마가타 시내에서 기묘한 종교 단체가 유행한 적이 있었다. 그 단체에는 전통적인 신앙이라면 당연히 갖추었을 엄숙함이나 겸허함이 결정적으로 부족했다. 단체 우두머리가 씩씩하게 메시지를 외치고, 그것을 신자들이 감사히 경청하며 물건을 사고, 결속을 다지기 위한 집회를 자꾸 여는 식이었다.

법은 어기지 않는다는 이유만으로 방치되었지만 역시 오싹해서 경계심을 키우는 주민들이 많았다. "땀 흘려 일하지 않으니 쓸데없는 것에 속는 거야." 아버지는 처음부터 우습게 여겼다.

하지만 그 집회에 어머니가 참여하고 있다는 사실을 알게 되자 아버지는 화를 냈다.

"화를 냈던 게 아니라 놀랐던 거야." 지금 내 곁에 있는 아버지는 그렇게 털어놓았다. "정말 두려웠다."

"그래도 아버지는 뛰어들었잖아요."

"두려웠으니까."

그 단체는 한 달에 두 번 시에서 관리하는 홀을 빌려 집회를 열었다. 오후 1시부터 저녁 6시까지, 우리는 이해할 수 없는 열광적인 회합이 열리는 것이다.

그날, 아버지와 나는 몰래 어머니의 뒤를 쫓았다. "너도 함께 오너라"라는 말에 나는 반강제적으로 끌려갔지만 그래도 택시에서 내린 어머니가 체육관 같은 건물로 들어가는 광경을 보고 역시 기가 죽었다.

"이런 곳에 오는 놈들은 어떤 놈들이지?" 아버지가 내게 뭔가를 묻는 것은 드문 일이었다.

"사는 게 불안하거나 두렵거나, 진저리가 났거나, 그런 사람들 아니겠어요?"

"마사코가 그렇단 말이냐."

"아니면 남편 때문에 고민하는 사람이겠죠."

"내가 언제 마누라를 고민하게 만들었다고."

"'언제'가 아니에요. '언제나'라니까." 나는 기가 막힌 심정으로 말했지만 그러는 사이에도 아버지는 성큼성큼 건물로 걸어갔다. 황급히 뒤를 쫓았다.

집회는 벌써 시작되었다. 열린 문으로 안을 살피니 건물 안에는 파이프 의자가 잔뜩 놓여 있고 천 명쯤 되는 사람들이 앉아 있었다. 쥐 죽은 듯 고요한 그 광경은 오싹하기까지 했다. 이상한 압박감이 있었다. 고령자와 중년 부인들이 많았다. 통솔에 도취되어 누가 봐도 몽롱한 상태였다.

어머니가 여기에 있는 건가, 당황하는데 아버지가 안으로 들어갔다. 불러 세울 새도 없이 구둣발로 안으로 들어갔다.

"모두 아버지를 보고 놀라서 술렁거렸죠. 용케 망설이지 않았네요."

"그럴 리가 있냐. 거기 있는 놈들이 화가 나서 달려든다 해도 두렵지 않다. 실제로 단상에서 화를 내는 사람이 있었지만. 나로서는 마사코가 내가 이해 못 할 다른 사람이 되어버리는 게 훨씬 두려웠어. 그런 놈들은 산에 오르기가 싫어져서 둘러 가려는 겁쟁이들뿐이야. 어쨌든 올라갈 수밖에 없는데 내려가고 싶어서 안달이지. 그런 놈들은 두렵지 않아."

"인생을 산에 비유하는 건 진부한 소리예요."

그때 아버지는 사람들이 잔뜩 앉아 있는 의자를 헤치고 어떻게 위치를 알아냈는지 모르겠지만 어머니가 앉아 있는 자리로 가서 어머니의 손을 붙잡아 끌고 나왔다. 신자로 보이는 사람들이 질타하며 야단을 쳤지만 아버지는 아랑곳하지 않았다. "우리 마사코를 이상한 일에 끌어들이지 마!"라고 고함을 지르더니 내 곁으로 돌아왔다.

어머니는 놀라고 부끄럽고 혼란스러워서 그런지 멍한 상태였다. 뭐가 뭔지 모르겠다는 눈치로 아버지가 이끄는 대로 맨발로 밖으로 나왔다.

"저런 묘한 단체의 어디가 좋은 거야?" 아버지가 도끼눈을 뜨고 화를 냈다.

"이런 묘한 남편의 어디가 좋은 거야?" 옆에서 내가 재빨리 말하자 어머니는 그제야 비로소 웃었다.

"어머니는 그 후에 뭐라고 하셨죠?" 나는 집에 돌아온 후의 아버지와 어머니의 대화는 알지 못했다. 아는 건 그 후로 어머니가 그 집회에는 참여하지 않게 되었다는 사실뿐이다.

"황당해했지. '당신이 가면 나도 매번 데리러 갈 테니 그리 알아'라고 협박했더니 그것도 성가시다고 하면서. 그걸로 끝이다."

"다행이었는지 아닌지 모르겠네요."

어머니는 결국 그 1년 후에 교통사고로 돌아가셨다. 집회에 계속 나가는 게 어머니에게 행복이었는지는 잘 모르겠다.

옥상에서 떠나려는데 문득 생각이 나서 심술을 부릴 셈은 아니었지만 물어보았다. "어머니가 돌아가셨을 때, 어땠어요? 어머니가 그 집회에 갔을 때는 두려웠다면서요. 돌아가셨을 때는 어땠어요?"

아버지는 화를 내지도, 곤혹스러워하지도 않았다. 떨어진 목재에 손을 뻗으며 말했다. "이놈아. 너한테는 말 안 했지만 나한테 가장 소중한 사람은 마사코였다."

내가 별다른 대답도 하지 않고 우두커니 서 있자 아버지는 다시 이쪽을 가리키면서 "아들인 너보다 말이야"라며 싱긋 웃었다. "화났냐?"

괜찮아요. 나는 그렇게 대답했다.

5

"뭐해요?" 그 말에 앞에 손님이 있다는 것을 깨달았다. 계산대 앞에 서 있긴 했지만 기계에서 나온 목록을 메모장에 베끼느라 알아차리지 못했다.

"아아, 안녕하세요." 나는 가게 안의 시계로 아직 오후 3시인 것을 확인하고 인사를 했다. 같은 아파트에 사는 나보다 한 살 많은 여성이다.

"요전에 물어보신 건 아직 돌아오지 않았습니다." 나는 말했다. 그녀가 빌리러 온 아동용 히어로 드라마의 마지막 회가 대여 중이었던 것이다.

"그건 이제 됐어요." 그녀는 웃으며 "이걸" 하더니 비디오 케이스를 가리켰다. 한 10년 전에 화제가 되었던 서스펜스 영화였다. "오랜만에 보고 싶더라고요."

"이거 걸작이죠." 기계에 찍고 돈을 받았다.

"그거, 연체자 명단이에요?" 그녀의 시선이 내 손을 향하고 있었다. 생글생글 웃고 있다.

"예."

그녀가 전에 이 가게에 왔을 때 연체 요금 이야기가 나왔다. 그 일이 은근히 머리에 남아 몇 년 만에 연체자 명단을 정리해 본 것이다. "제법 많아요."

"연체 요금을 받아내면 부자가 될 만큼?"

"낯익은 이름들뿐입니다." 평범하게 장사를 했던 6년 전까지는 매일 아침 문을 열기 전에 이 연체자 명단을 찍어 보는 게 첫 일과였다. 길게 늘어선 명단에 한숨을 쉬면서 위부터 차례로 전화를 걸었다. 빨리 반납해 달라고 요구하거나 자동응답기에 대고 독촉하는 메시지를 남기는 등, 별로 유쾌하지는 않은 작업이다.

"성격 탓일까요. 연체하는 사람은 대개 뻔하거든요." 나는 명단을 손가락으로 만지작거리며 말했다.

"그럴 것 같네요." 그녀가 웃었다.

"제가 몇 번이나 전화했는데도 '빨리 말해 줬어야지' 하고 화를 내질 않나 '또 빌릴 테니 좀 봐달라'고 흥정을 하려 들질 않나, 별사람이 다 있어요."

개중에서도 이해할 수 없는 건 연체 요금을 내러 온 손님이 그 자리에서 "모처럼 왔으니 이걸 빌려 갈까" 하고 신작 코너에 있는 비디오를 가리키며 1박 2일로 빌려 가는 일이었다. 입 밖으로 내지는 않았지만 나는 '당신, 그거 절대 내일 반납 못 한다니까'라고 종종 생각했다. '부탁이니 자신을 과신하지 말아줘.' 아니나 다를까, 그들은 이튿날 반납하러 오지 않는다. 그리고 연체자 명단에 또 올라간다. 독촉 전화를 건다. 그들은 불쾌해한다. 그 반복이 지금 와서는 그립다.

"쓰타하라…… 그 쓰타하라 군일까?" 그녀가 명단을 반대쪽에서 바라보며 손가락을 내밀었다.

위에서 열 번째쯤에 있는 이름이었다. 10년 전부터 연체된 것으로 나왔다. 내가 여기에서 일하기 전이다. 일관성이 있기는 한 건지, 비슷하기는 한 건지 분명치 않은 《도쿄 이야기》와 《제도帝都 이야기》라는 두 개의 비디오를 빌린 상태였다.

"아는 분입니까?"

"고등학교 동창 같아요. 흔하지 않은 이름이니까." 그녀는 옛날을 그리워하는 듯했다. "아버님이 굉장히 엄한 분이었는데, 분명 경찰관인가 그랬을 거예요." 기억을 더듬고 있다. "그래서 쓰타하라 군이 가정폭력이라고 하나, 뭔가 난동을 부리는 바람에 학교에 소문이 났어요. 결국 자퇴해 버렸죠." 그리고 그녀는 한 번 더 명단을 보더니 "아, 그래요. 쓰타하라 군 이름이 이랬던 것 같아요. 쓰타하라 고이치. 이거 빌려 가고 끝이었나"라고 말했다. '끝'이라는 게 추상적인 표현이기는 했지만 나는 "그렇죠"라고 대답했다.

"우리 집 부모님은 제가 여배우가 되고 싶다고 하니까 마음대로 하라고 하는 관대한 분들이었는데."

"별 부모가 다 있는 법이죠." 나는 대답하면서 그 명단을 다시 한번 보았다. "지금도 여기 살고 있을까요?"

"글쎄, 없지 않을까요? 연체 요금을 징수하러 가려고요?"

"부자가 되는 길을 걸어 보려고요."

그녀가 떠난 뒤에 힐즈 타운 부근 동네까지 실린 주택 지도를 펼쳤다. 쓰타하라 고이치의 주소가 어디를 가리키고 있는지 확인했다. 찾아가 볼 생각이 든 것은 단순히 심심했기 때문이다.

가게를 닫고 밖으로 나와 공원을 가로지르려는 참에 하나코를 발견했다. 동네 보도 위를 한 여성과 함께 걷고 있었다. 낯익은 중년 부인으로, 저 사람이 후지모리 씨려니 했다. 몸집이 자그마한 하나코는 나이보다 훨씬 어려 보일 때가 많아 상황에 따라서는 아이로 오해받는 예도 있었는데 연상의 후지모리 씨와 나란히 있으니 모녀처럼도 보였다.

뒤를 따라갔다. 쓰타하라 고이치의 집에 가려면 오른쪽 큰길로 가야 했지만 아내 하나코와 후지모리 씨가 지나간 길로 꺾었다. "엄마가 어디 가 버렸어"라는 미라이의 말도 머리에 남아 있었다. 미라이의 모습은 보이지 않으니 아버지에게 맡긴 것이리라.

두 사람은 내리막길에서 속도를 늦추려고 뒤로 몸을 젖히고 있었다. 나는 거리를 두었지만 외길이라 놓칠 염려는 없었다. 그러는 사이 비탈길이 끝나자 조금 탁 트인 장소가 나왔다. 차도를 사이에 두고 건너편에 너른 부지와 건물이 있었다. 시민 센터라는 것을 깨달았다. 센다이에 왔을 때 처음 살았던 아파트가 이 주변에 있었다. 이용한 적은 없었지만 작은 홀을 갖춘 시민 센터가 그곳에 이었던 것은 기억했다.

두 사람은 시민 센터로 똑바로 향했다. 나는 전봇대 옆에서 멈춰 섰다. 뒤에서 걸어온 남성과 부딪칠 뻔했다. 사과하며 비키자 앞머리를 늘어뜨린 그 중년 남성은 나를 노려보고는 잰걸음으로 지나갔다.

한참 그 자리에 서 있었다. 주위를 둘러보니 길 여기저기에서 모여드는 사람들이 보였다. 록밴드 라이브 공연 전에 공연장에 사람들이 모여드는 꼴과 비슷했다. 띄엄띄엄 오기는 했지만 아직 이렇게나 많은 사람이 동네에 남아 있었다는 사실이 놀라웠다.

사람들은 작은 계단을 올라 시민 센터로 사라졌다. 대체 무슨 집단인지 의문스러웠다. 하물며 아내가 그 일원이니 마음이 다급해져 마침 지나가던 허리가 굽은 여성에게 말을 걸었다.

"실례지만 저기서 오늘 무슨 일이 있었던가요?" 마치 깜빡 잊은 것뿐이라는 투로 물었다.

"방주." 그녀의 입가에 주름이 잡혔다. 웃는 건지, 화를 내는 건지, 불쾌해하는 건지 모를 표정이었다. 나는 싹싹하게 웃기도 꺼려져 "방주요?" 하고 순순하게 되물었다.

"선택받은 사람만 대피소에 데려가 주신다는구려."

듣고 보니 우리 가게에 찾아온 남자가 그런 설명을 했었다. 그때는 전에 세상을 떠들썩하게 만든 강압적인 방문 판매나 신앙 포교인 줄 알고 그야말로 어머니가 넘어갔던 그 수상한 단체와 비슷하다는 생각만 하고 바로 쫓아냈다.

"대피소라니, 그런 게 있습니까?"

"없으면 다들 죽잖수." 허리가 굽은 그녀는 당신 죽고 싶은 거냐고 따질 기세였다.

나는 숨을 토해 내고 한 번 더 시민 센터를 보며 자문했다. 하나코가 어째서?

362

6

"설마, 그런 이유로 찾아올 줄이야." 현관에서 나를 맞이한 쓰타하라 고이치는 용건을 듣더니 그렇게 말했다. 표정 변화가 별로 없는, 감정이 식은 표정이기는 했다. "아직 여기에 살고 계셨군요." 나는 그 사실이 놀라웠다.

"그거 10년 전에 빌린 거잖아." 나보다 한 살 많은 그는 내가 보여 준 목록을 가리켰다. "이제야 받으러 오다니 너무 늦은 것 아니야?"

"끈질긴 비디오 대여점으로 밀고 나갈까 하고요. 비디오는 있습니까?"

"내가 여기에 안 살았으면 어쩌려고."

"운이 좋았죠."

쓰타하라 고이치의 집은 낡은 목조 가옥으로 지붕에는 기와가 얹혀 있었다. 현관에는 구두가 몇 켤레 뒤집혀 있고 우산꽂이에 비닐우산이 세 개 꽂혀 있었다.

"가족분들은?"

"지금은 나 혼자야." 쓰타하라 고이치가 말했다.

"아버님이 경찰관이시라고 들었습니다만."

"맞아. 일밖에 모르는 형사." 쓰타하라는 그렇게 말하더니 "지금은 이미 죽고 아무도 없어"라고 얼굴을 찌푸렸다. "들어오겠어?"

"예?"

"비디오, 찾으면 나올지도 모르니까."

"있긴 있나요?"

"자기가 찾으러 와 놓고 그렇게 말할 건 없잖아." 쓰타하라 고이치는 부루퉁하게 말하더니 안으로 들어갔다.

허둥지둥 구두를 벗고 집에 들어가 쓰타하라의 뒤를 쫓았다. 삐걱, 삐걱, 발을 디딜 때마다 바닥이 삐걱거렸다. 짧은 복도 앞에 양실과 다다미방이 있었다. 쓰타하라를 따라 다다미방으로 들어갔다.

짐 때문에 난장판이었다. 몇 개나 되는 상자가 열린 채로 굴러다녔다. 서류나 책, 앨범이 다다미 위에 있었다.

"이사 가십니까?"

"운석이 떨어지지 않는 아파트로?" 쓰타하라는 그렇게 말하더니 "그런 곳은 없어"라고 내뱉었다. 눈이 벌겋고 눈두덩은 부었다. "옛날에 시험공부를 해야 할 때면 꼭 방이 더러운 게 신경 쓰여서 청소를 시작했다가 대청소로 일이 커진 적 없어?"

"그러고 보니." 나는 웃었다.

"그것처럼 어쩌다 정리를 시작했더니 멈출 수가 없어서. 처음에는 내 방을 치웠어." 그는 2층을 가리켰다. "나, 방 안에 틀어박혀 있었거든. 4년쯤."

나는 어색하게 서서 방을 둘러보았다. 장지문은 누가 걷어찼는지 찢어졌고 천장에도 구멍이 뚫려 있었다.

"그건 내가 한 짓이야." 쓰타하라는 천장을 가리켰다. "가정폭력이라는 거지. 철이 없었던 건지도 몰라. 하지만 이쪽은 내가 한 게 아니야. 다른 사람이 그랬어." 장지문과 미닫이를 가리켰다. 그렇게 말하면서도 그는 상자 속을 들여다보고 있다.

"다른 사람?"

"3년 전이었나, 웬 무리가 여기에 쳐들어왔어. 우리 아버지, 경찰관이라서 원성을 많이 샀었나 봐." 쓰타하라의 얼굴에 뚜렷한 표정의 변화는 없었다. 어느 쪽인가 하면 무뚝뚝한 얼굴이다. "거리도 그렇고 치안이 쭉 안 좋았잖아. 다른 경찰관이 도망친 후에도 아버지는 어떻게든 그런 혼란을 제압하려고 필사적이었던가 봐. 권총도 쓰고, 폭도를 유도 기술로 집어 던지기도 하고 애를 많이 썼다더군. 직무를 다하려 했을 거야."

"그래서 억울한 원성을 산 건가요?" 그건 너무하다. 그런 생각을 하다가 지난 몇 년 사이 그런 일만 가득했다는 사실을 떠올렸다.

"방에 틀어박힌 아들도 구해내지 못한 아버지였으면서 말이지.”

“대체 무슨 이유로 방에?”

“아버지는 정도 없고 늘 화만 내는 사람이었어. 난 무서워서 늘 아버지 안색만 살폈지. 얻어맞기만 했으니 짜증도 났고.”

그리고 그는 자기가 폭력을 휘두르는 바람에 어머니가 10년 전부터 규슈의 외가로 돌아가 버려 소식이 끊겼다는 이야기도 해 주었다. 살갑지도 않고 귀찮아하는 태도이기는 해도 쓰타하라는 그 나름대로 내 방문을 기뻐하는 눈치였다.

“아버님께서 엄격한 분이셨나 보네요.” 나는 쓰타하라의 감정의 윤곽을 어루만지는 기분으로 모호하게 맞장구를 쳤다.

“그런데.” 그가 말했다. “요전에 방을 정리했더니.”

“무슨 일이 있었습니까?”

“재미있는 걸 발견했어.”

그는 그렇게 말하더니 발치에 굴러다니던 비닐봉지 속에서 이거였나, 이건가, 하고 선별하듯 테이프를 꺼냈다.

“《도쿄 이야기》인가요?” 나는 내가 찾아온 목적을 말했다.

“그게 아니야.” 그는 시원스레 대답했다. “아버지가 옛날에 찍은 비디오야.”

“그렇군요, 그거 좋은데요.” 나는 그렇게 말하며 그 비닐봉지 안에 우리 가게 비디오도 있다면 더욱 좋겠다고 생각했다.

그는 조심스럽게 발을 디디며 다다미방 구석에 있는 텔레비전으로 가서 전원을 켰다. 비디오 기계에 테이프를 넣는다. "내가 태어나기 전에 찍은 영상일 거야. 어머니가 비디오카메라를 들고 아버지를 찍었어."

"홈비디오인가요?"

"맞아 그거. 작은 방에서 계속 사전을 보면서 종이에 이것저것 끼적이는 거야. 쑥스러운지 카메라를 싫어하는 게, 그런 아버지의 얼굴은 처음 봤어. 답안지를 감추는 고등학생 같더라니까. 젊더라고."

나는 앞으로 볼 영화의 줄거리를 미리 들은 기분이었지만 젊은 시절 아버지의 영상을 발견한 쓰타하라의 기분을 상상해 보고, 동시에 내 아버지를 연상했다.

쓰타하라는 비디오 재생 단추를 누르고 이렇게 말했다.

"그 영상, 아버지가 내 이름을 짓는 모습이었어."

"예?"

"획수를 찾아가며 한자를 종이에 쓰는 거야. 어머니가 장난삼아 카메라로 찍었던 거지."

나는 어깨에서 힘이 빠져 맥없는 소리를 냈다. "그런가요."

"내 이름을 그렇게 열심히 고민해 준 적도 있었다고 생각하니 기분이 이상했어." 쓰타하라는 그렇게 말하더니 내 옆으로 와서 텔레비전을 바라보았다.

"기분이 이상하던가요?"

기뻤다도, 놀랐다도 아니고 그는 그저 이상했다는 말만 되풀이했다. 감동적인 이야기를 들었으니 돌아가면 하나코에게 들려줘야겠다.

겨우 텔레비전에 영상이 나왔다. 화면 속에서는 벌거벗은 남녀가 민망하면서도 유쾌한 소리를 내지르면서 뒤엉켜 있었다. 화면 한가득 살색이 꿈틀거리는 듯했다. 우리는 10초쯤 그 화면을 바라보았다.

"이거, 아닌데요." 내가 말했다. "성인 비디오네요."

"어디 갔지." 쓰타하라는 당황하지도 않고 느긋하게 말하더니 다시 비닐봉지를 살피기 시작했다. "나, 정말 감동했어."

"그럴 것 같습니다." 그렇게 말하면서 나는 여전히 신음 소리를 내보내고 있는 성인 비디오를 보며 쓴웃음을 지었다.

"자, 이거." 쓰타하라는 현관에서 비디오테이프가 든 봉투를 건네주었다. 우리 가게 이름이 적힌 봉투다.

"용케 찾았네요." 나는 봉투 속을 살펴보고 옆면에 영화 제목 스티커가 붙어 있는지 확인했다. 나는 자연히 서 있는 쓰타하라의 뒤쪽을 바라보고 있었다. 쓰타하라 말고는 아무도 살지 않을 텐데, 다다미방에 누가 있는 듯한 인기척을 느꼈다. 아마도 조금 전 쓰타하라에게 들은 '횟수를 검토하는' 아버지 이야기가 머리에 강하게 남아 있어, 지금도 그 아버지가 이 집 안에 있는 것처럼 느껴졌기 때문인지도 모른다.

"아버지가 돌아가셨을 때, 나는 처음에 거실에 있었어."

"방에 틀어박혀 있었던 게 아니라?"

"그때는 이미 그런 짓은 그만뒀으니까. 단지 남자들이 현관으로 우르르 뛰어 들어오는 걸 보고 당황해서 2층으로 달아났어. 그래서 아버지 혼자 싸웠지."

내가 지금 서 있는 이 현관에 폭도들이 쳐들어와 그의 아버지에게 덤벼드는 장면이 눈앞에 선하게 떠올랐다. 폭도들이 피부에서 열기를 쏟아내며 벌겋게 물든 눈으로 콧구멍을 한껏 벌리고 침을 흘리며 무기를 휘두른다. 그들이 어째서 쓰타하라의 아버지를 습격했는지, 그 진짜 이유를 나는 상상할 수 있었다.

두려웠기 때문이다. 세상의 종말이 두려워 견딜 수 없는 것이다. 겁에 질려 공포에 떠는 스스로를 인정하기 싫어, 더 두려워할 사람을 찾은 것이리라. 누군가를 습격해 자신이 더 강하다는 사실을 실감하고 안심하고 싶었던 건지도 모른다. 요컨대 중학교 때 나를 괴롭혔던 동급생들과 똑같은 심리다.

"2층 방에 있는데, 아버지가 밑에서 고함을 질렀어. '나오지 마라, 여기는 괜찮다'라면서." 쓰타하라는 나를 보고는 있었지만 이미 시선은 맞지 않았다.

"나가고 자시고, 난 무서워서 일어서지도 못했는데." 그러면서 자기 발밑을 바라보는가 싶더니 손으로 코를 거칠게 문지르며 손가락으로 눈꺼풀부터 뺨까지 쓰윽 쓸었다. "그리고 마지막에 '열심히, 무조건 살아라'라고 했어."

"무조건 살아라?"

"무조건." 그는 다시 똑같은 말을, 조금 전보다 약간 힘차게 되뇌었다. "살아라."

대꾸할 말이 떠오르지 않아 대답을 찾으며 그와 마주 보고 있었다.

"소리가 멈춰서 조심스레 1층으로 내려가 봤더니 아버지는 가슴에 식칼이 꽂힌 채로 반듯하게 쓰러져 있었어. 손에는 스키판을 들고 있었는데, 무기가 없어 그걸로 맞서 싸웠던 거겠지. 살라고 해 봤자 세상이 끝나 버리는데 어쩌란 건지."

"하지만 심경은 이해합니다."

일단 연체 요금을 계산해 봤는데 잔돈은 떼고 정확히 백만 엔이면 됩니다, 라고 시험 삼아 말해 봤더니 그는 눈을 휘둥그레 떴다. "진심이야?"

"그냥 한번 말해 보고 싶었어요."

현관에서 나가는 내게 그는 마지막으로 "조만간 가게에 갈게"라고 했다. "눈물 나는 영화라도 추천해 줘."

"벌써 울고 계시잖습니까." 나는 그의 눈가를 가리켰다.

7

돌아오는 길에 다시 시민 센터에 들렀다. 가려고 마음먹은 건 아니었지만 발길이 자연히 그리로 향했다.

저녁이 지나 이미 해는 서쪽으로 기울었다. 시내에서도 구릉지에 있는 힐즈 타운이 저녁노을에 붉게 물들기 시작했다.

공원 옆쪽 길을 아파트 반대 방향으로 꺾어, 어느덧 몇 시간 전에 지나온 길을 돌아가 시민 센터 부지에 도착해 있었다.

차도를 건너 짧은 계단을 올라 시설 입구로 다가갔다. 간판이 나와 있었다. 밋밋한 단체명과 '활동 보고회'라는 글자가 적혀 있다. 창구에 사람이 없어 그냥 안으로 들어가기로 했다. 신발장이 있었다. 갈이 신을 슬리퍼가 열 컬레 정도 흩어져 있었다. 나는 신발을 벗지 않고 밝은 회색빛 바닥을 걸어 안으로 들어갔다.

꽤 깔끔했다. 한때 혼란했던 거리를 생각하면 이런 공공장소가 멀쩡할 리가 없다. 아마도 이곳을 이용하는 사람들이, 즉 지금 이곳을 이용하고 있는 단체가 손질한 것이리라. 바닥도 벽도 비슷한 색조의 무기질적인 소재였기 때문에 나는 옛날에 보앉던 영화의 우주선 내부를 상상했다. 앞이 보이지 않는 불길한 좁은 통로도 흡사했다.

"여기에 모인 여러분은 이성적으로, 논리적으로 상황에 대처하시는 분들이라 믿습니다."

마이크로 떠드는 사람의 목소리가 들렸다. 정면 벽에 창문이 있다. 투명해서 안을 살펴볼 수 있었다. 왼쪽에는 문도 있었는데 그 문으로 안에 들어가는 듯했다.

창으로 보니 작은 체육관 같은 공간에 파이프 의자가 쭉 늘어서 있고, 사람들은 오른편 앞쪽을 바라보고 있었다. 그 끝에는 긴 책상이 한 줄로 놓여 있고 양복 차림의 남녀가 앉아서 사람들과 마주 보고 있었다. 주최 측 사람들이리라. 전에 참석했던 동네 공사에 관한 주민설명회 광경에 가까웠다.

오른편의 긴 책상 앞에 서서 마이크를 쥐고 있는 남자가 눈에 들어왔다. 나와 동년배로 보이는 그 안경 쓴 남자는 콧날이 시원하니 이목구비가 단정했다.

그 남자가 말을 이었다. "눈앞에 있는 현실에서 눈을 돌리지 마십시오. 냉정하게, 더욱 중요한 일을 생각해야 합니다" 어쩌고 "소행성이 떨어져 지구상의 모든 것이 파괴될 확률은 사실 크지 않습니다. 처음 2주만 버틴다면 살아남을 가능성은 크게 올라갑니다" 저쩌고. 또 이런 소리도 했다. "이런 말밖에 할 수 없는 건 유감이지만 세상의 인구는 너무 많이 증가했습니다. 문화를 이룩하고, 과학을 발전시키고, 전쟁과 질병, 모든 불행을 줄이려고 애써 온 우리는 결국 도태의 기회를 잃고 말았습니다. 이 소행성 충돌은 남아야 할 사람에게는 절호의 기회라 할 수 있을 것입니다. 선택받은 자가 보다 나은 생활을 누리기 위해 환경을 새로 만드는 것입니다." 남자는 그런 말을 힘차게 이어 나갔다.

어디선가 보았던 광경이다. 들은 적이 있는 메시지다. 그렇게 생각한 나는 바로 고등학교 때 어머니가 참가했던 집회에서 들었던 것임을 알아차렸다.

"이 자리에 있는 여러분은 선택받으실 분들입니다. 여러분을 속이고 싶지 않으니 솔직히 말씀드리겠습니다만, 모두가 선택받을 수는 없습니다. 전국에서 조건을 충족한 분들만 방주에 들어가 새로운 세상을 만들 책무를 다할 것입니다."

전국 규모로 이런 집회가 열리고 있나? 의자에 앉은 사람들의 표정을 쭉 훑어보았다. 하나같이 얌전한 표정으로 앞쪽의 마이크를 쥔 남자를 바라보고 있다. 등을 꼿꼿이 펴고 한눈도 팔지 않고, 한창 면접을 받는 사람들 같기도 했다. 선택받는 건 자기라고 믿고 있는 건지, 아니면 시끄럽게 굴면 선택받지 못한다는 것을 알고 있는 건지, 불평하는 사람은 하나도 없었다.

나는 잠시 그 집회 광경을 바라보고 있었다. 관심이 있는 게 아니라 그저 멍하니 넋을 놓고 있었다. 하나코가 여기에 있다니, 기묘한 감각도 들었다. 이유에 대한 의문과 섭섭한 마음이 몸을 감쌌다. 쓰타하라의 아버지가 머릿속을 스쳤다. 갑자기 들이닥친, 무기를 든 사람에게 스키판으로 맞서며 아들한테 "여기는 괜찮다. 무조건 살아라"라고 외치는 아버지의 모습이 눈앞에 떠올랐다.

"살 수만 있다면 추해도 좋으니 살아남으라는 게 우리 집안 방침이야." 쓰치야 씨가 하천 둔치 벤치에서 내게 했던 말도 떠올랐다.

정신을 차렸을 때는 이미 왼쪽에 발을 내딛고 출입구 손잡이에 손을 뻗고 있었다. 문에는 간유리가 붙어 있다. 손목을 돌려 손잡이를 비틀어 문을 밀었다. 소리도 없이 열렸다. 눈앞에 마루판자가 깔린 널찍한 공간이 펼쳐졌다.

망설이고 움츠러든 것은 한순간이었다. 신발을 신은 채로 한 걸음, 두 걸음 성큼성큼 나아갔다.

집회에 참여한 사람들은 침입자인 내 존재를 한참 동안 눈치채지 못했다.

먼저 주최 측 긴 책상에 한 줄로 앉아 있던 사람들 가운데 제일 가까이 있던 남자가 나를 보았다. 이쪽으로 고개를 돌린다. 그러자 그 동작을 보았는지 옆에 있던 남자가 이쪽으로 시선을 던지고, 그게 또 옆 사람의 주의를 끌어 차례대로 줄줄이 모두가 나를 쳐다보더니 마지막으로 마이크를 들고 서 있던 청년이 말을 끊고 나를 쳐다보았다.

곧이어 파이프 의자에 앉아 있던 참가자들이 일제히 이쪽을 보았다.

모두가 쳐다본다. 시선의 화살이 파고들어 순간 얼어붙었지만 나는 몸을 한 차례 흔들어 그 보이지 않는 화살을 몸에서 떨쳐냈다. 숨을 훅 들이마시고 오래도록 내지 않았던 큰소리로 "하나코!" 하고 아내의 이름을 불렀다. "하나코! 집에 돌아가자!"

8

"슈이치 당신, 무슨 일인가 했잖아." 하나코는 옆에서 걸으며 웃었다. 해가 저물고 있었다. 하늘은 어둑해지고 별도 드문드문 보였다. 몇 년 전까지는 밤만 되면 난폭한 사람들이 어슬렁거려 모두 숨을 죽이고 있었지만 요즘에는 완전히 평온을 되찾아 수면과 휴식을 위한, 본디 그랬어야 할 밤의 정적이 펼쳐져 있다.

"무슨 일인가 한 건 내 쪽이야."

시민 센터의 작은 홀에서 고래고래 아내를 부르자 파이프 의자에 앉아 있던 집단에서 하나코가 벌떡 일어나더니 "어머, 여보" 하고 눈을 동그랗게 뜨면서도 손을 흔들었다. 느긋한 그 모습에 맥이 빠졌다. 나를 따라 그녀도 밖으로 나왔다.

"괜찮아?" 그렇게 되묻고 말았다.

"뭐가?"

"저 집회에서 빠져나온 거."

"괜찮고말고. 실은 후지모리 씨가 전부터 저 모임에 관심이 있는 것 같아서 함께 갔던 건데 난 잘 모르겠더라. 지루하기나 하고. 그러니까 괜찮아."

"저건 무슨 모임이야?"

"뭘까?" 하나코는 어느새 들고 있던 나뭇가지를 지휘봉처럼 휘두르고 있었다. "아무리 봐도 수상쩍은데, 하지만 다들 진지한 거 있지."

"다행이야."

"다행이라니?"

"하나코가 저런 데 빠진 줄 알고 무서웠거든."

공원을 지나 야트막한 비탈길을 올라갔다. 완만하게 굽은 길 끝에 우리가 사는 아파트가 있다. 세로로 길쭉한 10층짜리 건물은 낡았지만 청결한 분위기가 남아 있었다.

"여보, 나 생각해 봤는데." 아파트 앞 화단 옆을 지났을 때, 하나코가 입을 열었다. "살아남는다는 건, 저런 식으로 논리정연한 '선택'이나 '선택받을 조건' 같은 게 아니라, 좀 더 필사적인 무엇이라는 생각이 들어."

"필사적인 무엇?"

"안달하고, 발버둥 치고, 몸부림치고. 살아남는다는 건 그런 걸 거야, 분명히."

아아. 그렇게 탄식한 내 머릿속에는 역시 쓰타하라에게 들은 아버지의 이야기와, 차분한 쓰치야 씨의 옆얼굴이 있었다. "그럴 거야, 아마." 나는 하나코에게 동의했다.

시간은 이제 7시를 지났을 뿐이지만 미라이가 분명 기다리다 지쳤을 테니 걸음을 서둘렀다. 아파트의 우리 집을 올려다보았다. 5층 모퉁이다. 베란다에 사람 그림자가 있기에 자세히 보니 아버지와 미라이가 나란히 서 있는 모습이 보였다. 하나코도 거의 동시에 알아보았는지 걸음을 멈추고 오른손을 들었다. "다녀왔어요!" 작은 목소리로 그렇게 말하고 있다.

나도 손을 들려고 했다. 그때 다른 집 베란다에 눈이 갔다. 여기저기에 사람들이 보였다. 한 층 위 6층에 있는 건 사쿠라바 부부다. 산달인 부인의 배는 제법 불룩했다. 사쿠라바 씨가 아내의 어깨를 주무르면서 하늘을 올려다보고 있다. 이번에는 3층으로 시선을 떨어뜨리니 젊은 남녀가 서 있었다. 난간에 기대어 하늘을 보고 있다. 부모님을 여읜 아가씨인데, 최근에 자주 마주치지만 옆에 있는 곱상한 청년은 처음 보는 얼굴이다.

"가토리 씨 댁, 따님이 돌아왔네." 역시 각층의 베란다를 바라보고 있었는지 하나코가 옆에서 말했다. "4층 말이야"라고 덧붙이기에 나도 시선을 옮겼다. 노부부가 있었다. 나하고 비슷한 또래의 여성도 서 있다. "따님이야?"

"별로 만날 기회가 없다고는 하시던데." 하나코가 그런 말을 하는 사이 그 집 안쪽에서 아이를 안은 남자가 또 모습을 드러냈다. 딸과 사위가 아이를 데리고 놀러 온 건지도 모른다.

"다들 베란다에 나와서 뭘 하는 거지?" 나는 그들의 시선을 좇듯 등 뒤의 하늘을 돌아보았다. 광활한 하늘이었다. 희끄무레하게 빛나는 별이 있긴 하지만 딱히 눈에 띄는 빛이 있는 것도 아니었다. 달이 휘영청 밝은 것도 아니었다.

"딱히 별것 없는데." 하나코도 그렇게 말했다. "그저 단순히 하늘을 보고 싶었던 걸까?"

"이쪽으로 다가오는 소행성의 기척을 감지한 것 아닐까?"

"당신, 무서운 소리 하지 마."

"엄마!" 하는 목소리가 들렸다. 5층에 있는 미라이가 우리를 발견한 모양이다. 그러자 각층 베란다에 있는 주민들이 아래쪽의 우리를 알아보고, 저마다 그들의 난간 앞에서 거의 동시에 인사를 보냈다.

9

날이 새고 아침이 오면 '아직 세상은 계속되는구나' 하고 생각한다. 안도하는 게 아니라 그저 그렇게 생각하는 것이다. 일단, 아직은, 이라고. 오늘도 똑같은 마음으로 창으로 비쳐 드는 햇살을 느꼈다.

식빵으로 단출한 아침 식사를 마치고 아버지는 바로 옥상으로 향했다. 용케 질리지 않으시네, 라고 하나코가 웃기에 "근면하다고 해야 할지 뭐라고 해야 할지"라고 대답하고 문득 한 가지 제안을 했다. "우리도 옥상에 가 볼까?"

하나코는 바로 가 보자면서 앞치마를 벗었고 미라이도 "옥상, 옥상!" 하며 기쁜 듯이 외쳤다.

"어떠냐, 높지?" 움찔거리며 엉거주춤 망루에 오른 나를 굽어보며 아버지가 물었다. 아버지는 이미 꼭대기에 도착해 발판에 앉아 있었다. 나를 쳐다보고 있다. "여긴 한 사람밖에 못 앉아." 그래서 나는 망루 기둥 부분에 매달려 거기에서 경치를 바라보았다. "생각보다 높네요."

"오른쪽이 바다 맞지?" 아버지가 말했다.

고개를 돌리니 아득히 마을 저편에 하늘과도 땅과도 다른 색의 바다가 펼쳐져 있다.

"홍수가 저렇게 멀리서 여기까지 올까요?" 무한한 거리가 있는 것처럼 보였다.

"이 망루에서 휩쓸려 가는 거리를 구경하면 기분 좋을 게다."

"좋을 리가 없잖아요." 나는 조금씩 아래로 내려갔다. 발판을 확인하고 옥상 바닥에 내려서니 마음이 놓였다.

"아빠, 나도 올라갈래." 미라이가 다가왔다. 딸아이를 끌어안고 목말을 태웠다. "더 높이!" 미라이는 불만스러운 기색이다.

"어땠어?" 하나코가 묻기에 "생각보다 튼튼한 것 같아"라고 대답했다.

한 번 더, 망루를 올려다보았다. 고압전기 철탑만큼은 아니지만 그래도 훌륭한 탑이었다. 주위를 감시할 감시탑 같기도 하고, 경보를 울리는 종루처럼 보이기도 했다. 만일 홍수가 나면 이곳은 심해에 가라앉은 탑이나 기둥으로 변할지도 모른다.

"잘 만들었지. 그렇지? 그렇지?" 내려온 아버지가 자랑스럽게 침을 튀겼다.

"괜찮네. 이런 걸 용케 만들었네요."

"원한다면 너희 앉을 자리도 만들어 주마."

평소 같으면 사양하겠다고 웃어넘길 텐데 어째서인지 "그럼 부탁할까?"라고 대답해 버리고 스스로도 놀랐다.

"오, 괜찮은 게냐?"

"그래요, 세 사람 자리. 저하고 하나코하고 미라이가 앉을 자리, 그리고 의자도 만들어 줘요."

아버지는 일거리가 늘어서 기쁜지 수염이 덥수룩한 입으로 씨익 웃었다. "손이 근질근질하구나."

"여보, 그럼 우리 마지막 순간에는 여기에 앉는 거야?" 하나코가 유쾌한 목소리로 말하며 망루를 가리켰다.

"그럴지도."

나는 아직 소행성이 떨어지지 않을 가능성도 버리지 않았다. 모든 게 거짓말이거나, 아니면 누군가의 계산 착오로 되돌릴 수 없는 혼란은 겪었지만 어떻게든 지구는 멸망하지 않고 우리도 계속 생활할 수 있는 게 아닐까, 그런 안일한 생각도 있었다.

다만 만약 정말로 세상의 종말이 다가와 더는 손쓸 도리가 없을 때는 이 옥상, 이 망루에 올라가기로 결심했다.

그때 우리는 아마도 지금처럼 차분하지는 못할 것이다. 겁에 질리고, 공포에 다리가 움츠러들고, 마음은 혼란스러워 망루의 사다리도 제대로 못 오를지 모른다.

하지만 분명 나와 하나코는, 그리고 아버지는, 필사적으로 망루에 오를 게 틀림없다. 주위를 집어삼키는 홍수의 박력과 속도에 창백하게 질려, 절망에 숨통이 막히면서도 딸을 품에 안고,

위로, 위로 올라가리라. 그것은 분명하다.

주변 수위가 높아진다면, 이 건물이 심해에 가라앉는다면, 그 수면보다 1센티미터라도, 1밀리미터라도 높은 곳으로 미라이를 피신시키려고, 망루에서 손을 뻗고, 발돋움을 할 것이다. 도움을 청하는 다른 사람을 발로 차 떨어뜨려 버릴지도 모른다. 무조건 미라이가, 우리의 미라이가, 1분이라도, 1초라도 오래 살 수 있도록 체면도 내던지고 팔을 뻗는다. 분명 그럴 것이다.

추하고, 눈 뜨고 볼 수 없을 정도로 필사적이겠지. 거기까지 생각한 나는 어깨에 걸쳐 있는 딸의 다리를 톡톡 두드렸다. "허둥거리겠지만, 용서해 줘."

그 말이 들렸는지 하나코가 내 상상을 눈치챈 듯 "허둥거리겠지, 분명"이라고 말했다.

"슈이치." 아버지가 내 옆에 섰다. "옛날에 네가 죽고 싶다고 했을 때, 내가 산 정상에 올라가면 분명 경치가 각별할 거라고 했던 것 기억하느냐?"

"그땐 꽤나 거들먹거리셨죠."

"내가 보여 줄 수 있는 건 기껏해야 이 망루에서 보는 경치구나."

"괜찮아요."

옥상 펜스로 다가가 아파트 밖을 보았다. 격자 그물 밖으로 보이는 거리는 고요했다. 하나코도 옆에 나란히 섰다.

저 멀리, 공원 옆길을 경쾌하게 달리는 남자들의 모습이 눈에 들어왔다. 반소매 셔츠에 짧은 바지를 입은 격투가 분위기의 남자 두 명이다. 멈춰 서서 몸을 흔들더니, 이어서 팔과 다리를 격렬하게 흔들기 시작했다. 거리는 떨어져 있지만 나는 그 두 사람의 몸에서 눈부신 열기가 퍼져 나오는 것을 알 수 있었다. 흩어지는 땀마저 눈에 보이는 듯했다. 아름답다. 그리고 강하다. 훈련인지 건강을 유지하려고 그러는 건지 모르겠지만, 묵묵히 몸을 움직이는 두 남자의 모습은 영원히 저곳에서 운동을 계속할 것처럼 강인했다.

이윽고 두 사람이 주택 그림자 속으로 사라지자 넋을 놓고 바라보고 있던 나는 아아, 하고 아쉬운 마음에 사로잡혔다.

"죽어도 죽은 게 아니야, 죽어도 죽은 게 아니야." 내 어깨에 탄 미라이가 갑자기 흥얼거렸다. 나는 다시 한번 고개를 돌려 손으로 만들었지만 밧줄을 꽁꽁 감아 튼튼해 보이는 그 망루에 감탄하고, 이어서 손을 뻗어 하나코의 어깨를 감싸 안았다.

감사의 말

바쁜 와중에도 도호쿠 대학교 대학원 이학연구과의 도사 마코토 씨(현 센다이시 천문대 원장), 센다이시 천문대 고이시카와 마사히로 씨께서 시간을 할애해 주신 덕분에 흥미로운 말씀을 많이 들을 수 있었던 점 감사드립니다. 고이시카와 씨께서는 자택 정원의 망원경까지 보게 해 주셨습니다. 정말 고맙습니다.

한창 취재할 때 '소행성의 대다수는 궤도가 파악되어서 충돌할 가능성이 있는 소행성은 거의 없다', '8년이나 미리 충돌을 예측하기는 어렵다', '소행성보다 혜성이 충돌 가능성이 높을지 모른다' 등등 다양한 의견을 받았습니다. 그런데도 이 이야기에 엉터리 정보가 많은 이유는 '픽션은 거짓말이 많아도 즐겁다'라고 생각하는 제 믿음 때문입니다. 두 분께는 당연히 잘못이 없고, 독자 여러분도 '이 소설에 있는 소행성 충돌 정보는 옳은 거구나'라고 오해하시는 일 없기를 바랍니다.

센다이시에 사는 시인이자 가깝게 지내는 다케다 고지 씨가 들려주신 이야기도 작품에 반영했습니다. 고맙습니다.

또한 「강철의 울」은 다른 작품 취재 때 견학했던 킥복싱 체육관 지세이칸에서 태어난 이야기입니다. 기백 넘치는 연습 광경과 나가에 구니마사 관장님과 다케다 고조 씨의 대화, 익살과 엄격함이 뒤섞인 다케다 씨 본인의 매력이 머리에서 떠나지 않아 '세상이 끝나도 저 사람들은 연습을 할지 몰라', '저 사람들을 소재로 한 이야기를 쓰고 싶다'는 생각이 자꾸만 들었습니다. 만약 이 단편에 나오는 나에바라는 남자가 마음에 드는 분이 있다면 그것은 제가 본 다케다 고조라는 인물이 매력적이었기 때문이라고 생각해 주시면 기쁘겠습니다. 지세이칸 여러분, 그리고 체육관을 소개해 주신 사진가 후지사토 이치로 씨께 감사드립니다.

이사카 고타로

작품 해설

인생, 어떻게 살 것인가?

너무나 심오한 문제다. 아직 인생을 갓 시작한 청춘일 때는 물론이요, 단순히 나이를 먹었다고 해서 답이 나오는 것도 아니다. 몇 살이 되어도 미로를 헤맬 뿐.

그래서 어느 고명한 사상가는 '삶'을 묻기 위해 '죽음'을 가져오는 방법을 논했다. 삶의 본질을 탐구하기 위해 죽음을 도구로 쓴다는 것이다.

이 이야기에서 문득 연상되는 것은 수박이나 토마토에 소금을 뿌려 먹는 행위이다. 그러는 사람이 적잖이 있다. 소금을 뿌리면 단맛이 난다. 이상한 소리다. 달게 먹고 싶으면 설탕을 뿌리면 된다. 그렇다면 어째서 과일이나 채소에 소금을 뿌리면 단맛이 날까? 아무래도 인간의 미각이란 단순히 달콤한 음식만 있는 것보다 조금 짭짤한 맛이 있어야 단맛을 쉽게 느끼도록 만들어져 있는 모양이다. 맛이 두드러지는 것이다. 어쩌면 정제된 소금보다 불순물이 섞인 천연소금을 뿌리면 더 맛있을지도 모른다. 사실 이것은 요리에서 '비법 소스'의 원리이다.

저녁 해가 더 커 보인다는 말이 있다. 하늘에 떠 있는 태양은 저녁 무렵 서쪽 지평선으로 저물 때가 낮보다 크게 느껴진다. 이것은 산이나 빌딩처럼 크기를 비교할 대상이 있기 때문이라고 한다. 태양 자체는 당연히 늘 같은 크기이다. 하지만 낮에는 그 주변에 아무것도 없다. 그러나 지평선에 가라앉으면 대상물에 둘러싸인다. 그 때문에 저녁 해는 더 커 보인다는 것이다.

크기뿐만 아니라 형태나 색도 주위와의 관계로 착각을 일으킬 때가 있다. 시각, 미각과 같은 인간의 감각 기능이 단독으로 실물을 올바르게 파악한다는 보장은 없다. 아마 사고 능력도 그와 비슷하지 않을까? '산다는 것은 무엇인가'라는 질문을 갑자기 던져도 너무 막연해 대답할 길이 없다.

애초에 사람은 살아 있다. 무엇과도 바꿀 수 없는 인생을 살고 있다. 굳이 거창하게 '인생, 어떻게 살 것인가?'라고 어려운 질문을 던지지 않아도 평범하게 살면 하루하루는 지나간다. 삶은 거기에 있다. 오히려 어설프게 정면에서 맞서려고 하면 고민 끝에 답을 찾지 못하고 자살하고 마는, 어쭙잖은 실수를 저지를지도 모른다. 그렇다고 해서 그냥 아무 생각 없이 나태하게 있어도 되는 것일까? 이대로는 똑같은 일을 반복하는 사이 일생이 끝나고 만다.

그런데 정반대에 있는 '죽음'을 바로 옆에 두면 실체가 없는 '삶'의 모습이 조금은 명확해질지도 모른다. 죽음을 도구로 쓰는 이유는 바로 수박이나 토마토의 단맛을 돋보이게 하는 소금이나, 저녁 해를 크게 보이게 하는 산이나 빌딩 같은 작용을 '죽음'에 바란다는 뜻이다.

이미 알다시피 여덟 편의 단편이 실린 이사카 고타로 『종말의 바보』는 '종말=이 세상의 끝'이 찾아온다는 구조가 기본 설정으로 도입되어 있어, 이 작품에 등장하는 사람들은 전부 '죽음'이 옆에 놓인 상황에서 살고 있다. 즉 '삶'이라는 것이 분명하고 강렬하게 다가오는 구조인 것이다. 그곳에 있는 이야기는 작가 특유의 '초현실'이다.

8년 후 소행성이 지구에 충돌해 인류가 멸망한다는 발표가 나오고, 그 5년 후의 세계. 무대는 이사카 월드의 단골 동네 센다이로, 그 북부에 있는 주거지 힐즈 타운의 주민들이 한 이야기마다 등장한다.

과학적으로 가능한지는 별개로 치고 앞으로 3년 후면 모두 죽어 버리는 세상에서 사람은 어떻게 살아갈 것인가라는 의문이 기본 설정이다. 꽤나 엉뚱한 이야기다. SF라고 할 수도 있다.

먼저 이 작품을 읽고 떠오른 것은 이사카 씨의 데뷔작 『오듀본의 기도』의 허수아비였다. 미래를 예언할 수 있는 허수아비.

허수아비는 자신이 살해당할 것을 알면서도 어째서 그대로 죽어 버렸을까? 여기에서 다루는 것은 '죽음'과 '운명'이다. 이것은 이사카 고타로의 가장 큰 테마라고 할 수도 있다. 예를 들어 영화로도 제작된 『사신 치바』도 같은 주제를 다루고 있다.

이 작품을 발표했을 때의 작가 인터뷰(《청춘과 독서》 2006년 4월호)에 따르면 이사카 씨는 '어떤 비참한 상황이라도, 그래도 사람은 살아가는 이야기'를 쓰고 싶었다고 밝혔다.

처음 아이디어는 키에슬로프스키의 텔레비전 드라마 〈십계(Decalogue)〉 같은 걸 해 보지 않겠느냐는 담당 편집자의 말에서 시작되었다고 한다. 〈십계〉란 구약성서의 십계를 모티프로 한 연속극으로 어디에나 있을 법한 교외 주택가의 주민들을 그린 작품인데, 매번 에피소드의 주인공은 물론 스타일도 다른 열 개의 이야기가 이어진다.

그 발상을 기본으로 '종말 도래'라는 설정을 더해 '그래도 살아야만 하는 사람들'을 그린 것이다.

또한 엔딩만 미리 정해 놓았다고 한다. '세상의 종말에 비디오 연체 요금을 회수하러 간다'라는 내용 말이다. 하지만 구체적으로 어떻게 마무리할지는 쓰기 시작할 때까지 결정하지 못했다고 한다. 그러다가 이사카 씨는 아쿠타가와 류노스케의 「거미줄」의 이미지를 떠올렸다고 한다. 그 부분을 조금 더 상세히 인용해 보자.

비록 추하더라도, 남을 발로 차 떨어뜨려서라도 열심히 살아남으려는 이미지죠. 마지막 이야기에서 썼지만 아이가 자살하면 왜 안 되냐고 물었을 때, 부모는 무슨 말을 할 수 있을까? 자살하지 않는 게 좋다거나 누가 슬퍼한다고 설명해도 그럼 슬퍼하는 사람이 없으면 그만이라고 한다면 또 다른 논쟁으로 바뀌고 맙니다. 그때 '필사적으로 사는 것은 권리가 아니라 의무다'라고 말해 버리는 게 이런 설정에서는 설득력이 있다고 생각했습니다. 말도 안 되는 소리지만요.

종말이지만 행복하다는 이야기도 아니고, 괴롭지만 다 함께 열심히 살자는 이야기도 아닌, 그런 모든 것을 제외한 결말을 어떻게든 발견하려고 애쓸 때 「거미줄」에 나오는 간다타의 모습이 떠올랐고, 그제야 이야기의 방향성이 보였습니다.

이사카 씨는 '종말'에 대해 또한 다음과 같은 말도 했다.

최근 20세기 말에도 종말론적 사상이 나왔지만 그것을 뛰어넘어 모두 21세기가 되면 뭔가 바뀔 거라고 생각했어요. 하지만 실제로는 바뀐 게 아니라 단순히 완만하게 하향하고 있을 뿐입니다. 완만하게 하향하는 상황은 갑자기 바뀔 수 없으니 거기에서 체념이나 포기가 나오는 거죠.

전체적으로 어딘가 만만히 보는 경향도 있어요. 이상하게도 저를 포함해 다들 당연히 죽을 텐데, 왠지 죽지 않을 거라고 만만히 보는 게 두렵습니다. 그런 두려움 때문인지 3년 후에는 확실하게 죽는 세계를 그린다는 발상은 비교적 자연스레 나왔습니다.

(중략)

소행성이 떨어진다, 그리고 그것이 8년 전에 예고된다는 설정 자체는 결코 현실성이 없지만, 냉정하게 8년이라는 기간을 살펴보면 혼란 때문에 5년이 지나고 앞으로 3년이면 종말을 맞이한다는 말을 들었을 때 묘하게 차분하고 담담하게 사는 상태가 1년 정도 된다는 것은 현실적으로 있을 법한 상황 같다는 생각이 듭니다.

현실과 딱 맞아떨어지지는 않지만 어긋나면서도 하나로 어우러지는 게 픽션의 장점 아닐까요.

첫머리에서 소개한 '죽음'으로 '삶'을 이해한다는 말은 요시모토 다카아키 「'산다는 것'과 '죽는다는 것'」(『언어라는 사상』)에 있는 이야기인데, 그 글에서 요시모토 씨는 엘리자베스 퀴블러 로스 『인생 수업』이라는 책을 언급했다. 정신과 의사인 로스는 200명에 달하는 말기 환자를 직접 인터뷰해 '죽음에 이르는' 인간의 심리 변화를 밝혀냈다. 대부분의 사람은 다섯 단계를 거친다고 한다. 곧 죽는다는 사실을 믿지 못하고(부정), 어째서 자기가 죽어야만 하는지 주위에 분노를 터뜨리며(분노), 다음으로 어떻게든 살아남을 수 없는지 뭔가에 매달리려고 한 뒤에(타협), 죽음이라는 현실 앞에서 아무것도 할 수 없어(우울), 마지막에는 그것을 받아들이는(수용) 과정이다.

실로 이 『종말의 바보』에는 종말을 알고 모두가 자포자기하거나 패닉에 빠진 시기가 지나고 겨우 그 현실을 받아들인다는 '죽음에 이르는' 심리 과정에 따른 변화가 생생하게 배경에 그려져 있다. 요시모토 씨에 따르면 많은 문학 작품에서 이 다섯 단계를 볼 수 있다고 한다. 다섯 단계 중 몇 가지는 생략하거나 역설적으로 뺀 경우도 포함해 줄거리나 심리 변화에 드러나는 것이다.

소행성이 지구에 떨어진다는 설정이 너무 기상천외하다면 병으로 앞날이 얼마 남지 않은 상황을 상상하면 된다. 텔레비전에서는 종종 말기 환자를 취재한 다큐멘터리가 나오고, 한정된 인생을 필사적으로 살아가는 그 모습에 가슴이 뭉클할 때가 있다. 하지만 이미 난치병이나 연인의 죽음을 그린 소설은 산더미처럼 많다. 오히려 SF 같은 발상이나 어딘가 엉뚱한 유머가 감돌기 때문에 죽음의 비애나 생의 찬가가 단순하고 안일한 주제에 머무르지 않고 심금을 울리는 이야기로 다가오는 것이 아닐까? 착각하기 쉬운 사람의 오감으로 파악하는 현실보다도 분명하고 진실한 세계인 것이다.

또 다른 인터뷰에서 이사카 씨는 작가 이주인 시즈카 씨를 만났을 때 들은 "소설은 슬픔을 끌어안은 사람에게 다가서는 것이다"라는 말을 언급하고 있다. 이 『종말의 바보』에서는 이윽고 찾아올 종말에 대한 주인공의 자세뿐만 아니라 가족이나 주변 사람의 죽음을 받아들이지 못하는 이들의 모습을 도처에서 다루고 있다. 갈등과 배려가 뜻밖의 전개로 어우러지는 것이다. 어딘가 진득한 맛이 있는 것도 이 작품의 특징이다.

개개의 작품을 자세히 언급할 수는 없지만 과거 《소설 스바루》(2006년 4월호) 특집 「이사카 고타로 해체전서」에서 작가 본인이 한 편마다 탄생까지의 배경인 '창작 비화'를 밝혔다. 예를 들면 담당 편집자의 의견을 각각의 단편에 크게 반영했는데, 먼저 첫 번째 이야기 「종말의 바보」는 '미스터리가 아닌 이야기'를 의뢰받아 탄생했다고 한다. 또한 연재 당시부터 '연애 이야기를 넣자'라는 말에 완성한 것이 「동면의 소녀」, 나아가 「연극의 노」는 '유사 가족 이야기'를 써 달라는 요청에서 나온 것이다.

이사카 씨는 처음에 미스터리가 아닌 이야기를 써 달라는 의뢰를 받고 '대체 미스터리가 아닌 건 뭘까' 하고 상당히 고민한 끝에 '복선도 뭣도 없이 덜컥 종말이 찾아온다면 미스터리가 아닐지도 모른다'라는 엉뚱한 결론에 다다라 글을 완성했다고 한다. 시간이 한참 흐른 후에 담당자에게 "어째서 미스터리는 안 된다고 했습니까?"라고 물어보았는데 별로 깊은 뜻은 없었다는 사실을 알고 몹시 놀랐다나.

이렇듯 이 작품은 다양한 발상과 의견을 바탕으로 완성되었다.

그밖에 한눈에 알 수 있듯 여기에 수록된 여덟 편의 작품 제목에는 '바보FOOL', '딱지SEAL', '맥주BEER'와 같이 전부 영어 단어가 붙거나(때로는 억지스럽게 맞춰서) 한 이야기에서 주인공이었던 인물이 다른 이야기에서 불쑥 튀어나오기도 한다. 이 역시 구미를 돋우는 절묘한 하나의 '비법 소스'라고 할 수 있을 것이다. 이렇게 도처에 흐르는 이사카 월드의 즐거움을 논하기 시작하면 끝이 없다.

사람은 어떻게 살아야 하는가? 『종말의 바보』에 그려진 것은 '인생의 규칙'이다. 아무리 비참하고 희망이 없는 상황이라도 힘차게 살기 위한, 그리고 슬픔을 끌어안은 사람들에 다가서기 위한 '인생의 규칙'. 앞으로 3년밖에 남지 않은 목숨이라는 선고를 받아도, 그래도 사람들은 살아간다. 풍요로운 인생lush life을 찾아서.

요시노 진(평론가)

최초 게재 〈소설 스바루〉

〈종말의 바보〉 2004년 2월호

〈태양의 딱지〉 2004년 5월호

〈농성의 맥주〉 2004년 8월호

〈동면의 소녀〉 2004년 11월호

〈강철의 울〉　 2005년 2월호

〈천체의 돛배〉 2005년 5월호

〈연극의 노〉　 2005년 8월호

〈심해의 지주〉 2005년 11월호

옮긴이의 말

기억 한 편에 밀려나 있던 그리운 작품의 제목이 최근 인터넷의 바다에서 다시 떠올랐습니다. 이제는 장르 문학계의 거장이라 해도 손색이 없을 이사카 고타로의 『종말의 바보』가 바로 그것인데요, 저 역시 구독하고 있는 넷플릭스에 오리지널 시리즈로 등장한 것이었습니다.

일본에서 첫 단편이 잡지에 실렸던 게 2004년으로 벌써 20년 전 작품이 되어버린 『종말의 바보』는 2006년 랜덤하우스코리아에서 윤덕주 선생님의 번역으로 국내에 처음 소개되었다가 그 후 현대문학에서 제가 다시 작업해 2015년 2월에 또 다른 모습으로 세상에 선을 보였습니다. 약 10년이 지난 지금, 또다시 불사조처럼 되살아난 『종말의 바보』를 다시 마주할 기회를 주신 소미미디어에 감사드립니다.

넷플릭스 드라마를 보기 전에 10년 전의 원고를 다시 들춰보았습니다. 10년이면 강산이 변한다는 말도 있지만, 작품 자체가 시대를 타지 않는 보편성을 가진 주제를 다루고 있어 지금 봐도 눈물과 감동이 있는 멋진 작품임을 다시금 느꼈습니다. 이번 재출간으로 다시 꼼꼼히 살펴보았는데 어느 단편에서나 코끝이 찡해져서 번역자이자 독자로서 두 배의 기쁨을 느낄 수 있었습니다. 벅찬 마음으로 편집부에 수정 원고를 넘기고 넷플릭스 드라마를 시청하기 시작했습니다. 그리고 또 한 번 놀랐습니다. 등장인물 설정 등의 정보를 보고 원작을 어느 정도 각색했으리라는 예상은 하고 있었는데 드라마는 원작의 설정을 바탕으로 한 거의 새로운 이야기였습니다. 드라마를 보고 원작에 관심을 가진 분들도, 원작을 알고 드라마를 접한 분들도 분명 저처럼 놀라지 않았을까 싶습니다.

여기서 잠시, 이 책에 실린 요시노 진 평론가의 해설에 나오는 '죽음에 이르는 인간의 심리 변화' 5단계를 다시 떠올려봐 주셨으면 합니다. '죽음'을 피할 수 없다는 사실을 알게 되었을 때 사람들은 부정-분노-타협-우울-수용의 과정을 거친다고 하는데, 이사카 고타로의 원작 단편에 등장하는 모든 주인공은 이 5단계 중 '수용' 단계에 이른 사람들이라고 볼 수 있습니다. 그런데 드라마 쪽은 어떨까요. 제 눈에는 주인공도, 살아남은 사람들도 여전히 분노와 타협, 우울 속에 갇혀 있는 것처럼만 보였습니다. 다음은 제가 10년 전에 쓴 후기 일부인데, 그때 실재한다면 어떨지 상상했던 '지난 5년'의 상황이 바로 드라마에서 그려지고 있었습니다.

작품 속에서 회상으로만 등장하는 '지난 5년'이 실재한다면 아마 그런 불안에 기반한 혼란스러운 세상일 것입니다. 코맥 매카시의 『로드』나 주제 사라마구의 『눈먼 자들의 도시』처럼 목숨을 부지하는 게 지상 최대의 명제가 되고, 부조리한 고통에 노출된 상황에서 온전한 인간성을 바라기란 어려울지도 모릅니다. 그러나 이사카 고타로는 인간의 모습 속에서 제멋대로이지만 선한 일면을 부각시킵니다. 어차피 죽을 운명, 일을 할 필요가 없는 세상에서 엽총을 끼고 슈퍼마켓을 운영하는 '캡틴', 비디오라는 평화의 상징 같은 오락거리를 제공하는 비디오 가게 점장, 어머니를 잃은 아이들에게는 어머니가 되어 주고 딸을 잃은 할머니에게는 딸이 되어 주는 연기자 지망생 등, 이 작품 속에는 거칠어진 세상에 단물처럼 스며드는 존재들이 있습니다.

이렇게 원작과는 다른 방향으로 '종말'을 맞이하는 인간 군상을 다룬 드라마 『종말의 바보』의 결말은 혜성 충돌로 인한 지구 멸망을 소재로 한 영화 『돈 룩 업』과 비교해 보는 것도 재미있을 것 같습니다. 그리고 물론 원작에서 차용한 소재들을 숨은그림찾기처럼 찾아보는 것도 흥미로울 것입니다.

창작물에서 '종말'이라는 소재를 다루는 방식, 주제 의식에 다다르는 방법은 작가마다 다양합니다. 『로드』나 『눈먼 자들의 도시』처럼 무법천지로 변한 세상에서 살아남기 위해 얼마든지 잔인해질 수 있는 인간의 추악한 면모를 적나라하게 보여주는 작품도 있고, 소설 『종말의 바보』나 『멸망 이전의 샹그릴라(나기라 유 지음)』처럼 확정적인 죽음을 앞두고 오히려 인간성을 되찾아가는 사람들의 이야기를 보여주는 작품도 있습니다.

이렇게 '종말'을 다룬 작품들은 계속해서 등장하고, 전개 방식은 각양각색이지만 대다수의 경우 창작자는 '종말'의 끝에서 일말의 희망을 놓지 않습니다. 그것은 때로 권선징악이거나 인간성의 회복이라는 형태로 그려집니다. 저는 그래도 이왕 '종말'을 상상해 본다면 그 과정에서 우리 손 안에 마지막으로 남는 것이 권선징악으로 얻는 후련함보다는, 이사카 고타로의 여러 작품 속에서 일관되게 찾아볼 수 있는 인간성의 온기였으면 합니다.

김선영

종말의 바보

2024년 8월 26일 1판 1쇄 발행

지 은 이   이사카 고타로
옮 긴 이   김선영
발 행 인   유재옥

이   사   조병권
출 판 본 부 장   박광운
편 집 1 팀   박광운
편 집 2 팀   정영길 조찬희 박치우 정지원
편 집 3 팀   오준영 이소의 권진영
디 자 인 랩 팀   김보라 차유진
디지털사업팀   박상섭 김지연 윤희진
라이츠사업팀   김정미 맹미영 이윤서
영업마케팅팀   최원석 박수진 이다은
물 류 팀   허석용 백철기
경 영 지 원 팀   최정연
발 행 처   (주)소미미디어
인 쇄 제 작 처   코리아피앤피
등   록   제2015-000008호
주   소   서울시 마포구 토정로 222, 502호(신수동, 한국출판콘텐츠센터)
판   매   (주)소미미디어
전   화   편집부 (070)4164-3960 기획실 (02)567-3388
              판매 및 마케팅 (070)8822-2301, Fax (02)322-7665

ISBN 979-11-384-8370-4 (03830)